# Le reflet des âmes

Florent GHOMSI

# Le reflet des âmes

En application de l'art. L.137-2.-I. du code de la propriété intellectuelle, toute reproduction et/ou divulgation de parties de l'œuvre dépassant le volume prévu par la loi est expressément interdite.

© 2025 Florent GHOMSI
Édition : BoD · Books on Demand, 31 avenue Saint-Rémy, 57600 Forbach, bod@bod.fr
Impression : Libri Plureos GmbH, Friedensallee 273, 22763 Hamburg (Allemagne)
Impression à la demande
ISBN : 978-2-3225-7001-0
Dépôt légal : mai 2025

*Pour ma princesse Yelène*

**Partie 1 : L'AUBE**

« Les premières lueurs du jour caressent les âmes, les invitant à se déployer comme des pétales au soleil naissant. »

Neïla : 30 juin

Le crépuscule peignait la chambre de Neïla d'une douce lumière dorée, tissant des ombres qui dansaient au rythme lent de la mélodie s'échappant du bar voisin. Devant le miroir de sa chambre, elle tressait ses cheveux noirs, et ses doigts virevoltaient entre les mèches avec grâce et élégance, comme dans une valse harmonieuse. Le miroir, ce confident silencieux, ne pouvait capturer l'éclat intérieur qui avait toujours été le véritable secret de sa beauté, une flamme que l'accident n'avait pas éteinte, simplement occultée.

Mais ce soir, la maison était complètement différente : des rires montaient du salon et se mêlaient à des effluves de poisson et de poulet frit, composant une symphonie d'arômes festifs et de joie. Neïla ne se sentait pourtant pas accordée à cette atmosphère, comme si elle n'appartenait plus vraiment à ce monde. Avant l'accident, son corps était une extension de sa volonté, chaque mouvement une affirmation de vie. Désormais, elle apprenait à voir au-delà de l'image physique, à chercher la beauté dans le courage et la résilience.

L'entrée de Samjayi, marquée par une porte qui s'entrouvrait avec délicatesse, rompit sa contemplation. Le regard du jeune homme, empli d'une sollicitude discrète, semblait chercher à percer le mystère de ses pensées.

« Tout le monde t'attend, dit-il finalement avec une douceur chargée d'une affection tue.

— Qui est venu ? demanda Neïla, non par curiosité, mais pour préparer son cœur à la suite.

— Il y a du monde… Tonton Joseph sera là, paraît-il, j'ai entendu ton père le dire », répondit-il, presque à contrecœur. Il baissa les yeux, sachant ce que cela signifiait pour elle.

Un frisson traversa Neïla. Tonton Joseph, l'homme qu'elle associait à présent au bouleversement le plus profond qu'elle ait vécu. « Je serai là dans quelques minutes », annonça-t-elle.

Lorsqu'il lui offrit son aide, elle déclina avec délicatesse. Elle devait affronter cette soirée seule, armée uniquement de sa propre force. Samjayi acquiesça et s'éclipsa, laissant Neïla face à son reflet une dernière fois.

Le couloir reliant la chambre de Neïla au salon, qu'elle franchissait auparavant en un éclair, s'étirait dorénavant tel un chemin interminable. Lorsqu'elle pénétra dans le salon, elle découvrit un espace méconnaissable, foisonnant de convives. Son entrée suspendit instantanément les conversations, immobilisa les gestes et attira tous les regards. Elle ressentit l'empathie de chacun, à la fois réconfortante et cinglante, mais elle leur offrit en retour un sourire résolu, car ce soir, elle transcenderait le récit de son accident.

Thaïma et Ruben Dunkam, ses parents, se tenaient parmi les invités, irradiant une fierté tempérée par leur anxiété palpable.

« Bonsoir, veuillez excuser mon retard », déclara Neïla, avec une assurance qui masquait au mieux des sentiments plus complexes. Des échos de réponses murmurées s'entremêlèrent, mais elle les laissa s'évanouir dans l'arrière-fond sonore.

Sa mère s'approcha alors rapidement, lui présentant les frères de l'église, fervents dans leurs prières pour elle. « Bonsoir », répondit Neïla, le cœur accablé face à une foi mise à si rude épreuve. Les frères lui prodiguèrent des paroles de soutien, évoquant des desseins divins et l'espoir qui perdurait. Ces mots, censés réchauffer son âme, furent pour elle comme un signe d'approbation. Neïla leur adressa un sourire poli, tiraillée entre gratitude et doute. « Amen », souffla-t-elle machinalement, dissimulant à nouveau le tumulte de ses pensées. Lorsque Thaïma mentionna l'arrivée imminente du pasteur Daniel, Neïla, surprise, s'enquit des raisons du choix de ce dernier. Sa mère répondit avec conviction à propos de la grandeur de cet homme de foi. Neïla, résignée, ne rétorqua pas, continuant à observer un par un les visages familiers du salon.

L'entrée d'Etiema et Marie Benyô, les parents de Samjayi, insuffla une nouvelle dynamique à la soirée. L'aura d'Etiema, naturellement charismatique, et celle de Marie, d'une élégance irréprochable, contrastaient avec la simplicité discrète des Dunkam. S'approchant de Neïla, Etiema s'adressa à elle avec une chaleur excessive.

« Ma fille, comment te sens-tu ?

— Bien, vraiment », répondit-elle, se raccrochant à cette affirmation comme à une ancre dans un océan d'incertitudes.

Etiema la toucha néanmoins par son authenticité, jusqu'à faire vaciller son apparente indifférence. « Tu es forte et intelligente, n'oublie pas de me rendre visite avant de partir », lui demanda-t-il avec bienveillance.

Pendant ce temps, Skylas, leur fils aîné, évoluait avec aisance parmi les convives, distillant auprès de chacun son érudition et son charme. Sa confiance en lui, évidente et captivante, séduisait sans effort ses interlocuteurs. Il se mouvait avec une fluidité remarquable, tel un poisson dans l'eau, parfaitement en phase avec le rythme et l'énergie de la soirée.

Dans la cuisine, où les femmes avaient déjà tout préparé, le service n'attendait plus que d'être fait.

Au loin, Neïla aperçut ses amis, que Samjayi invitait à se rapprocher pour aller à sa rencontre.

« Alors, comment va la miss ? interrogea l'un d'eux.

— Plutôt bien, on va dire », répondit-elle.

Émergeant du groupe de ses camarades, Samueli se détacha pour venir lui faire la bise, toujours souriante.

« Tu es ravissante, ma belle, la complimenta la jeune femme.

— Merci, c'est gentil », répondit-elle avec un sourire gêné.

Samueli entretenait une relation tactile avec Neïla, une connexion que cette dernière appréciait énormément, même si cela suscitait en elle des sentiments qu'elle identifiait avec difficulté.

Zaria, sa sœur cadette, se tenait en retrait, une lueur complexe à déchiffrer dans le regard, oscillant entre jalousie et admiration pour Neïla. Leur relation, tissée de subtiles nuances qui avaient évolué au fil du temps, dissimulait une rivalité latente, amplifiée par l'attention constante et soutenue portée envers l'aînée. Pourtant, ce soir, dans les yeux de Zaria se dessinait une inquiétude sincère, un témoignage fragile du fait que, malgré leurs divergences, le lien sororal demeurait indissoluble.

Le silence retomba alors que le pasteur entrait enfin, son arrivée marquant le début officiel de la soirée. La prière qu'il offrit était un phare pour certains, un rituel pour d'autres. Pour Neïla, elle constituait un rappel de tout ce qui avait changé et de tout ce qui demeurait immuable.

La célébration battait son plein, les éclats de rire et la musique créant une ambiance légère qui aidait Neïla à oublier temporairement ses soucis. Elle était entourée de ses amis, partageant de joyeuses anecdotes avec eux, quand son père s'approcha subitement. « Neïla, Joseph veut te saluer », dit-il, interrompant leurs échanges.

Elle aperçut alors Joseph, une silhouette lointaine derrière son père, et son cœur se serra. *Il est vraiment venu*, pensa-t-elle, tétanisée par le choc et la résignation. Assise dans son fauteuil roulant, elle se sentait soudainement piégée, incapable d'échapper à cette confrontation inattendue.

Joseph s'approcha avec assurance et lui fit la bise. « Bonsoir ma chérie, désolé de ne pas être venu plus tôt, mais je ne pouvais pas manquer ça », lança-t-il d'un ton jovial.

Neïla, forcée par les circonstances, lui rendit un sourire crispé.

« Ce n'est pas grave, répondit-elle doucement.

— Allons, Joseph, il y a des bouteilles qui t'attendent, et tu es en retard », intervint Ruben, qui avait senti le malaise de sa fille et souhaitait en éloigner Joseph.

Tandis que les deux hommes se retiraient, Joseph jeta un dernier regard à Neïla, ses yeux brillant d'une malice provocatrice. « On discutera plus tard », lâcha-t-il, laissant derrière lui un nuage de questions en suspens.

La chaleur conviviale du début de soirée s'était peu à peu dissipée, remplacée par une tension qui s'infiltrait insidieusement en Neïla. Ses amis, conscients de l'impact qu'avait sur elle la présence de Joseph et percevant son trouble, évitèrent de la brusquer dans ce moment de fragilité. Samueli effleura doucement sa joue, d'un geste empli de réconfort. « Tout va s'arranger, Neïla. Nous sommes tous là pour toi », assura-t-elle avec tendresse.

À cet instant, Maketa, la petite sœur adorée de Neïla, se fraya un chemin jusqu'à elle à travers la foule, une lueur d'excitation dans les yeux. « Neïla, Gamal est là, dehors. Il veut te parler, mais il ne veut pas entrer. »

Neïla sentit son cœur se serrer. Malgré les choix tumultueux de Gamal et la distance qui s'était depuis installée entre eux, elle ne pouvait s'empêcher de s'inquiéter pour lui. « Dis-lui que j'arrive », répondit-elle.

Guidant son fauteuil vers la cour intérieure, elle aperçut alors Gamal, sa silhouette familière éclairée par la douce lueur des lanternes. « Viens dans mes bras, ma Neïla, tu m'as tellement manqué », lui dit-il, un sourire fatigué dessiné sur les lèvres. Il dégageait une odeur âcre, témoignage de sa malheureuse tendance à trop boire et à trop fumer, mais Neïla choisit de ne pas y faire allusion, préférant savourer l'instant présent.

« Gamal, pourquoi t'es-tu tant éloigné de nous ? », interrogea-t-elle toutefois, un brin de mélancolie perçant dans sa voix.

Gamal baissa les yeux, le regard empreint de regret et de résignation. « Tu sais, Neïla, la vie m'a conduit sur des chemins difficiles, me forçant à faire des choix... des choix qui m'éloignent de vous. Et tu connais les remous que cela a créés avec nos parents. »

Neïla le scrutait, l'inquiétude se peignant maintenant ostensiblement sur son visage.

« Papa et maman savent-ils que tu es là ?

— Ils ne sont pas au courant, et je préfère que cela reste ainsi. Je suis venu pour toi, pas pour eux. J'ai appris que tu allais partir à l'étranger pour te faire soigner, enchaîna-t-il pour changer de sujet, esquivant le regard de Neïla.

— Oui, c'est une nouvelle étape, pas facile depuis l'accident, mais je me bats, répondit-elle d'un ton triste.

— Je regrette de ne pas avoir été plus présent pour toi, confessa Gamal, la voix chargée de chagrin. Heureusement, Maketa et Zaria sont là, elles t'aident, n'est-ce pas ? » Il marqua une pause, pensif. « Elles grandissent si vite... »

Leur échange fut brusquement interrompu par leur père. « Gamal !!! » Son cri, nourri d'indignation, résonna et fit sursauter Neïla.

Gamal offrit à Neïla un regard empli d'impuissance.

« Il faut que je parte maintenant, Neïla. Je ne veux pas aggraver les choses avec papa.

— Reste, je t'en prie, implora sa sœur, mais Gamal secoua doucement la tête.

— Nous nous reverrons, ne t'inquiète pas. Et souviens-toi, je serai toujours là pour toi. Toujours. » Il déposa un baiser sur son front et s'éloigna, s'effaçant progressivement dans la nuit.

Neïla observa son frère s'évanouir dans l'ombre, le cœur serré par le chagrin. Elle savait que, malgré les tumultes de sa vie, Gamal demeurerait un pilier indéfectible dans son univers, le symbole vivant d'un lien familial inaltérable.

Dans la cour de la propriété des Dunkam, une tension presque tangible régnait, suite à l'incident furtif entre Ruben et Gamal. Le visage durci par la fureur, le père se dirigea rapidement vers la porte menant à l'extérieur, là où son fils s'était discrètement éclipsé. « N'entrez plus en contact avec lui, c'est une mauvaise graine », gronda-t-il, verrouillant la porte comme pour sceller son jugement implacable.

Neïla, submergée par une compassion profonde pour son frère, tenta de tempérer l'ire paternelle.

« Papa, il n'est pas comme tu le penses, peut-être devrais-tu lui parler plus calmement ? implora-t-elle, l'esprit encore troublé par sa récente rencontre avec Gamal.

— Après tout ce qu'il nous a fait, tu oses encore le défendre ? rétorqua son père, dont l'intonation traduisait une rigueur inflexible.

— Papa, je pense juste que... commença Neïla, mais elle fut coupée net.

— Il n'y a pas de "je pense". Retournons au salon », trancha son père, qui saisit alors la poignée du fauteuil roulant, guidant Neïla avec une fermeté qui lui rappela sa condition d'impuissance.

Le salon, auparavant animé par l'effervescence de la célébration, avait retrouvé un calme relatif. Dans la cuisine, quelques femmes, dont la mère de Neïla, s'affairaient pour remettre un peu d'ordre. Émotionnellement éreintée, Neïla prit la direction de sa chambre afin de s'isoler. Samjayi la suivit discrètement, désireux de continuer à lui apporter son soutien, ayant remarqué sa détresse.

« Tu es encore là, Samjayi ? demanda-t-elle, habituée à sa présence.

— Je souhaitais rester un peu plus, juste pour parler », répondit Samjayi, avant d'ajouter :

« Tu dois te sentir un peu mieux maintenant, non ?

— Mieux ? Pour quelle raison ? s'enquit Neïla, avec une profonde lassitude.

— Je pensais à cette soirée... tes parents se sont tellement investis pour toi, expliqua Samjayi.

— Pour moi ? Ou était-ce plutôt pour eux ? » Neïla secoua la tête, laissant transparaître sa tristesse. « La plupart des invités m'étaient inconnus, tu sais. Cette soirée... elle était, pour eux, une façon de se prouver qu'ils pouvaient encore trouver du réconfort, malgré... ma situation. »

Samjayi, légèrement déconcerté, tenta de la rasséréner.

« Mais Neïla, ils t'aiment, tu sais...

— J'aimerais pouvoir en être certaine, Samjayi. Avant, j'étais une de leur raison de s'enorgueillir. Belle, brillante, l'objet de leur fierté. Et maintenant, dans ce fauteuil, je me demande ce que ça signifie vraiment.

— Ne dis pas ça. Tu vas aller te faire soigner, et tout ira bien. La Neïla magnifique que tout le monde admire refera surface », dit-il avec espoir.

Cette remarque fit naître une impression douloureuse en Neïla. Pour elle, cela suggérait que selon Samjayi, son ami de toujours, une part cruciale de son identité, et la plus appréciée, s'était dissipée avec l'accident. « Merci d'être là, Samjayi, dit-elle en affichant un sourire contraint. Mais j'ai besoin de solitude maintenant. Cette soirée m'a épuisée. »

Samjayi, sentant son envie d'isolement, hocha doucement la tête.

« Tu es sûre ? J'avais encore quelques anecdotes croustillantes à te raconter, assura-t-il en souriant, espérant adoucir l'ambiance.

— Je n'ai plus le cœur à ça ce soir, Samjayi. Mais ne t'en fais pas, on se reverra bientôt », répondit son amie, les yeux emplis d'une tristesse insondable.

Après une dernière étreinte, Samjayi quitta la chambre, laissant Neïla seule avec ses pensées. Elle se dirigea vers la fenêtre, y contempla les étoiles, et laissa son esprit errer vers ce que sa vie aurait pu être sans l'accident, revivant ce moment fatidique et les jours de souffrance qui l'avaient suivi. Des perles de chagrin nacraient ses joues.

Une fois couchée, mais incapable de trouver le sommeil, Neïla se sentait prisonnière d'un tourbillon d'émotions. Elle décida de se rendre au salon, dans l'espoir que la télévision puisse apaiser son esprit agité. Glissant lentement dans son fauteuil roulant à travers le couloir obscur, elle s'arrêta près de l'entrée du salon, d'où une faible lueur s'échappait encore.

Depuis sa position discrète, elle surprit la conversation de ses parents qui murmuraient, leurs voix révélant l'épuisement et le bouleversement émotionnel dont ils étaient affligés.

« C'est la volonté divine. Nous devons nous en remettre à la prière. Dieu veillera sur elle, soufflait Thaïma, sa mère, qui cherchait comme souvent du réconfort dans sa foi.

— Il est pourtant difficile d'accepter cette situation... Avec tous les prétendants qu'elle avait, on aurait pu espérer une belle dot, un bon mariage pour elle, répondit son père, Ruben Dunkam, laissant ainsi transparaître un soupçon de regret.

— Je sais, mais avec ce qui lui est arrivé... Heureusement, le pasteur est optimiste pour son traitement en Europe, renchérit sa mère, s'efforçant de rester positive. Je prie chaque jour pour elle, mais elle n'est plus comme avant, et ça me brise le cœur, Ruben, notre fille ne mérite pas ça.

— Oui, c'est difficile pour elle. Pendant la soirée, je l'ai observée attentivement, et il m'a semblé que cette célébration, pourtant organisée en son honneur, n'a pas réussi à éclairer son visage d'un véritable bonheur », confia le père à voix basse.

Neïla écoutait discrètement, captant chaque mot échangé telle une ombre dans la pièce.

Ruben mentionna alors Joseph. « Pourquoi Dieu nous a-t-il infligé cela ? Rendre ma fille handicapée... et à cause de Joseph, mon ami. Il était tellement dévasté. »

Les paroles de son père percutèrent durement Neïla. Elle eut l'impression qu'en plus du drame de son accident, elle devrait maintenant endurer le poids de la compassion de ses parents pour Joseph.

« Ne t'inquiète pas tant, cela aurait pu être pire, elle aurait pu ne pas survivre, répondit Thaïma pour essayer de réconforter son époux.

— Tu as raison, c'est juste la fatigue qui parle. Allons dormir », conclut-il.

Quand les lumières du salon s'éteignirent, laissant la maison dans le noir, Neïla resta longuement immobile dans le couloir, submergée par ses émotions. Cette discussion lui avait révélé l'abîme de malentendus qui existait entre elle et ses parents. Elle se sentait à la fois abandonnée et ignorée ; ses propres souffrances et frustrations semblaient éclipsées par celles des autres.

Regagnant tristement sa chambre, Neïla méditait sur la vaste étendue de sa solitude. Comment pourrait-elle se frayer un chemin dans cette nouvelle réalité, où même au sein de sa propre famille, ses émotions et ses douleurs paraissaient être reléguées au second plan ?

## Samjayi : 8 juillet

Allongé sur son lit, dans sa chambre aux murs ornés d'affiches de sport, Samjayi se laissait bercer par les rythmes entraînants de la musique qui remplissaient l'espace. Le tempo mélodieux vibrait à travers le matelas puis venait flotter dans l'air en se mêlant à l'odeur suave de son déodorant habituel. La douce lumière de l'après-midi filtrait à travers les rideaux, créant quant à elle une atmosphère apaisante. Malgré cela, les pensées du jeune homme étaient tumultueuses, tournées autour de Neïla. « Trois jours sans nouvelles, ce n'est pas dans ses habitudes. Peut-être qu'elle est occupée... j'espère qu'elle va bien », se disait-il à voix basse, son cœur battant à un rythme incertain, oscillant entre l'inquiétude et l'espoir.

Tandis qu'il tenait son téléphone, hésitant à composer le numéro de son amie, la texture lisse de l'appareil détonnait avec la nervosité de ses doigts. Soudain, la porte de sa chambre s'ouvrit brusquement, laissant entrer un courant d'air frais qui fit danser les rideaux. Sa mère se tenait là, une expression rigide sur le visage, qui tranchait nettement avec l'harmonieuse ambiance musicale qui régnait jusque-là.

« Maman, j'ai 18 ans maintenant. Tu devrais frapper avant d'entrer, dit-il d'un ton empreint d'agacement, rompant lui aussi avec la douceur de la mélodie qui s'estompait.

— À 18 ans, sous notre toit, tu n'as pas de secrets, Samjayi », rétorqua sèchement sa mère. Elle s'avança rapidement vers lui. « Les résultats du concours de l'école de commerce sont sortis. Tu ne nous as rien dit, n'est-ce pas ? »

Samjayi détourna le regard, fixant un coin de la pièce où la lumière jouait sur le mur. « J'ai… oublié de vous le dire », admit-il, désormais recouvert d'un voile de gêne. Il avait l'impression de marcher sur des œufs.

« Oublié, ou tu as échoué ? » insista sa mère, ses yeux inquisiteurs cherchant obstinément les siens.

Les mots pesaient sur sa langue, mais il tenta de garder son calme avant de répondre enfin : « Il y a d'autres concours, maman. Tout n'est pas perdu. »

Sa mère lâcha un soupir, son visage laissant alors transparaître toute sa déception. « Ton frère a réussi du premier coup, lui, et en étant premier du concours. Tu ne sembles pas réaliser la chance que tu as, avec tout ce que nous t'avons offert. » Ses mots, chargés d'un regret non dissimulé, restèrent suspendus dans l'air quelques instants.

La frustration monta en Samjayi comme une lame de fond. Il se redressa, ses épaules raidies sous le poids des attentes non satisfaites. « J'ai fait de mon mieux, maman. Ce n'est pas l'envie de réussir qui me manque. » Chaque mot était prononcé avec une détermination farouche, ce qui était assez rare chez lui.

« Ton père s'occupera de cela à son retour », conclut sa mère d'un ton sans appel, avant de quitter la chambre. La porte se ferma avec un léger grincement, laissant derrière elle une fébrilité si dense qu'elle en paraissait tangible.

Seul de nouveau, Samjayi coupa définitivement la musique, ce qui plongea la chambre dans un calme oppressant. Allongé, il contemplait le plafond, perdu dans un flot de pensées entremêlées de doutes et d'esprit de rébellion. *À 18 ans, je devrais être en train de tracer mon propre chemin, de découvrir qui je suis vraiment, pas de me noyer sous le poids des espérances familiales*, réfléchissait-il, le cœur accablé par le fardeau de cette réalité.

Plus tard, assis dans le vaste salon qui baignait dans une semi-obscurité, Samjayi se sentait étrangement isolé malgré les éclats de lumière bleutée de la télévision qui projetaient un semblant d'animation sur les murs. Le programme diffusé n'était qu'un bruit de fond incohérent face à la marée incessante de ses pensées. L'horloge murale indiquait 23 heures passées, bien au-delà de l'heure à laquelle il se trouvait habituellement sous ses couvertures.

La porte s'ouvrit brusquement, faisant sursauter Samjayi et interrompant ses réflexions. Son père entra. Il fixa le jeune homme d'un regard scrutateur et dit d'un ton calme mais distant : « Bonsoir fils, comment vas-tu ? »

Samjayi, légèrement déstabilisé, tenta de conserver une façade de calme et répondit : « Ça va, papa. Et toi, comment s'est passée ta journée ? »

Ignorant la tentative de conversation de son fils, Etiema balaya l'air d'un geste désinvolte et ordonna : « Range mes affaires dans la chambre et sers-moi un verre de Chivas. » Samjayi se leva d'un bond, une nervosité manifeste dans ses mouvements tandis qu'il obéissait à la directive intimidante.

De retour dans le salon, il versa le whisky dans un verre épais que son père saisit sans un mot, tout en l'observant. Alors que le temps paraissait se figer autour du tintement du glaçon dans le verre, Etiema demanda brusquement :

« Skylas est déjà rentré ?

— Non, papa. Il doit être resté à l'école pour réviser avec des amis, répondit Samjayi, essayant vainement de masquer son malaise.

— Lui, au moins, se donne à fond. Pas comme toi ! » répliqua son père, l'ironie mordante de ses mots déchirant l'air tel un éclair.

Samjayi reçut ces mots comme un coup direct porté à son estime. Il respira profondément, luttant pour contenir son émotion.

« J'ai appris pour ton échec au concours de l'école de commerce, poursuivit l'homme. C'est l'une des plus prestigieuses du pays. Tu me déçois, Samjayi.

— Désolé, papa. J'ai vraiment fait de mon mieux, bafouilla-t-il difficilement, une vague de frustration et de honte montant en lui.

— De ton mieux ? Je ne te vois jamais réviser. Toujours sur ton téléphone ou devant cette télé. » Son père continuait, indifférent aux tourments de son fils. « Heureusement, j'ai quelques contacts. Tu seras inscrit. »

Samjayi baissa la tête et, impuissant, laissa les mots de son père retentir en lui comme un rappel cinglant de ses échecs.

« Merci, papa, réussit-il finalement à articuler, son timbre éteint dissimulant à peine son amertume. Je vais redoubler d'efforts.

— Tu as intérêt », rétorqua son père pour seule réponse, émise sur un ton ouvertement glacial.

Samjayi resta un moment dans le salon seul avec son père, absorbé par le contrôle de la télécommande. Complètement inhibé, il ne tenta ni de parler ni même de toucher à son téléphone, laissant l'air s'électrifier entre eux, prêt à éclater au moindre faux pas. Après avoir vidé son verre de whisky, son père se leva et quitta la pièce sans un mot, laissant derrière lui une tranquillité troublée qui martelait douloureusement dans le cœur de Samjayi.

Esseulé une fois de plus, Samjayi sentit une profonde solitude l'envahir, tiraillé qu'il était entre la pression de répondre aux attentes de son père et la prise de conscience déchirante qu'il vivait une existence dictée par les autres. Les paroles cinglantes d'Etiema tournaient en boucle dans son esprit, tel un écho douloureux se heurtant à son combat constant pour forger sa propre identité et trouver sa direction dans la vie.

Épuisé, Samjayi finit par s'endormir sur le canapé en cuir, son corps s'enfonçant dans les coussins moelleux. Autour de lui, le salon, enveloppé dans la lumière tamisée des lampes, exsudait une richesse discrète. Les murs étaient ornés de tableaux africains, de photos de famille, et un épais tapis sous ses pieds ajoutait une couche supplémentaire de confort. Le son léger de la télévision encore allumée complétait l'ambiance paisible.

Le retour tardif de Skylas rompit la tranquillité de la pièce. Réveillé brusquement, Samjayi fut aussitôt frappé par l'odeur de sueur mêlée à celle de l'alcool qui émanait de son frère. La fatigue était visible dans ses yeux rougis, un contraste frappant avec son allure habituellement impeccable.

« Ah, tu traînes ici ? Pourquoi tu ne dors pas dans ta chambre ? demanda Skylas, le ton chargé d'épuisement, mais toujours doux.

— Je regardais la télé, puis je me suis assoupi », bredouilla Samjayi, s'étirant pour chasser la raideur de son sommeil.

Il lâcha ensuite un soupir. « Parfois, j'aimerais être à ta place », dit-il à voix basse, les yeux dans le vague. Il fit une pause avant d'ajouter : « Papa a utilisé ses contacts pour arranger mon admission à l'école. Je vais étudier dans le même établissement que toi.

— Vraiment ? C'est une belle opportunité, ça ! s'exclama Skylas, les yeux pétillant de surprise et d'enthousiasme. Mais rappelle-toi, il faudra que tu y mettes toute ton énergie. »

Samjayi hésita avant de se confier à son frère : « J'ai peur. Je ne suis pas sûr de vraiment vouloir tout ça… J'ai l'impression que papa et maman projettent leurs rêves sur moi. »

Skylas prit un moment pour répondre, ses mots choisis avec soin. « Je comprends. J'avais des doutes aussi à ton âge. J'ai même envisagé le droit à un moment, mais après une longue discussion avec papa, j'ai changé d'avis. Regarde maintenant toutes les portes que cela m'ouvre. »

Samjayi se sentait partagé, coincé dans un conflit interne entre suivre ses propres passions et saisir les opportunités qui s'offraient à lui. « Moi, je ne sais même pas ce que je veux vraiment, avoua-t-il enfin dans un chuchotement presque inaudible.

— Tu as déjà une place assurée dans une bonne école, répondit Skylas avec bienveillance, posant une main rassurante sur l'épaule de son frère. Et je serai là pour t'épauler. Pense à ces prochains mois comme à une période pour te ressourcer et te préparer avant le début des cours.

— Tu penses que ça sera suffisant ? » demanda Samjayi, cherchant une nouvelle fois du réconfort dans les paroles de son frère.

Skylas se leva, prêt à quitter la pièce. « Bien sûr, tu verras, assura-t-il avec un sourire encourageant. Demain, les choses t'apparaîtront plus clairement, c'est certain. » Il bâilla légèrement, signe évident de sa propre fatigue, avant de s'éclipser.

Samjayi resta immobile un moment, perdu dans un océan de réflexions. Les mots de Skylas vibraient dans sa tête, y provoquant à la fois réconfort et confusion. Le poids des attentes familiales paraissait encore plus accablant dans le silence de la nuit. Tandis qu'il tentait de se projeter dans son avenir incertain, une vague de fatigue l'envahit, son corps le rappelant à son impérieux besoin de repos.

Il se leva lentement, ses mouvements empreints de fatigue. Avant de se diriger vers sa chambre, il jeta un dernier regard à son téléphone. Il y remarqua un message non lu. La perspective que celui-ci provienne de Neïla fit frémir son cœur un bref moment, mais il s'agissait de Samueli, dont les mots s'affichèrent sur l'écran : « Tu es partant pour sortir la semaine prochaine avec les autres et Neïla ? Pour lui changer les idées. » Un sourire timide se dessina sur les lèvres de Samjayi. La perspective de cette sortie lui offrait un répit bienvenu dans le tumulte de ses pensées entremêlées. Il éteignit son téléphone, laissant derrière lui le salon sombrer dans une quiétude nocturne, et se rendit jusqu'à son lit, prêt à se laisser emporter par le sommeil.

## Samjayi, Neïla : 11 juillet

Descendant de la mototaxi, Samjayi secoua la poussière accumulée sur ses vêtements durant son périple à travers la ville animée. Il avait zigzagué entre un chaos de voitures, de piétons et de vendeurs ambulants, chaque instant sur la route étant une lutte pour maintenir l'équilibre. Il marchait désormais pensivement le long de la grande rue menant à la maison de Neïla, enveloppé par l'effervescence du quartier.

Dès l'entrée de l'avenue, la vie urbaine battait son plein : les braisiers remplis de viande grillée émettaient des arômes alléchants, tandis que les vendeurs à la sauvette proposaient leurs marchandises hétéroclites. Les échoppes alimentaires et les bars, pleins de discussions et de rires, s'enchaînaient sans interruption, ouverts peu importe l'heure. Chaque bar diffusait sa propre sélection musicale, les mélodies s'entremêlant et se heurtant dans une cacophonie auditive qui saturait l'air ambiant. Cette symphonie chaotique, où se superposaient musiques locales et pop moderne, donnait à la rue un caractère vivant mais quelque peu dissonant. Un petit restaurant servait également de point de rassemblement pour les chauffeurs de motos-taxis, qui s'y arrêtaient pour un repas rapide et bon marché, contribuant à la dynamique unique de ce quartier animé.

Arrivé devant la demeure des Dunkam, Samjayi appuya sur la sonnette, envahi par une bouffée d'excitation. En attendant que quelqu'un arrive, il observait les enfants qui jouaient devant et les voisins qui bavardaient, leurs échanges se mêlant à la musique émanant d'une maison voisine, jouée assez fort pour remplir l'air de mélodies captivantes. Inspirant profondément, son cœur s'accélérait à l'idée de retrouver Neïla, de la soutenir, et de lui montrer qu'il était là pour elle.

Comme il se perdait dans ses pensées, anticipant leurs retrouvailles, il ne remarqua pas immédiatement Maketa, qui avait ouvert la porte.

« Samjayi ! Tu viens voir Neïla ? s'exclama-t-elle, ses yeux brillant d'enthousiasme et son visage aussi lumineux qu'un petit soleil.

— Oui, exactement », répondit-il avec un sourire chaleureux, amplifié par une légère nervosité.

Ils traversèrent ensemble la cour ensoleillée, parsemée de chaises éparses témoignant de récentes soirées passées à l'extérieur, signe d'une maison toujours accueillante.

Maketa se dirigea directement vers la chambre de Neïla, laissant Samjayi s'installer dans le salon où Zaria était absorbée par un programme télévisé. À l'apparition de Samjayi, elle se redressa rapidement, son visage s'illuminant d'un intérêt soudain. Elle se leva et s'avança vers lui d'une démarche espiègle, accentuant le balancement de ses hanches. Vêtue d'une jupe courte et d'un haut moulant qui soulignait ses formes naissantes, elle afficha un sourire malicieux. « Coucou, Samjayi ! Tu viens juste voir Neïla, ou tu m'emmèneras aussi en promenade un de ces jours ? » Elle lui fit un clin d'œil complice, effleurant de sa main le bras du jeune homme.

Samjayi, un peu décontenancé par la question audacieuse de Zaria, cherchait encore ses mots lorsque la mère de cette dernière fit son entrée. Thaïma lança un regard réprobateur à sa fille et lui dit d'un ton ferme : « Zaria, n'oublie pas de proposer quelque chose à boire à Samjayi. » Celle-ci prit un air boudeur, puis obéit à contrecœur.

Thaïma se tourna ensuite vers Samjayi. « On n'a pas encore préparé à manger, mais si tu peux attendre, on te servira quelque chose bientôt », proposa-t-elle avec hospitalité. Samjayi la rassura en souriant : « Ne vous inquiétez pas, tantine, ce n'est pas la peine. Neïla et moi allons bientôt sortir. »

Se retrouvant seul avec Thaïma dans le salon accueillant, Samjayi observa l'espace confortablement aménagé : des canapés en tissu doux dans des teintes chaleureuses et des murs ornés de tableaux de famille et de versets bibliques, reflets de la foi profonde de Thaïma.

Cette dernière, s'exprimant avec une chaleur toute maternelle, s'enquit de sa famille.

« Comment vont tes parents, Samjayi ? demanda-t-elle avec une sincère bienveillance.

— Ils vont bien, tantine. Ils vous passent le bonjour », répondit-il dans un sourire.

Profitant de cette intimité, Thaïma s'intéressa ensuite à ses projets scolaires. « Tu as trouvé une université où aller ? » Ses yeux brillaient d'un authentique intérêt.

Samjayi, se sentant toujours embarrassé face à la réalité de sa situation, répondit néanmoins avec optimisme : « Oui, tantine, je vais intégrer une école de commerce dont j'ai réussi le concours d'entrée. » Son sourire se fit légèrement crispé, dissimulant à peine son hésitation intérieure.

« C'est merveilleux, mon fils ! Tu as bien travaillé, Dieu merci », s'exclama Thaïma, une lueur de fierté dans le regard.

Samjayi acquiesça d'un signe de la tête, masquant son trouble derrière une façade de gratitude. « Merci, tantine. » Il détourna ensuite discrètement les yeux pour cacher les doutes qui l'assaillaient à nouveau.

Zaria réapparut, tenant élégamment une bouteille de jus d'ananas fraîchement pressé. Elle offrit un verre à l'invité, ses yeux cherchant à tisser avec lui une connexion invisible et à capter son attention. Samjayi, qui ne souhaitait pas se laisser déstabiliser une seconde fois, accepta le verre avec une courtoisie mesurée, tout en évitant délibérément de croiser son regard insistant. Zaria prit alors place non loin de lui, fit lentement glisser ses yeux vers l'écran, devant lequel elle feignit ensuite un grand intérêt pour le programme diffusé, afin de camoufler sa déception.

C'est alors que Neïla fit son entrée, accompagnée de Maketa. Rayonnante d'une énergie contagieuse et joyeuse, Maketa poussait le fauteuil de Neïla avec une aisance qui témoignait de leur complicité et de leur affection mutuelle. Lorsqu'elles pénétrèrent dans le salon, le temps sembla se suspendre un instant. Assise dans son fauteuil roulant, Neïla arborait une robe qui drapait harmonieusement sa silhouette d'une grâce innée. Ses yeux brillaient d'une lumière intérieure qui transcendait les limites liées à son handicap. La dignité avec laquelle elle maintenait sa tête haute, mêlant élégance naturelle et assurance, captiva instantanément toute l'attention de Samjayi. Son parfum de lavande, doux et rafraîchissant, se diffusait dans l'air chaud du salon, apportant un souffle de légèreté.

Thaïma s'approcha de Samjayi, son visage empreint de préoccupation maternelle.

« Samjayi, je compte sur toi pour prendre soin de Neïla, dit-elle avec fermeté. Ma fille a toujours été pleine de vie. Elle a besoin de distractions. Assure-toi qu'elle passe un bon moment, s'il te plaît.

— Je veillerai sur elle, tantine. Ne vous inquiétez pas », assura Samjayi, ressentant non sans une certaine fierté le poids de la confiance et de la responsabilité placées sur ses épaules.

Maketa, debout à côté de sa sœur, adressa un sourire complice à Samjayi, avant de lancer avec malice : « Vous me garderez des friandises, n'est-ce pas, Neïla ? » Celle-ci lui rendit son sourire, confiante. « Bien sûr, ne t'inquiète pas, Maketa. » Puis, se tournant vers Samjayi, elle ajouta : « Allons-y, je suis prête. »

Tout en poussant doucement le fauteuil de Neïla, Samjayi admirait en lui-même sa force et son courage. Cette sortie n'était pas un simple moment de détente ; c'était aussi une occasion pour Neïla de se ressourcer, de se concentrer sur des pensées positives. Quant à Samjayi, il y voyait l'opportunité de démontrer son engagement à être là pour elle, à partager ses moments de bonheur et à la soutenir dans les défis qu'elle affrontait.

## Neïla, Samjayi, Samueli, Bertina, Sébastien, Madelson : 11 juillet

Samjayi et Neïla rejoignirent un parc urbain qui leur était familier, niché au cœur de la ville et entouré d'une discrète clôture. Ce lieu paisible offrait un contraste saisissant avec l'agitation extérieure. En son milieu se trouvait un restaurant qui donnait sur une allée centrale agrémentée d'une fontaine à eau. Le parc était richement aménagé de massifs fleuris, arborant des héliconias éclatantes et des roses délicates, ainsi que de nombreux petits bosquets ombragés où la végétation luxuriante offrait un répit contre le soleil ardent. Les ponts piétonniers en béton serpentaient entre ces oasis de verdure et invitaient à la promenade. Non loin de là, un jardin écologique captivait l'attention des visiteurs de passage. Malgré quelques signes d'entretien imparfait, le parc demeurait un havre de paix, où le bruit incessant de la ville se transformait en un murmure lointain. Des points d'eau émaillaient également le paysage et accueillaient des oiseaux qui s'y prélassaient joyeusement, ajoutant une note pittoresque à ce refuge urbain.

Poussant le fauteuil de Neïla sur un sentier dallé, Samjayi ressentait chaque vibration sous ses pieds, en harmonie avec la symphonie naturelle qui enveloppait le parc. Lorsqu'ils retrouvèrent Samueli, celle-ci les accueillit de sa présence aussi lumineuse que le soleil de midi. « Alors, les tourtereaux sont enfin arrivés ! » s'exclama-t-elle avec un sourire espiègle qui éclairait son visage.

Neïla, resplendissante de joie à la vue de son amie, aurait voulu bondir pour l'embrasser, mais la réalité de son fauteuil la retenait. « Samueli, approche pour un câlin ! » demanda-t-elle gaiement. Samjayi, qui avait été pris au dépourvu par la boutade lancée par Samueli en guise de salut, entrouvrit les lèvres comme pour y répondre, mais opta finalement pour un sourire timide, se laissant porter par l'ambiance chaleureuse.

D'une démarche assurée et élégante, Samueli s'avança alors vers Samjayi, lui offrant une bise amicale avant de se tourner vers Neïla. « Tu es magnifique aujourd'hui, Neïla », lui dit-elle en effleurant doucement sa joue. Sous ce geste tendre, Neïla sentit son cœur s'accélérer, une chaleur envahir ses joues, et un frisson de bonheur parcourir tout son corps.

Samueli guida ensuite ses deux amis vers un coin ombragé près de la clôture en métal, où de petits arbustes formaient un abri naturel contre la chaleur accablante. Là, le reste de leur groupe — Bertina, Madelson et Sébastien — les attendait avec impatience, agitant leurs mains en signe de bienvenue. Ils s'installèrent en cercle, assis sur des pagnes aux motifs colorés, créant ainsi une mosaïque bigarrée sur le gazon uniformément vert.

Le pique-nique débuta dans une atmosphère détendue, chaque membre du groupe sortant de son sac toute une variété de friandises. Des cacahuètes grillées, salées et sucrées, des beignets et des gâteaux faits maison, des brochettes de viande grillée ; chaque délice ajoutait une nouvelle note à la symphonie des saveurs qui se déployait sous leurs yeux. Les boissons n'étaient pas en reste, avec des sodas pétillants et des breuvages maison à base de feuilles d'hibiscus et de gingembre, servis bien glacés afin de combattre la chaleur.

Bertina se tourna vers Neïla, un large sourire illuminant son visage.

« C'est super que tes parents aient organisé cette fête pour toi, Neïla ! lança-t-elle, son enthousiasme ajoutant une note joyeuse à l'ambiance déjà pleine d'allégresse.

— Oui, c'était génial, surtout avec vous tous à mes côtés, répondit Neïla avec un sourire légèrement forcé, masquant ses émotions sous-jacentes. Ça m'a beaucoup touchée.

— C'est vrai qu'avec les exams, on s'est tous un peu perdus de vue, ajouta Madelson, toujours aussi direct et enjoué. Ça fait du bien de se retrouver, surtout maintenant que tout le monde a réussi ! » Son enthousiasme était contagieux et il balayait l'air d'un geste comme pour chasser le stress des mois passés.

Sébastien, l'intellectuel du groupe, orienta la conversation vers l'avenir. « Et maintenant qu'on a tous eu notre bac, c'est quoi vos plans ? » demanda-t-il, curieux.

Chacun partagea alors ses aspirations. Madelson, visiblement las des études théoriques, prévoyait de s'inscrire en fac de sciences. « Je vais me concentrer un peu sur le foot aussi, prendre le temps de vivre, vous voyez ? » expliqua-t-il, son regard pétillant à l'idée d'une plus grande liberté.

Bertina, plus hésitante, confia son désir d'intégrer l'ENS pour enseigner la physique et la chimie, bien qu'elle doutât de ses capacités. « Je vais suivre des cours préparatoires aux concours avant de me lancer, pour être sûre », dit-elle, mordillant nerveusement sa lèvre inférieure.

Sébastien, toujours studieux et méthodique, avait déjà franchi l'étape du concours d'entrée à Polytechnique. « Honnêtement, je me sens assez confiant grâce à ma préparation, mais je vais quand même tenter d'autres concours d'ingénieur, juste pour ne pas mettre tous mes œufs dans le même panier. » Avec sa rigueur habituelle et sa capacité à se maintenir constamment parmi les meilleurs de sa classe, il n'était pas étonnant qu'il envisageât la suite de son parcours avec sérénité. Ayant décroché une mention bien au bac, son assurance en ses capacités n'était pas seulement un optimisme aveugle, mais le fruit d'un engagement indéfectible envers ses études.

Samjayi, un peu en retrait jusqu'alors, leva enfin la tête pour annoncer fièrement son admission en école de commerce. Les félicitations fusèrent, mais Sébastien, jamais avare d'une plaisanterie, lança : « J'ai vu les épreuves de ton concours, Samjayi, et franchement, je n'aurais pas parié sur toi ! » Les rires de Bertina et Madelson éclatèrent, mais Samjayi fut réellement touché par la remarque.

Neïla répondit rapidement à Sébastien : « Quand on a la volonté, on peut y arriver, peu importe les obstacles. »

Samueli, quant à elle, partagea ses incertitudes : « Moi, je vais suivre des cours de préparation pour divers concours. Je verrai bien où ça me mène, selon mon niveau. »

Neïla, avec un léger accent de mélancolie, révéla ses propres plans :

« Je commencerai par la fac de biologie, mais tout dépendra de l'efficacité de mon traitement. Si tout va bien, je pourrai rapidement me concentrer sur ce que je veux vraiment faire.

— Tu risques de perdre encore un an, comme ça... ne put s'empêcher de commenter Madelson, qui manquait parfois de tact.

— Ce n'est pas le moment de penser à ça, Madelson ! » réagit vivement Samueli, un peu irritée par cette remarque.

Comme pour se racheter, Madelson fouilla dans son sac et en sortit une bouteille d'alcool avec un sourire conciliant. « Désolé... Pour me faire pardonner, regardez ce que j'ai apporté ! »

La proposition de Madelson de partager cette bouteille divisa le groupe. Bertina, qui préférait rester sobre, tenta de se rapprocher de lui, cherchant le soutien de sa main dans un geste affectueux. Mais Madelson, avec une désinvolture soigneusement mesurée, la repoussa gentiment, un sourire en coin.

À côté de Neïla, Samjayi hésita brièvement, un conflit intérieur éphémère se lisant sur son visage, avant de céder à un élan de témérité. « Pourquoi pas essayer ? Un petit verre ne peut pas faire de mal », déclara-t-il, une pointe de défi dans la voix. Madelson, ravi, lui servit une coupe, son sourire s'élargissant. « Voilà ce que j'aime entendre ! » s'exclama-t-il, guilleret.

À la surprise de tous, Sébastien, généralement prudent, accepta lui aussi un verre, bien que timidement. « D'accord, mais juste un peu, pour goûter. » Son assentiment arracha un sourire amusé à Samueli qui, pour sa part, déclina poliment l'offre. « J'ai déjà goûté, et ce n'est vraiment pas pour moi. » Neïla suivit son exemple, choisissant de rester en retrait de cette célébration.

Dans cet environnement paisible, Samjayi restait en permanence attentif à Neïla, ajustant régulièrement son fauteuil pour maximiser son confort, son regard aimanté par le visage illuminé de joie de la jeune fille. Bien qu'il partageât les rires et participât activement aux discussions collectives, une partie de lui restait inévitablement attirée par Neïla, et il observait minutieusement chacune de ses interactions.

L'ambiance changea lorsque Bertina, emportée par son élan, remarqua : « Je suis vraiment contente de te voir sourire ainsi, Neïla. Quand je pense à ton retour au lycée après ton accident… » Sa voix s'éteignit, consciente qu'elle venait de toucher une plaie sensible. L'échange s'interrompit, chacun se retrouvant happé par les souvenirs de ces jours sombres où la tristesse et le désespoir avaient semblé envelopper Neïla comme un linceul.

Malgré la douleur résiduelle née de l'évocation de ce terrible passé, Neïla afficha un sourire résilient et se tourna vers Bertina. « Merci, Bertina. C'est vrai que c'était une période difficile, mais je vais beaucoup mieux maintenant. Honnêtement, je ne peux qu'aller de l'avant. »

Samueli écoutait attentivement la réponse de son amie, et sa tête fit un mouvement aussi léger qu'une brise en signe de soutien. « De toute façon, les histoires du lycée, c'est du passé maintenant. Ce qui compte, c'est ce qu'on construit aujourd'hui, et le futur qu'on se prépare », ajouta-t-elle avec conviction, son regard balayant amplement le groupe, comme pour marquer le début d'une nouvelle ère pour eux tous.

Alors que les dernières lueurs du jour s'estompaient, Samjayi consulta discrètement sa montre avant de se tourner vers Neïla avec une certaine hâte. « Neïla, il commence à se faire tard, l'informa-t-il avec sérénité. Nous devrions rentrer pour ne pas inquiéter tata Thaïma. » Neïla accepta, reconnaissante envers l'attention de Samjayi, et se prépara à quitter ce tableau pastoral composé de ses amis réunis dans ce havre de paix et de verdure. Elle lança un dernier regard autour d'elle, gravant en elle les souvenirs d'éclats de rire et de partages, consciente de la valeur si précieuse de ces quelques moments passés ensemble.

Le groupe commença alors à rassembler tranquillement ses affaires, prolongeant encore un peu les derniers instants de gaieté et de conversation, tandis que la lumière du jour cédait la place à l'obscurité naissante. Chacun ressentait la douce nostalgie de la journée qui se terminait, celle des souvenirs d'un après-midi partagé, rempli de rires, de révélations et de réconciliations avec le passé.

## Ruben : 12 juillet

Dans le cœur palpitant du marché, niché entre une quincaillerie bruyante et une boutique de vêtements à la mode, se trouvait le petit magasin de Ruben Dunkam. Spécialisée dans les appareils électroniques et de bureautique, l'échoppe était méticuleusement organisée, les produits en réduction exposés avec soin derrière des vitrines. Une porte à l'arrière du magasin donnait sur un espace servant à la fois de stockage et de pièce de travail.

Assis derrière son bureau en bois patiné par le temps, Ruben y était absorbé par ses comptes. Les chiffres défilaient dans un carnet usé tandis qu'il tapotait frénétiquement sur sa calculatrice.

Ruben fronçait les sourcils, une expression d'embarras évidente se peignant sur son visage. Un client venait de lui retourner une imprimante qu'il lui avait achetée, tombée en panne bien trop rapidement. Cette situation le préoccupait profondément car elle menaçait la réputation de son magasin.

« Mamoudou, as-tu vu cette imprimante que le client nous a ramenée ? C'est la troisième fois en quelques mois que nous avons un retour pour un problème similaire », dit Ruben en désignant l'appareil défectueux.

Mamoudou, son assistant, examina l'imprimante avec une moue perplexe. « Je ne comprends pas, patron. Elles fonctionnaient bien quand nous les avons testées. Peut-être qu'il faudrait revoir la qualité de nos fournisseurs ? »

Ruben approuva, cherchant des solutions dans le fil de ses pensées. « Oui, je pense que tu as raison. Nous devons absolument discuter avec le fournisseur. Ces pannes nuisent à notre crédibilité et je ne veux pas perdre la confiance de nos clients. Appelle-les dès que possible, s'il te plaît. »

Le menton de Mamoudou fit un léger mouvement d'assentiment. « Je m'en occupe, patron. Espérons que nous pourrons résoudre ce problème rapidement. »

Alors que Ruben s'enfonçait davantage dans ses réflexions tourmentées, la porte du magasin s'ouvrit avec un doux bourdonnement, annonçant l'arrivée de Joseph. Son sourire lumineux contrastait avec l'ambiance tendue du magasin. « Salut Ruben, comment ça va aujourd'hui ? » lança-t-il avec un enthousiasme communicatif.

Ruben, surpris mais visiblement ravi de cette visite imprévue, se redressa. « Ah, Joseph, c'est toi ! Eh bien, on fait aller, entre les hauts et les bas, comme d'habitude. » Un sourire fatigué mais sincère se dessina sur ses lèvres, heureux qu'il était de cette interruption bienvenue.

Après quelques échanges légers sur les choses du quotidien, Joseph adopta une expression plus sérieuse. « Ruben, j'aimerais discuter de quelque chose d'important avec toi. En privé. Que dirais-tu de prendre un verre ensemble ? » proposa-t-il, avec un regard grave mais amical.

Intrigué et quelque peu inquiet face à cette invitation, Ruben donna son accord. « Bien sûr, allons-y. » Il confia rapidement la boutique à Mamoudou et suivit Joseph à travers les rues animées du marché. Ensemble, ils se dirigèrent vers un bar familier, non loin de là, où ils espéraient trouver un peu de tranquillité pour leur conversation.

Dans l'ambiance chaleureuse et animée du bar, une femme s'activait près de l'entrée, préparant le repas destiné à nourrir les nombreuses personnes du marché venant se restaurer dans cet établissement. Ruben observait Joseph avec une appréhension croissante. Ils s'étaient installés à une table légèrement en retrait, proche de l'entrée, un lieu idéal pour une conversation privée. Autour d'eux, la musique du bar, le tintement des bouteilles et les rires dispersés créaient une toile de fond vivante tandis que la serveuse s'approchait pour prendre leurs commandes.

Joseph adopta un ton calme et presque solennel pour se lancer : « Ruben, tu sais combien notre amitié est ancienne et précieuse... » Il marqua une pause, cherchant visiblement ses mots avec soin, conscient de l'importance de ce qu'il s'apprêtait à révéler.

Ruben, qui sentait bien l'importance du moment, l'encouragea silencieusement à poursuivre. Joseph prit une profonde inspiration, fixant toujours les yeux de son vieil ami. « Depuis la disparition de ma femme, j'ai été submergé par la solitude, un vide que rien ne semble pouvoir combler... »

Ruben écoutait avec une attention soutenue et perçut avec acuité la gravité de cette confession. Joseph continua : « Et puis, il y a eu l'accident de Neïla. Depuis ce jour, je vis avec un sentiment de culpabilité insupportable, comme si j'avais une dette envers elle, une responsabilité que je ne peux plus ignorer. »

Touché par la sincérité de son ami, Ruben inclina légèrement la tête, signe de son attention et de son soutien. Joseph hésita un instant avant de reprendre. « Je crois que, en épousant Neïla, je pourrais non seulement lui apporter l'aide dont elle a besoin, mais aussi trouver une forme de rédemption pour mes propres erreurs. J'ai longuement réfléchi à cela, Ruben. »

Ruben fut abasourdi par la surprenante proposition de Joseph ; il était tellement hébété qu'il ne remarqua même pas la serveuse qui attendait pour décapsuler sa bouteille de bière. Les bruits du bar semblaient s'estomper autour de lui, laissant place à un malaise perceptible qui enveloppait leur table. Il avait besoin de clarification.

« Joseph, peux-tu répéter, s'il te plaît ? demanda-t-il.

— Je souhaite vraiment épouser Neïla », réitéra Joseph calmement, réaffirmant son intention avec une conviction renouvelée.

Ruben prit un moment pour digérer l'information, puis répondit avec prudence. « Épouser Neïla ne doit pas être une décision prise à la légère. Tu sais tout ce qu'elle a enduré… Et tu ne peux pas faire un tel choix uniquement par culpabilité.

— J'en suis pleinement conscient, Ruben, acquiesça Joseph, son visage empreint de sérieux. Et sois assuré que ce n'est pas seulement la culpabilité qui me guide. Même avant son accident, j'avais remarqué la femme exceptionnelle qu'elle devenait.

— Tu me prends de court, Joseph, admit Ruben, toujours troublé. Je sais bien que Neïla est destinée à se marier un jour, mais je n'avais jamais envisagé cela... surtout pas avec toi, et encore moins après son accident.

— Quel est le problème, Ruben ? demanda Joseph plus brutalement. Ne me dis pas que c'est la différence d'âge. Nos parents et grands-parents se sont mariés jeunes et ont bâti des vies heureuses ensemble. Je crois que Neïla est une femme accomplie, avec la force et la résilience nécessaires pour construire elle aussi une vie heureuse... avec moi. »

Le père de Neïla, perdu dans ses pensées, se remémorait les récits de son enfance, notamment l'histoire du mariage arrangé de sa grand-mère, mariée à 16 ans à un homme qui avait près de 30 ans de plus qu'elle. Bien que cette union ait finalement mené à un bonheur durable, une part de lui demeurait sceptique.

Puis Ruben, choisissant ses mots avec soin, aborda un sujet délicat : « Joseph, tu dois aussi penser au handicap de Neïla. Sa situation n'est pas anodine... »

Joseph l'interrompit prestement, s'exprimant avec confiance et assurance. « Elle remarchera, Ruben. Je me suis bien renseigné. Les progrès médicaux sont en sa faveur, et je ferai tout ce qui est en mon pouvoir pour soutenir sa rééducation. » Son ton était ferme, reflétant sa foi incontestable dans le rétablissement futur de Neïla.

Ruben marqua une pause. L'optimisme de son ami apparaissait inébranlable, et cela lui donna matière à réflexion.

Constatant l'hésitation de Ruben, Joseph ajouta : « Et, Ruben, je veux aussi t'aider. Je sais que ton magasin traverse des moments difficiles. Si tu acceptes cette union, je m'engage à soutenir Neïla dans la poursuite de ses études et j'aiderai également tes autres filles. C'est ma façon de te démontrer ma gratitude pour toutes ces années d'amitié et de soutien. »

Ruben, profondément touché par la proposition de Joseph, éprouvait de la reconnaissance mais également un sens profond de l'obligation. Il se rappelait les jours sombres qui avaient suivi l'accident, lorsque Joseph était devenu bien plus qu'un ami, se transformant en un pilier de soutien vital pour sa famille en détresse. Il prit une longue gorgée de bière, laissant les paroles de Joseph infuser doucement dans son esprit.

« Joseph, ta présence et ton aide pendant cette période difficile ont été une véritable bénédiction. Ta générosité a considérablement allégé nos charges, notamment les traitements de Neïla et ses déplacements pour les soins.

— Ruben, j'ai toujours porté Neïla dans mon cœur. Après l'accident, il m'était impossible de rester passif. Je sais que l'argent ne peut effacer ce qui s'est passé, mais mon intention était d'amoindrir autant que possible le poids de sa convalescence. »

Il poursuivit, les yeux emplis de certitude : « Et si nous convenons de cette union, je suis prêt à offrir une dot conséquente qui pourrait t'aider à surmonter les difficultés actuelles de ton magasin. Je comprends à quel point les temps sont durs pour toi. »

Ruben soupesait soigneusement chaque mot entendu. L'offre de Joseph, bien que séduisante à certains égards, était lestée de graves implications. Il se remémorait le temps où Neïla, vibrante de vie et d'aspirations, attirait de nombreux admirateurs. Il avait secrètement espéré qu'un jour, l'un d'eux apporterait un soutien financier substantiel à la famille. Mais depuis l'accident, ces espoirs s'étaient dissipés, laissant place à une réalité plus crue et sombre.

Tandis que Joseph continuait à plaider sa cause, Ruben sentait un conflit intérieur grandir en lui. La proposition, si gênante qu'elle soit, arrivait néanmoins à un moment où il se sentait submergé par des difficultés financières apparemment insurmontables. Son magasin, autrefois florissant, peinait désormais à rester viable. La fatigue accumulée au cours des derniers mois pesait lourdement sur ses épaules.

« Joseph, je ne peux nier que ton aide serait un soulagement immense pour moi et pour ma famille. La situation du magasin me tourmente… J'ai peur pour l'avenir de mes filles.

— Je comprends ta douleur, acquiesça Joseph, et c'est précisément pourquoi je souhaite épouser Neïla, Ruben. Je veux prendre soin d'elle, lui offrir une vie stable et, par la même occasion, t'aider à remonter la pente. »

Ruben, les yeux embrumés par les souvenirs qui l'assaillaient, reconnaissait l'altruisme de Joseph, mais son cœur était profondément tiraillé. Accepter cette proposition changerait irrévocablement le destin de Neïla. Il pensa à la vie qu'elle aurait pu mener, aux rêves qu'elle nourrissait autrefois, et à la dure réalité qu'ils affrontaient désormais.

Il prit une nouvelle gorgée de sa boisson, laissant le poids de la décision l'envahir.

« Joseph, je dois y réfléchir, finit-il par répondre. C'est un choix qui influencera profondément la vie de Neïla. Je dois en discuter avec sa mère et avec elle avant de prendre une décision.

— Prends tout le temps nécessaire, Ruben. Sache que mon offre est sincère et que je suis réellement prêt à soutenir ta famille. »

Ruben, reconnaissant mais déchiré, appréciait à sa juste valeur l'aide de Joseph, tant passée que présente. Accepter cette proposition pourrait effectivement sauver son magasin, mais à quel prix pour sa fille ? Il se leva, termina sa bière d'un trait, salua Joseph et sortit du bar, les pensées tumultueuses liées à leur conversation tournant sans fin dans son esprit.

Il prit son téléphone pour appeler Thaïma. Après plusieurs tentatives infructueuses, une vague d'irritation le submergea. Il se demanda si son épouse était simplement occupée ou si elle évitait délibérément l'appel.

Il remit son téléphone dans sa poche avec un soupir résigné. « Je lui parlerai ce soir », décida-t-il, conscient que la discussion qu'ils devaient avoir nécessitait un cadre plus calme et plus intime que celui d'un appel téléphonique. Il reprit sa marche vers son magasin, se frayant un chemin à travers la foule, absorbé par les implications de la proposition de Joseph pour Neïla, pour lui-même, et pour leur famille.

En arrivant sur son lieu de travail, il était partagé entre le soulagement de retourner à sa routine et l'appréhension de la conversation à venir avec Thaïma et sa fille. Il savait que cette soirée serait décisive, un moment charnière qui pourrait redéfinir l'avenir de leur famille.

## Ruben, Neïla : 12 juillet

Dans le salon, où les rideaux avaient été tirés depuis un moment pour préserver l'intimité de la pièce durant la nuit, Neïla était assise dans son fauteuil roulant, perdue dans ses pensées. À ses côtés, Maketa, sa cadette, s'efforçait en vain de la distraire avec des jeux d'enfants. Cependant, accablée par une profonde mélancolie, Neïla trouvait peu de réconfort dans ces amusements. Son regard se perdait souvent dans le vide, tandis qu'elle méditait sur son avenir, sur ses chances de marcher à nouveau, et sur la beauté qu'elle craignait d'avoir perdue.

Toujours souriante, Maketa continuait de virevolter autour de Neïla, essayant de l'engager dans le jeu qu'elle avait imaginé. Neïla, fournissant un effort, esquissait un sourire contraint pour répondre aux attentes de sa sœur. Toutefois, l'ambiance chaleureuse se brisa lorsque Zaria, absorbée par un programme télévisé, se fâcha contre Maketa : « Arrête de faire du bruit, tu m'empêches de suivre ! » s'exclama-t-elle.

Neïla, offensée par le ton de Zaria, prit rapidement la défense de sa petite sœur. « Tu ne lui parles pas comme ça, Zaria. Elle n'est pas ton enfant. »

Le ton monta rapidement, et Zaria, dans un élan de cruauté, lança une pique acerbe qui frappa Neïla comme un coup de poignard : « De toute façon, qu'est-ce que tu peux me faire ? Tu n'as même plus tes jambes. » Les mots furent prononcés avec une froideur tranchante, enfonçant une aiguille de désespoir dans l'esprit de Neïla et laissant derrière eux un sillage de douleur et de brutalité accablantes.

À peine ces paroles cruelles eurent-elles quitté la bouche de Zaria qu'une lueur de regret se refléta dans ses yeux. Son cœur se serra sous le poids de la culpabilité. Bien qu'elle eût agi sous l'impulsion du moment, la gravité de ses mots la frappait maintenant pleinement. Son orgueil l'empêchait cependant d'exprimer le repentir brûlant en elle, et ses excuses se noyaient bien avant d'atteindre la surface.

À ses côtés, la petite Maketa, les joues trempées de larmes, se précipita vers Neïla, cherchant réconfort et consolation dans ses bras. Malgré son handicap, Neïla accueillit son étreinte autant que son fauteuil le permettait, enlaçant sa sœur cadette dans un câlin empreint d'amour et de maladresse. Maketa, secouée de sanglots, se blottit contre celle qui avait toujours été son roc.

Face à cette manifestation de vulnérabilité, Neïla, le visage durci par la peine et l'indignation, fixa Zaria de son regard sévère. « Je suis ta grande sœur, Zaria, et tu dois me respecter comme telle, dit-elle avec fermeté. Je suis peut-être dans ce fauteuil, mais je reste ton aînée, ne l'oublie pas. »

Zaria, submergée par la justesse de ces paroles, détourna les yeux, atterrée par les conséquences de ses propres mots. Les deux sœurs se regardaient sans rien dire, les pleurs de Maketa inondaient la pièce.

Chacune des sœurs était plongée dans un abîme de douleur et de remords.

Peu après, leur père entra dans le salon, le visage marqué par l'inquiétude.

« Votre mère est-elle rentrée ? interrogea-t-il avec une pointe d'angoisse.

— Non, elle est à un programme de l'église. Elle ne rentrera pas avant tard », répondit Zaria.

Ruben grogna pour lui-même, plus qu'à l'intention de ses filles : « Toujours à l'église, celle-là... » Puis, se tournant vers Neïla avec une gravité inhabituelle, il ajouta : « Neïla, j'ai quelque chose d'important à te dire. Rejoins-moi dans ma chambre une fois que tu auras fini ici. » L'annonce de cette discussion imminente avec son père plongea la jeune fille dans une nouvelle vague d'incertitude, exacerbant les émotions déjà intenses de la soirée.

Dans la chambre parentale, Ruben était assis à un petit bureau, feuilletant un carnet dans lequel il prenait des notes relatives à sa boutique avant de les saisir sur son ordinateur. Son téléphone et une petite calculatrice reposaient à côté d'une pile de documents plus ou moins rangés. Seule une lampe de chevet éclairait la pièce d'une lumière douce. Lorsque Neïla entra, Ruben interrompit son travail et lui demanda de laisser la lumière principale éteinte, préférant la pâle lueur de la lampe du bureau. Il se retourna ensuite sur sa chaise pour lui faire face.

Il entama la conversation avec sa fille en s'enquérant de son état et en lui demandant si elle avait apprécié la fête qu'ils avaient organisée pour elle. Puis, sans transition, il aborda le sujet qui le préoccupait :

« J'ai parlé à Joseph aujourd'hui. La perte de sa femme a été très dure pour lui, comme tu peux l'imaginer. Il n'a pas vraiment réussi à refaire sa vie et, tu sais, il n'est pas bon pour un homme de rester seul. » Il marqua une pause, son hésitation et ses doutes étaient perceptibles, mais il reprit néanmoins. « Il... il m'a également parlé de toi, car il avait quelque chose à te proposer. » L'appréhension de Ruben transparaissait clairement à présent, il évitait le regard de sa fille.

Neïla, toujours assise dans son fauteuil, sentit un frisson la parcourir.

« Que veux-tu dire, papa ?

— Les accidents sont imprévisibles et tragiques... Tu dois savoir que Joseph a été très généreux, en prenant en charge tes soins à l'hôpital après l'accident et en aidant à financer ton traitement. C'est un homme de cœur, poursuivit-il, ignorant les turbulences intérieures de Neïla.

— Où veux-tu en venir, papa ? » l'interrompit-elle brusquement.

Son père, imperturbable, continua à décrire Joseph sous un jour favorable. Neïla, en son for intérieur, bouillonnait. Chaque éloge envers Joseph lui était comme une épine enfoncée plus profondément dans le cœur. « Je pense qu'un mariage... avec lui, pourrait être bénéfique. Il m'a fait comprendre qu'il était prêt à faire cet effort. » Son père parlait avec une assurance forcée, comme s'il essayait de se convaincre lui-même.

« Mariage ? Avec Joseph ? s'horrifia Neïla. Non, papa, c'est impensable ! Comment peux-tu même ne serait-ce qu'envisager cela ? »

Il soupira, la douleur de peiner ainsi sa fille perceptible dans ses yeux. « Je sais que c'est beaucoup te demander, mais réfléchis-y, Neïla.

Joseph prendra soin de toi. Il n'est pas si âgé, et sa situation financière est stable. »

Autour de Neïla, la chambre paraissait tourner, vaciller, chaque mot de son père frappait comme un assaut insupportable contre son désir d'indépendance. « Papa, je… je ne peux pas accepter. Je ne veux pas. J'ai déjà tant perdu, je ne peux pas sacrifier les rares rêves qui me restent pour un mariage arrangé ! » Les larmes commençaient à briller dans ses yeux.

« Tu es une adulte maintenant, Neïla, il est temps de penser à ces choses, répondit son père, fataliste.

— Et mes études ? s'étrangla Neïla.

— Il t'autorisera à les terminer. Il souhaite simplement une cérémonie de dot pour formaliser votre engagement. Neïla, sois réaliste. Dans ta situation… » Il s'interrompit, prenant conscience de la dureté de ses propos.

« Ma situation ? » Neïla fixa son père, dévastée, les larmes coulant désormais librement sur ses joues. « Qu'en est-il de mes rêves, de mes espoirs ? Et l'amour, papa ? »

Il s'approcha, posant une main compatissante sur son épaule. « Je suis désolé, ma chérie. Je ne cherche que ton bien. Penses-y, s'il te plaît, et nous en rediscuterons. »

Neïla secoua la tête, repoussant doucement la main de son père. « Je dois y réfléchir, oui. Mais je veux le faire seule. » Elle manœuvra son fauteuil, se dirigeant lentement vers la porte, et laissa derrière elle un calme froid.

Neïla quitta la chambre de son père, ses roues crissant doucement sur le carrelage. Les larmes embuaient sa vue, chaque goutte brûlante réfléchissait la douleur et la détresse qu'elle éprouvait. Derrière elle, son père était affecté par le regret. « Je suis désolé, ma chérie, si j'ai été brusque. Nous en parlerons de nouveau quand tu seras prête. » Ses mots se diluèrent dans l'air, incapables d'atteindre le cœur meurtri de Neïla.

Dans sa chambre vide, la jeune fille ressentit cruellement l'ampleur de sa solitude. Elle voulut chercher du réconfort, une connexion avec le monde extérieur. Elle composa le numéro de Samjayi, escomptant obtenir auprès de lui un peu de compréhension et de soutien. Mais, fait inhabituel, Samjayi ne répondit pas. Ses messages restaient sans retour, renforçant le sentiment d'abandon de Neïla. Néanmoins, épuisée par sa peine, elle ne pouvait se résoudre à s'attarder sur cette absence de communication de la part de son ami.

Elle se tourna alors vers Samueli. Elle tapa rapidement un message, y exprimant ses peurs et ses doutes, espérant trouver en elle une oreille attentive et réconfortante. La réponse de Samueli fut prompte, et ses mots enveloppèrent Neïla d'une douceur virtuelle, apaisant quelque peu son âme tourmentée. « Rencontrons-nous demain », suggéra Samueli, injectant un soupçon d'espoir dans le tumulte émotionnel de Neïla.

La porte de sa chambre s'entrouvrit lentement, laissant apparaître Maketa, le visage marqué par l'inquiétude. « C'est toi, Maketa. Viens, je t'en prie », dit Neïla, essuyant ses larmes d'un revers de main. La petite fille s'approcha, ses pas timides émirent un léger bruit dans la pièce. « Qui t'a fait du mal ? Pourquoi es-tu si triste ? » demanda la jeune sœur, ses grands yeux emplis d'une innocence et d'une préoccupation enfantines.

Avec un soupir, Neïla embrassa Maketa, la serra contre elle. « Ce n'est rien, ma puce. Juste une période difficile. Mais toi, tu es là pour moi, n'est-ce pas ? » chuchota-t-elle, en quête de réconfort à travers l'étreinte de sa sœur.

Et dans ce moment d'intimité, les deux sœurs trouvèrent en effet force et consolation.

Ce soir-là, la chambre de Neïla se transforma en un havre de paix face aux incertitudes du monde extérieur, un espace où elle pouvait s'abandonner à ses pensées et ses émotions les plus éprouvantes, entourée de l'amour et de la bienveillance de Maketa.

## Samjayi, Madelson : 12 juillet

Luttant pour surmonter l'ennui et la frustration engendrés par ses révisions, dans sa chambre vibrante des rythmes de la musique qui y résonnait, Samjayi était allongé sur son lit, entouré de documents éparpillés que Skylas lui avait donnés. Il avait initialement prévu de les lire, mais la tentation de se reposer l'avait emporté. L'image entêtante de son frère Skylas, incarnation de la réussite dans la famille, exacerbait son sentiment d'insuffisance.

Soudain, son téléphone émit un son, coupant court à ses réflexions moroses. C'était un message de Madelson.

« Alors, monsieur, tu réussis un concours et tu ne fais rien pour fêter ça ? » taquinait-il. Un sourire se dessina sur les lèvres de Samjayi, comme si un poids venait de s'envoler de ses épaules. Ses yeux s'illuminèrent de soulagement, l'ombre de la pression familiale s'éloignant un instant. « On fête vraiment ça ? » tapa-t-il en réponse, un brin d'humour perçant à travers sa fatigue.

Son ami, fidèle à son style direct, répliqua : « Arrête de te prendre la tête, j'ai adoré ton énergie au pique-nique. On doit célébrer ça, et c'est ce soir. On sort. Et prends du cash, j'ai deux amies qui nous rejoignent, ça va être mémorable ! »

Samjayi, pris au dépourvu par l'invitation, ressentit une pointe d'excitation. L'idée de sortir, même si c'était inhabituel pour lui, le tentait. Hésitant, il répondit : « Je ne suis pas sûr, mec. Les fêtes, ce n'est pas vraiment mon truc, tu le sais. »

Mais Madelson ne se laissa pas décourager. « Lâche-toi un peu, Samjayi ! Il y aura des filles. Ça va être génial ! » Sa réponse alliait efficacement persuasion et défi.

Motivé par cette perspective et l'envie de briser sa routine, Samjayi décida de franchir le pas et de demander la permission à sa mère. Il quitta sa chambre, la musique se perdant dans un écho lointain derrière lui, et il se dirigea vers le salon où sa mère, Marie, et son amie Gisèle étaient plongées dans une conversation animée. Conscient que sa demande allait provoquer une vive réaction, il se préparait à affronter les conséquences de sa requête.

Il hésita longuement, redoutant par avance la réponse de sa mère, mais finalement se lança : « Maman, Madelson organise une soirée ce soir, je peux y aller ? » demanda-t-il. Son ton manifestait une nervosité inhabituelle. Sa mère le regarda, surprise par cette sollicitation soudaine. « Une soirée ? C'est seulement à cette heure qu'il choisit de t'inviter ? » Son intonation charriait une légère inquiétude, connaissant le tempérament habituellement casanier de son fils. « Non maman, il me l'a dit plus tôt, j'ai juste oublié de te le dire », mentit-il, essayant de l'amadouer. Après quelques minutes d'échanges infructueux, Samjayi s'apprêta à laisser tomber, la tête baissée, nourri de regrets.

L'amie de sa mère, plus ouverte quant à ce genre de situation, intervint avec un sourire. « Écoute Marie, c'est normal de t'inquiéter pour lui, mais tu dois comprendre qu'il est grand maintenant, laisse-le profiter un peu. C'est l'âge des découvertes. Et puis, il ne rentrera pas tard. N'est-ce pas, Samjayi ? » Cette prise de parole redonna à Samjayi un sourire qu'il ne put montrer, pour ne pas influencer sa mère dans sa décision. Il se contenta de répondre : « Oui, tata, de toute façon, je vais juste voir comment ça se passe. »

Après un moment de réflexion, ponctué par des regards échangés avec Gisèle, sa mère répondit à son amie : « Tu ne devrais pas encourager ça, mais comme il sera bientôt à l'université, je cède pour cette fois. » Elle acquiesça en direction de Samjayi et rajouta à son attention : « La prochaine fois, tu me préviens plus tôt sinon pas de sortie, mais sois prudent et rentre avant minuit. » Elle lui tendit quelques billets, l'expression de son visage mêlant réticence et confiance. Samjayi, surpris et reconnaissant, prit l'argent et remercia sa mère d'un sourire. « Merci, maman. Je ferai attention, promis. » Il envoya un message rapide à Madelson : « C'est bon, je suis de la partie. Où est-ce qu'on se retrouve ? »

Dans sa chambre, les rythmes entraînants de la musique continuaient d'emplir l'espace. Samjayi se tenait devant son miroir. La tranquillité nocturne du quartier résidentiel où vivaient les Benyô se déployait délicatement autour de la maison. Le jeune homme, partagé entre incertitudes et excitation, ajusta le col de sa fine chemise, choisie pour sa légèreté appropriée à la chaleur de la nuit. *Pourquoi ai-je accepté si rapidement l'invitation de Madelson ?* se questionnait-il, imaginant déjà son immersion sous peu dans l'univers inconnu des soirées, un domaine où Madelson évoluait quant à lui avec aisance. Chaque choix vestimentaire fait par Samjayi, du jean décontracté à la chemise à motifs clairs, était un pas de plus vers cette nouvelle aventure. Il espérait se fondre avec succès dans ce monde nocturne, à la fois intimidant et alléchant.

Un doute le saisit soudain alors qu'il boutonnait sa chemise aux teintes vives. *Que penserait Neïla si elle savait ?* L'image de son amie surgit puissamment dans son esprit. *Elle comprendrait, n'est-ce pas ? Elle saurait que j'ai besoin de cette échappée*, se rassura-t-il, tentant d'apaiser ses propres hésitations.

Une fois sa tenue soigneusement ajustée, Samjayi vaporisa un peu de parfum emprunté à son frère au creux de son cou, prit une profonde inspiration et se dirigea vers le salon. Sa mère et Gisèle, toujours en pleine discussion, se tournèrent vers lui à son entrée. « Tu es très élégant, mon fils. Sois prudent », lui dit sa mère. Un mélange d'admiration et d'inquiétude émanait de sa voix. Gisèle, toujours prompte à encourager un peu de légèreté, lui lança avec un clin d'œil complice : « Amuse-toi bien, Samjayi, mais souviens-toi, avant minuit, ta mère veut te voir de retour dans ta chambre ! »

Armé des conseils et des bénédictions de ces deux figures maternelles, il franchit le seuil de la maison. L'air frais nocturne décuplait son excitation, son cœur battant en harmonie avec les promesses éblouissantes et fugitives de la ville. La nuit s'ouvrait devant lui comme un canevas vierge sur lequel il pourrait peindre de nouvelles expériences, des découvertes inédites qui lui permettraient, peut-être, d'en apprendre un peu plus sur lui-même.

Les bras croisés, Samjayi scrutait la foule qui se pressait dans le bar déjà fort animé. Il se remémorait le moment juste avant leur arrivée, lorsqu'une vague d'incertitude l'avait submergé.

« On va vraiment pouvoir entrer ? Ça m'a l'air assez sélectif, avait-il fait remarquer avec inquiétude à Madelson, son regard anxieux scrutant les vigiles à l'entrée.

— T'inquiète, je gère. Et l'un des videurs, c'est un bon ami à moi », lui avait assuré Madelson en lui donnant une tape amicale sur l'épaule.

Rassuré mais encore nerveux, Samjayi avait suivi Madelson, qui avait effectivement échangé un signe de tête complice avec le vigile avant de pousser tout simplement les portes du bar. Le soulagement de passer sans encombre avait revigoré Samjayi. Maintenant, debout dans l'effervescence nocturne, il se sentait transporté dans un autre monde.

« Alors, elles arrivent quand ces filles ? Ça fait un bout de temps qu'on attend, Madelson ! » s'impatienta Samjayi après un moment. Madelson, toujours détendu, lui conseilla de se relaxer et de profiter de l'ambiance. La nuit s'animait autour d'eux, et Samjayi se laissa capturer par son énergie. Les jeux de lumière du bar dansant se reflétaient dans ses yeux émerveillés. Pour lui, habitué à être au lit à cette heure, tout cela prenait une dimension irréelle, comme s'il se trouvait dans une scène de film, débordante de glamour et de promesses.

Une question brûlait toutefois les lèvres de Samjayi. « Et Bertina ? J'avais l'impression qu'il y avait un truc entre vous. » Madelson lui lança un regard amusé. « Elle est plutôt à fond sur moi, mais rien de sérieux. Elle t'intéresse ? » Samjayi secoua la tête, un sourire embarrassé se dessinant sur ses lèvres. Une chaleur intense lui monta au visage. « Non, c'était juste une question. Je me demandais pourquoi elle n'était pas ici ce soir. »

Une voix intérieure continuait de tarauder Samjayi. *Suis-je vraiment à ma place ici ?* se demandait-il, son regard balayant la foule, chacun semblant plongé dans son propre monde. Il se sentait à la fois fasciné et intimidé par cet environnement. L'impression d'être un intrus, un imposteur, l'envahissait progressivement.

La conversation gênante au sujet de Bertina fut interrompue par l'arrivée de deux jeunes femmes, éclatantes de beauté et vêtues de manière à camoufler subtilement leur jeunesse : Éloise, dans une petite robe courte qui mettait en valeur son teint clair et son sourire éblouissant, et Samira, en short court et top moulant, affirmant sa confiance en elle de ses yeux noirs captivants. « Regarde qui est là ! Éloise et Samira ! » s'exclama Madelson, qui se précipita vers elles. Samjayi, réservé mais curieux, le suivit.

Samira salua Samjayi avec un air taquin : « Alors, c'est toi le fameux Samjayi ? Tu as l'air d'un bon parti, mais un peu timide, non ? » Éloise, avec son charme discret et irrésistible, se contenta de lui sourire. Samjayi, nerveux autant qu'intrigué, ressentait une attraction indéniable devant leur énergie. Il redoutait de dire quelque chose de déplacé, mais était également excité à l'idée de cette nouvelle rencontre. « Ravi de vous connaître, dit-il, tentant de se détendre. J'espère que nous passerons une bonne soirée ensemble. »

La nuit s'annonçait pleine de découvertes et de sensations inédites. Samjayi se sentait désormais prêt à plonger dans cet univers, avide des possibilités qu'il offrait. Il se demandait néanmoins comment il pourrait s'intégrer dans ce décor, comment il pourrait capter l'attention d'Éloïse ou de Samira, ou simplement passer la soirée sans faux pas. La musique, avec ses rythmes envoûtants, pulsait à travers la salle, nourrissant son excitation. Tandis qu'ils s'installaient à une table, après avoir commandé suffisamment de boissons pour justifier leur présence, Samjayi se laissa emporter par l'ambiance. Il observait les danseurs sur la piste improvisée entre les tables, les couples en pleine phase de séduction, les groupes d'amis lançant des regards discrets vers des filles assises seules. Chaque individu évoquait une histoire fascinante, et Samjayi se sentait comme un spectateur privilégié de ce théâtre nocturne.

La soirée s'animait crescendo, la conversation entre Madelson, Éloïse, Samira et Samjayi devenait plus fluide et détendue, facilitée par quelques verres d'alcool. Samjayi se sentait de plus en plus à l'aise, riant ouvertement et s'engageant dans les discussions avec une confiance croissante. Il se surprit à flirter légèrement, à échanger des anecdotes personnelles, à s'ouvrir davantage.

À un moment, Madelson lui lança un regard complice et se pencha vers lui : « Tu te débrouilles bien, vieux. Si une des filles te plaît, n'hésite pas à faire le premier pas. » Samjayi répondit par un rire gêné, esquivant la suggestion sans pour autant en être offensé.

Plus tard, prenant un moment pour lui, Samjayi se dirigea vers les toilettes. En ressortant, désireux de s'imprégner de chaque détail de cette nouvelle expérience, il lança un regard curieux vers un espace aménagé pour les fumeurs non loin des cabinets. Là, un monde à part s'offrait à lui, enveloppé dans un nuage de fumée où les gens évoluaient au ralenti, chacun à son propre rythme. Une silhouette familière attira subitement son attention. *Mais... c'est Skylas, là-bas ? Avec Gamal ? Qu'est-ce qu'ils font ici ?* Sa surprise se peignit sur son visage. Son cœur s'accéléra, et la peur d'être découvert l'envahit soudainement. L'ambiance festive devenait lointaine, éclipsée par cette vision lourde d'appréhension.

« Je dois partir », annonça-t-il précipitamment à son retour à la table de ses amis, son esprit toujours tourmenté par le chaos que créait en lui cette situation inattendue. Madelson, notant son trouble, l'interrogea, mais Samjayi, trop préoccupé, bafouilla une excuse hâtive. Éloïse et Samira échangèrent des regards surpris. Cette dernière, manifestement déconcertée, exprima sa déception : « Déjà ? Mais la soirée ne fait que commencer ! »

Éloise, perplexe et soucieuse, posa doucement sa main sur le bras de Samjayi. « Tout va bien, Samjayi ? Tu ne sembles pas dans ton assiette », s'inquiéta-t-elle.

La sincérité de leur préoccupation était évidente, et Samjayi sentit émerger en lui une vague de culpabilité. « Je suis vraiment désolé. C'est juste que... j'ai besoin de rentrer », s'excusa-t-il doucement, fuyant leurs regards encore étonnés.

Samira s'approcha de lui avec compassion. « Si tu dois partir, on comprend. Mais sache que tu vas nous manquer. On passait une bonne soirée, tu sais ! » Elle lui déposa une bise sur la joue, essayant de créer une ambiance plus légère.

Éloise offrit un simple geste de la tête, s'associant à la déclaration de Samira. « Prends soin de toi, Samjayi. J'espère vraiment qu'on se reverra bientôt. »

Alors qu'il était sur le point de quitter le bar après avoir déjà déposé sa part de l'addition sur la table, Madelson l'interpella, visiblement paniqué. « Hé, Samjayi, écoute, j'ai un petit problème. J'ai oublié mon portefeuille chez moi. Tu pourrais avancer pour moi ? Je te rembourse dès que possible, promis ! »

Samjayi, surpris et quelque peu décontenancé par la requête soudaine, hésita. « Euh, tu es sûr ? Je pensais qu'on allait partager... »

Madelson posa une main rassurante sur son épaule. « Je suis vraiment désolé pour ce coup. Je suis un peu à côté de la plaque ces temps-ci. Et puis, ce n'est pas tous les jours que tu nous rejoins. Considère ça comme ma dette envers toi pour cette soirée mémorable ! »

Bien que réticent, Samjayi accepta, son esprit encore agité par sa récente découverte concernant Skylas et Gamal. Il sortit une somme plus conséquente qu'il ne l'avait prévu, et la tendit à Madelson.

« Merci, mec. Tu es un vrai sauveur, sourit Madelson en prenant l'argent. Je te rembourse au plus vite, sans faute. On est des frères, après tout. »

Samjayi força un sourire, ses pensées déjà accaparées par les répercussions que pourrait avoir cette soirée. Alors qu'il s'éloignait, la promesse de Madelson de le rembourser faisait écho dans sa tête, bien que ce fût la dernière de ses préoccupations.

En consultant sa montre, Samjayi constata avec un frisson d'appréhension qu'il était déjà 2 heures du matin. « Maman va être furieuse », marmonna-t-il en se précipitant pour héler un taxi. Déverrouillant son téléphone, une série de notifications captèrent son attention : des messages de Neïla, qui ressemblaient à de timides appels à l'aide. Perturbé par les événements de la soirée, il décida de différer sa réponse. *Je lui écrirai plus tard, une fois calmé,* se promit-il, glissant son téléphone dans sa poche avec une pointe de culpabilité.

Dans le taxi, alors que la ville nocturne défilait sous ses yeux, l'esprit de Samjayi vagabondait, hanté par des questions et des doutes sans fin. La présence simultanée au bar de son frère aîné Skylas et de Gamal, celui de Neïla, l'intriguait profondément. « Pourquoi Gamal est-il ici ? Il est censé se trouver ailleurs, dans une autre ville », ruminait-il.

La silhouette de Skylas, aperçue furtivement, continuait de le troubler. *Est-ce que Skylas m'a remarqué ?* s'interrogeait-il anxieusement, redoutant les jugements ou les interrogations qui pourraient survenir en ce cas.

De surcroît, la perspective de rentrer bien après l'heure promise l'accablait. L'image de la déception et de l'inquiétude qui ne manqueraient pas de se manifester dans les yeux de sa mère le tourmentait. Chaque minute qui passait intensifiait son sentiment de culpabilité et d'angoisse.

Tiraillé entre la confusion suscitée par la rencontre impromptue avec son frère et Gamal, et la peur des réprimandes de sa mère, Samjayi se sentait totalement dépassé. *Quelle soirée étrange*, songea-t-il, tandis que le taxi approchait de chez lui. Il se prépara alors mentalement à affronter la réaction de sa mère, se demandant si l'aventure de la soirée en avait vraiment valu la peine.

## Thaïma, Ruben : 13 juillet

Thaïma entra dans la chambre avec la discrétion d'une ombre, soucieuse de ne pas réveiller son mari Ruben, qui avait l'air de dormir paisiblement. Cependant, à peine avait-elle franchi le seuil que Ruben ouvrit les yeux, affichant une mine boudeuse et clairement contrariée par son retour tardif de l'église. « Tu es enfin rentrée. »

Surprise par cet accueil peu chaleureux, Thaïma répondit avec calme : « Je vois que tu n'es pas encore endormi. Oui, je suis de retour. » Elle s'approcha du lit, espérant apaiser avec de douces paroles les eaux troubles dans lesquelles son époux semblait pris. Cependant, la gravité de l'expression de Ruben lui indiqua qu'un sujet plus sérieux l'attendait. « Il y a quelque chose d'important que je dois te dire à propos de Neïla », annonça-t-il.

Thaïma, soudainement nerveuse et le cœur battant d'anxiété, demanda rapidement : « Est-ce qu'elle a eu un problème grave ? » Chaque pulsation de son cœur lui donnait l'impression d'interrompre le temps.

Ruben, évitant son regard, peinait à articuler ses pensées.

« C'est à propos de Neïla et de Joseph, révéla-t-il finalement.

— Joseph ? Ton ami ? Qu'a-t-il à encore à voir avec Neïla ? » Thaïma sentit son estomac se serrer de confusion.

Ruben prit une profonde inspiration avant d'apprendre à sa femme que Joseph souhaitait épouser Neïla et que ce mariage pourrait être bénéfique financièrement pour eux. Thaïma, choquée, faillit laisser échapper un cri d'indignation, mais se retint, consciente de l'heure tardive. Bien qu'étant au courant de leurs difficultés financières, elle répliqua fermement : « Il ne peut pas être sérieux, Ruben, et toi non plus, pour envisager cela. Penses-tu vraiment que cela ne ferait pas souffrir cruellement Neïla, après tout ce qu'il s'est passé ? »

Ruben tenta de justifier sa position, énumérant les arguments en faveur de Joseph et insistant sur la sincérité de ses intentions.

« Joseph a beaucoup souffert lui aussi de l'accident, Thaïma. Il semble vraiment se soucier de Neïla.

— Et alors ? répliqua-t-elle avec force. Il vit sa vie comme si de rien n'était… » Elle secoua la tête, inébranlable. « Non, Ruben. Nous ne pouvons pas faire ça à Neïla. Il faut oublier cette idée. »

La frustration de Ruben s'accentua, exacerbée par la fatigue et la conscience oppressante de leurs problèmes d'argent. « Je me dévoue corps et âme pour cette famille, Thaïma. Je travaille sans relâche. Ce mariage avec Joseph… c'est une bouée de sauvetage pour nous, pour l'avenir de Neïla ! »

Thaïma, percevant la montée de la colère chez Ruben, tenta de le calmer : « Je comprends, Ruben, mais il existe d'autres solutions. Nous devons garder foi en Dieu », répondit-elle doucement.

Ruben, à bout de patience, éclata : « Je suis celui qui fait tout pour cette famille ! Tu n'es jamais là, tu passes tout ton temps à l'église ! » Les mots fusaient, chargés d'un ressentiment longtemps contenu.

Blessée mais résolue, Thaïma rétorqua : « Il semble que tu oublies tous les sacrifices que j'ai faits pour toi, pour notre famille. Si tu penses que cela ne compte pour rien, alors je suis navrée. » Avec un calme poignant, elle ajouta : « Et n'oublie pas où tu étais avec Joseph, le jour de l'accident de Neïla. »

Ruben, dépassé par une colère inhabituelle, se leva brusquement et quitta la chambre. « Je suis l'homme de cette maison, et pour une fois, nous ferons ce que je dis ! », annonça-t-il d'un ton autoritaire avant de claquer la porte derrière lui, laissant Thaïma seule avec le poids de leur conflit.

Elle se sentit alors submergée par l'émotion, s'agenouilla au pied du lit, les mains jointes en prière. Les larmes coulaient sur ses joues, chacune d'elle incarnant les douleurs et les sacrifices endurés. Elle pria, implorant de la part de Dieu la force et la guidance, tout en luttant pour accepter les dures réalités auxquelles Ruben et elle faisaient face. Chaque mot prononcé était un cri de supplication et de résilience, reflétant son désir ardent de trouver une solution qui protégerait Neïla tout en préservant l'intégrité de leur famille. La chambre maritale, autrefois sanctuaire d'amour et de compréhension mutuelle, était désormais froide et austère.

Thaïma priait non seulement pour sa fille mais également pour son mari, espérant que la sagesse et la compassion les guideraient dans les décisions difficiles à venir. Ses pensées se tournaient également vers ses propres sacrifices, les rêves qu'elle avait mis de côté, la carrière qu'elle avait abandonnée, et la promotion qu'elle avait perdue à cause de ses responsabilités familiales. Sans mot dire, elle endurait depuis des années la charge mentale de porter les aspirations et les espoirs de toute une famille sur ses épaules, un fardeau invisible mais écrasant.

Thaïma, en priant, se rappelait toutes les fois où elle avait dû être forte, où elle avait dû sourire malgré la douleur, où elle avait dû trouver des solutions pour des problèmes que personne d'autre ne pouvait résoudre. Elle avait interrompu une carrière prometteuse après la naissance difficile de Zaria. Puis, alors qu'elle était enfin prête à rebondir dans le monde du travail, elle avait utilisé toutes ses économies pour soutenir Ruben dans l'ouverture de sa boutique. Plus tard, l'arrivée inattendue de Maketa avait anéanti ses chances de promotion, une opportunité rare qu'elle ne retrouverait plus jamais. Thaïma avait toujours mis les besoins de sa famille avant les siens, sacrifiant son propre bien-être pour assurer le leur. La charge qu'elle portait était immense, et pourtant, elle continuait à avancer, soutenue par sa foi et son amour pour sa famille.

Elle pria encore longtemps, toujours agenouillée, ses larmes coulant librement : « Seigneur, donne-moi la force de protéger Neïla, de trouver la bonne solution pour notre famille. Guide-moi, éclaire mon chemin, car je ne sais plus quoi faire. Je remets tout entre Tes mains, Seigneur. »

Chaque mot était un cri de désespoir, mais aussi un acte de foi. Thaïma espérait plus que tout que le Seigneur lui donnerait des indications claires pour savoir comment agir et quelles décisions prendre. Elle voulait être une mère forte pour ses enfants, une épouse soutenante pour son mari, mais elle avait besoin de la lumière divine pour lui montrer la voie.

Neïla, Zaria : 13 juillet

Neïla, assise dans son fauteuil roulant, semblait regarder la télévision, mais son esprit vagabondait ailleurs, plongé dans les abysses de son désarroi. Elle revivait sans cesse la conversation troublante avec son père la veille, peinant à croire que la proposition de mariage avec Joseph avait été formulée sérieusement. Comment son propre père avait-il pu envisager une telle idée ? Chaque pulsation de son cœur se faisait l'écho de son désespoir croissant.

La maison était inhabituellement calme cet après-midi. Les bruits rassurants de Zaria et Maketa affairées dans la cuisine se mêlaient au ronronnement monotone de la télévision. Thaïma émergea finalement de sa chambre pour vérifier ce que ses filles préparaient. Depuis le salon, Neïla écoutait d'une oreille les échanges dans la cuisine, l'appréhension montant à l'idée de la conversation inévitable qui l'attendait avec sa mère. Elle s'était préparée à discuter de la proposition de mariage, mais lorsque Thaïma entra dans le salon et s'assit à côté d'elle, elle se contenta de demander doucement :
« Comment vas-tu, Neïla ? »

La question sembla superficielle à Neïla, qui répondit d'un ton distrait : « Ça va, maman. » Elles restèrent muettes quelques minutes.

Finalement, Thaïma tenta de briser la glace. « Tu devrais venir à l'église avec moi. Il y a un programme spécial en ce moment, et le pasteur Isaac a demandé à te voir. Il a préparé des prières spéciales pour toi. » Neïla hocha la tête, répondit qu'elle y penserait, n'ayant pas la force de s'engager davantage. Elle se sentait comme souvent piégée, incapable de refuser ces propositions bienveillantes mais étouffantes.

Cherchant à détourner la conversation, Neïla évoqua alors son projet de sortie : « Je vais voir Samueli tout à l'heure. On a prévu d'aller au glacier. » Thaïma, éprouvant de l'inquiétude à cette idée, prit un air sérieux.

« Et comment vas-tu y aller ?

— Samueli viendra me chercher », rétorqua Neïla, cherchant à rassurer sa mère tout en exprimant la fermeté de sa décision.

Peu après, Neïla reçut un message de son amie, qui s'excusait pour un contretemps qui la retenait et lui suggérait de demander plutôt à Samjayi de la conduire s'il était disponible. Déçue, Neïla ressentit une vague de frustration en lisant le message de Samueli, mais dissimulant son irritation, elle répondit : « D'accord, je verrai avec Samjayi. »

Après cette annulation inopinée et tandis que les minutes s'écoulaient, Neïla se perdit dans son introspection. Elle hésitait sur la manière d'aborder la situation avec Samjayi, se souvenant du mutisme dont il avait fait preuve la veille.

Encore contrariée par cette attitude, Neïla décida de ne pas faire appel à lui et de prendre les choses en main. Elle s'approcha de sa mère avec conviction. « Maman, je vais essayer d'aller au glacier seule. Il est temps que je prenne un peu d'autonomie », affirma-t-elle.

Thaïma la regarda, stupéfaite.

« Y aller seule ? Neïla, tu sais que ce n'est pas réaliste ! s'exclama-t-elle, troublée par cette velléité inattendue. C'est trop risqué, tu as besoin d'assistance.

— Je dois apprendre à me débrouiller, maman, répliqua Neïla, désappointée mais résolue. Je ne peux pas toujours dépendre des autres. »

Face à l'obstination de sa fille, Thaïma soupira, puis appela Zaria qui était dans la cuisine. Celle-ci se déplaça jusqu'au salon à contrecœur, et sa mère lui demanda :

« Zaria, peux-tu accompagner ta sœur au glacier ?

— Mais maman ! protesta-t-elle, surprise par cette requête impromptue. J'ai déjà des plans pour cet après-midi ! » Elle espérait bien se soustraire à cette responsabilité soudaine.

Thaïma, cependant, n'était pas encline à accepter un refus. « Ce n'est pas une suggestion. Tu iras avec ta sœur », insista-t-elle, inflexible.

Zaria lança un regard plein de reproches à Neïla, se rappelant leur dispute récente. Elle savait que cette sortie à deux ne serait pas sans crispation. « D'accord, maman », concéda-t-elle finalement, à regret.

Bien que soulagée d'avoir une accompagnatrice, Neïla ne pouvait s'empêcher de ressentir une pointe de déception. Elle avait espéré gagner plus d'autonomie, pas se retrouver sous la surveillance de sa sœur cadette, avec qui les brouilles restaient vives.

Assises à la terrasse du glacier pour échapper à l'atmosphère étouffante de l'intérieur, Neïla et Zaria profitaient de la relative fraîcheur de la rue. Face à elles, un vendeur de shawarma s'affairait autour de sa broche, et l'odeur alléchante de la viande grillée s'infiltrait doucement dans l'air, titillant leurs narines à chaque rafale de vent. Neïla fixait son téléphone par intermittence avec lassitude, et y lut un nouveau message de Samueli, encore rempli d'excuses pour son retard. Elle soupira, submergée par une fatigue émotionnelle visible. *Décidément, rien ne va de soi pour moi en ce moment*, pensa-t-elle, avant de se tourner vers Zaria, une lueur de gratitude pointant alors dans ses yeux : « Merci d'être venue avec moi, Zaria. »

Zaria, distante, répondit d'un ton sec : « Pas de quoi. » L'atmosphère était froide, marquée par le fossé creusé au cours de nombreuses années de malentendus et de conflits non résolus.

Touchée par l'attitude hautaine de sa jeune sœur, Neïla se remémora les jours où leur complicité était d'une évidence naturelle. Elle se demanda ce qui avait pu changer, si sa proximité croissante avec Maketa avait pu éloigner Zaria sans qu'elle s'en rende compte. Toutefois, elle rejeta rapidement cette hypothèse, la jugeant infondée. Son affection pour Zaria restait intacte, malgré les épreuves.

La conversation entre elles reposait principalement sur des échanges superficiels, jusqu'à ce que Neïla décide de briser la glace.

« On n'a pas vraiment eu l'occasion de parler depuis un moment, juste toi et moi, tu ne trouves pas ? tenta-t-elle, cherchant à rétablir un lien.

— C'est vrai, répondit Zaria en haussant les épaules. Mais ce n'est pas comme si j'avais beaucoup de temps libre non plus. »

Entrevoyant une opportunité de clarifier les choses et de se rapprocher de Zaria, Neïla sentit le besoin impérieux de partager avec elle ses pensées les plus intimes. « Tu sais, Zaria, je ne l'ai jamais vraiment dit à personne... encore moins à toi... à propos de mon accident. » Prenant une profonde inspiration, elle continua, son cœur battant à tout rompre. « C'est compliqué pour moi d'en parler, de vivre avec mon handicap. » À travers ses mots, chargés de vulnérabilité, Neïla espérait toucher quelque chose chez sa jeune sœur, et peut-être réparer la trame usée de leur relation.

Zaria écoutait, son visage de marbre s'adoucissant progressivement tandis que Neïla partageait les détails de son parcours depuis l'accident. « Au début, quand je suis revenue de l'hôpital à la maison, je n'arrivais pas à accepter mon état. Je me persuadais que c'était temporaire, juste une épreuve à surmonter. » Les souvenirs des nuits sans sommeil, des larmes dissimulées et du sentiment d'isolement dans sa lutte contre les limites de son propre corps envahissaient son esprit.

De son côté, Zaria faisait face à ses propres ressentis complexes de jalousie et d'insécurité. Elle avait toujours eu l'impression de vivre dans l'ombre de Neïla, même bien avant l'accident. Leur complicité d'antan s'était muée au fil du temps en une relation plus distante, et l'attention incessante que Neïla recevait, bien que justifiée, n'avait fait qu'intensifier sa sensation de relégation.

Zaria luttait intérieurement avec ses émotions contradictoires. *Pourquoi cela me perturbe-t-il tant ? Neïla a toujours été au centre de l'attention, et maintenant, même en fauteuil, elle continue de l'être...* Elle se sentait à la fois coupable et pleine de ressentiment, tourmentée par ces affects, tandis que ses propres besoins étaient toujours relégués au second plan.

Neïla, quant à elle, décrivait à Zaria les étapes de son adaptation à la vie en fauteuil roulant. « Chaque jour apporte son lot de défis. Réapprendre à vivre, accepter mon corps tel qu'il est maintenant, redécouvrir la joie dans les petits moments. » Elle évoqua également le souvenir douloureux des différentes fois où elle avait dû accepter de l'aide pour les gestes les plus intimes, une réalité difficile à accepter.

Zaria, pourtant absorbée par l'histoire de sa sœur, ne pouvait s'empêcher de penser à leur enfance. Neïla avait toujours été la préférée, celle qui brillait naturellement et captivait l'attention sans effort. *Pourquoi est-ce toujours elle l'épicentre de tout ?* La cadette se débattait perpétuellement contre ce sentiment persistant d'insignifiance, qui l'avait suivie toute sa vie. Des souvenirs émergèrent, la montrant enfant, à côté de Neïla toujours louée pour sa beauté et son intelligence, tandis que les regards des autres semblaient chercher Zaria, mais sans jamais vraiment la voir.

La jeune fille, perturbée, tenta de se recentrer sur le présent, bien que les mots de Neïla résonnassent durement et profondément en elle. Une pensée indélébile lui rappelait sans cesse la douleur d'être à jamais l'*autre* sœur, celle qui n'était pas Neïla. Elle aspirait à exprimer à voix haute combien cette comparaison incessante l'avait affectée, mais les mots restaient coincés dans sa gorge. Zaria se demandait si Neïla n'avait réellement jamais perçu cette ombre qui planait sur elle, ce fardeau de ne jamais être à la hauteur.

« Accepter ce fauteuil, c'était accepter une vie que je n'avais pas choisie, confia enfin Neïla, ses yeux brillants de larmes retenues. Mais je m'accroche à l'espoir, aussi ténu soit-il. » Un silence se fit.

« Mais tu sais, Zaria, malgré tout, je reste moi-même. J'ai juste appris à envisager la vie d'une autre manière », ajouta Neïla.

Zaria, émue par la sincérité de son aînée, affronta ses propres conflits internes pour lui répondre en toute honnêteté : « Je... Je ne savais pas, Neïla. J'étais tellement absorbée par mes propres problèmes que j'ai négligé de voir les tiens. »

Neïla, le regard tourné vers l'horizon où les voitures défilaient, était plongée dans un océan de pensées lointaines. « Tu sais, Zaria, même avec tout ce qui s'est passé, je conserve espoir. J'espère que ce traitement me redonnera une part de ce que j'ai perdu. »

Zaria l'observa, touchée par la résilience de sa sœur.

« Mais tu y crois vraiment, à ce traitement ?

— Oui, j'y crois, sourit Neïla. Mais je sais aussi que rien ne sera plus jamais comme avant. Cet accident a changé ma vie de façon irréversible. Sans que cela ne m'empêche de rêver, de croire en un avenir où je pourrais retrouver une part de ma vie d'avant, même si ce n'est qu'un peu de mobilité.

— C'est courageux de penser ainsi, Neïla. De ne pas abandonner, malgré tout. »

Neïla fixa Zaria droit dans les yeux, son regard brillant d'une émotion profonde.

« Cet espoir, Zaria, c'est ce qui me tient debout... enfin, façon de parler. C'est ce qui me pousse à me battre chaque jour. Je ne sais pas si ce traitement fonctionnera, mais je veux y croire. Je veux croire que je peux recouvrer une partie de moi qui semble disparue.

— Peu importe ce qui arrive, Neïla, je serai là, déclara Zaria avec douceur, prenant délicatement la main de sa sœur. Nous serons tous là pour toi. » Ses paroles portaient une promesse sincère et réconfortante.

« Merci, Zaria, s'émut Neïla. Cela signifie tellement pour moi. » Un sourire éclaira son visage, exprimant à la fois sa gratitude et son soulagement. Cet échange avait apporté à Neïla non seulement de l'apaisement, mais aussi la force d'affronter les défis à venir.

Samueli, se précipitant hors du taxi, s'empressa d'étreindre Neïla qui l'avait aperçue dès sa sortie du véhicule. L'après-midi, initialement prévu comme un tête-à-tête réconfortant entre elles, prit un tournant inattendu lorsque Sébastien apparut juste derrière la jeune fille.

« Vraiment désolée pour mon retard, ma belle, s'excusa Samueli en tirant rapidement deux chaises pour s'installer. J'étais avec Sébastien, ça a duré plus longtemps que prévu, mais je te raconterai tout, promis.

— C'est ma faute si Samueli est en retard, ajouta Sébastien. J'espère que ça ne te dérange pas, Neïla. »

Tentant d'occulter sa déception, Neïla offrit un sourire contraint. « Tu es là maintenant, et après tout, plus on est de fous, plus on rit, n'est-ce pas ? » Malgré cette présence impromptue qui changeait la dynamique de leur rencontre, Neïla essaya de s'adapter à la situation. Au fond, elle avait espéré un moment pour se confier pleinement à Samueli, notamment sur la proposition de mariage de son père. Toutefois, elle décida de mettre de côté ses attentes personnelles, choisissant de se concentrer sur l'instant présent.

La conversation, bien qu'éloignée du ton intime initialement envisagé, défilait avec aisance. Les rires et les réparties animées emplissaient l'atmosphère d'une légèreté bienvenue, apportant à Neïla une certaine consolation dans cette compagnie inopinée. Elle y trouva même du plaisir, malgré cette partie d'elle qui restait attachée aux confidences qu'elle avait prévu de partager avec son amie.

Zaria, observant discrètement son aînée, percevait les nuances qui coloraient l'humeur de Neïla. Malgré leur conversation profonde tout juste interrompue, elle sentait que sa sœur avait encore un poids sur le cœur. Elle se promit d'être désormais plus présente pour Neïla, prête à l'accompagner dans les épreuves à venir.

Le reste de la journée se déroula entre rires et échanges chaleureux, qui offrirent à Neïla un répit temporaire vis-à-vis de ses tourments intérieurs. Elle se laissa emporter par la convivialité du groupe, profitant d'une joie et d'une normalité opportunes dans ce cadre amical. Elle se sentait un peu moins isolée, un peu mieux comprise.

Malgré les rebondissements imprévus, Neïla chérissait ces moments d'évasion, qui lui rappelaient qu'elle pouvait trouver du bonheur dans la simplicité des instants partagés. Ils étaient un baume pour son âme troublée : la vie, malgré ses défis, offrait toujours des moments de joie pure.

**Partie 2 : L'ÉCLAT DE MIDI**

« Quand le soleil est au zénith, chaque choix se fait brûlant, chaque décision laisse une trace indélébile. »

## Skylas, Gamal : 12 juillet

Skylas et Gamal avançaient prudemment à travers les rues du quartier animé, leurs pas éclairés uniquement par les lueurs tremblotantes des bougies et des lampes à pile des maisons alentour ; l'électricité avait été coupée plus tôt dans la soirée. Le quartier était un véritable patchwork architectural : des maisons anciennes rafistolées par nécessité côtoyaient des immeubles en perpétuelle construction ainsi que quelques bâtisses récentes ponctuant le paysage de leur modernité contrastée. Malgré l'absence de courant, une petite boutique éclairée par une lampe à pile bourdonnait de conversations et de rires, devenant un havre nocturne pour les résidents du quartier.

Les deux jeunes hommes se dirigeaient vers l'un des nombreux immeubles appartenant au père de Skylas, Etiema s'avérant être un entrepreneur prospère dont l'empire immobilier s'étendait à travers la ville. Ces propriétés, sources majeures de revenus pour la famille Benyô, faisaient également office de terrain de formation à la gestion des affaires familiales pour Skylas, une responsabilité que son père lui avait confiée pour lui inculquer les rudiments du métier.

Avec son allure assurée et son style vestimentaire soigné, il détonnait dans l'environnement modeste du quartier. Son éducation privilégiée, soutenue par des professeurs particuliers et un environnement familial stable, avait cultivé en lui une confiance naturelle. Cet avantage lui avait ouvert les portes de l'une des meilleures universités du pays, sécurisant un avenir qui lui était pratiquement assuré.

À ses côtés, Gamal marchait avec une prudence mesurée. Issu d'un milieu plus modeste, chaque étape de son parcours scolaire avait été marquée par une lutte acharnée contre les contraintes de son environnement. Privé du luxe d'un encadrement académique, il s'était forgé un chemin à force de persévérance et d'ingéniosité. Skylas, conscient des défis que rencontrait son ami, lui prêtait souvent des manuels et l'aidait dans ses révisions, un geste qui renforçait leur amitié tout en soulignant les disparités entre leurs mondes respectifs.

Skylas avançait d'un pas lent, arborant une expression de résignation toutefois tempérée par la conscience des opportunités qui s'offraient à lui. « Quand mon père m'a proposé de gérer une partie de ses affaires immobilières, je ne m'attendais pas à ce que ça implique tant de terrain. Me voici, novice en recouvrement de loyers. »

Gamal, scrutant Skylas d'un regard intense et dubitatif, cherchait la vérité dans ses mots. « Pourquoi m'as-tu choisi pour associé dans cette affaire ? J'aimerais une réponse honnête, pas de fausses excuses. » Gamal refusait la moindre trace de compassion, surtout venant de Skylas, un ancien rival d'école transformé en ami improbable.

Skylas s'arrêta, alluma une cigarette, et prit un moment pour formuler sa réponse avec soin.

« Écoute, j'ai décroché un peu de mes études, même si c'est ma dernière année. Je devrais quand même m'en sortir et obtenir mon diplôme sans trop de tracas. Alors pourquoi me donner à fond quand mon avenir est déjà tout tracé ?

— Et le Skylas studieux, qui passait des nuits entières la tête dans les bouquins, qu'est-il devenu ? répliqua Gamal, sceptique.

— Usé, avoua Skylas avec un soupir. L'enthousiasme a disparu quand j'ai su que ma place était réservée dans l'entreprise familiale.

— Mais pourquoi m'impliquer dans tout ça ?

— Je t'ai toujours admiré, tu sais, confia Skylas en expirant sa fumée. À l'école, j'étais souvent à la traîne alors que toi, même en t'adonnant au football, tu réussissais mieux que les autres. »

Gamal écoutait, une lueur de nostalgie dans les yeux. Skylas ajouta : « Mon père insiste pour que je débute au bas de l'échelle, mais à terme, je dirigerai une partie de l'entreprise. J'aurai besoin de gens de confiance à mes côtés quand ce sera le cas, et je sais que je peux compter sur toi. Nous avons partagé tellement, et honnêtement, je t'ai toujours trouvé… captivant. Pourquoi as-tu laissé tomber les études, au fait ? Tu avais le potentiel pour aller loin. »

Gamal resta pensif un instant, revoyant en lui-même les multiples détours de son passé. Pour se distinguer des amis issus de familles aisées, il avait embrassé une voie peu recommandable : petits larcins à l'école, paris douteux et jeux d'argent. Un chemin qui l'avait immanquablement entraîné dans une spirale d'excès. Rejeté par ses parents excédés par ses choix, il s'était retrouvé seul, livré à lui-même.

« Disons simplement que j'ai décroché de l'école avant toi, sans aucun filet de sécurité », résuma Gamal d'un ton résigné.

Ils arrivèrent devant l'immeuble, un bâtiment ancien et mal entretenu, à l'image du portail métallique dont il était pourvu, ébréché et branlant, qui était austère et reflétait la misère des lieux. L'électricité se réenclencha soudain, et des cris d'enfants fusèrent, célébrant le retour de la lumière. Gamal esquissa un sourire en direction de Skylas. « On dirait qu'on apporte la lumière avec nous. Vu l'état des lieux, on aurait presque préféré rester dans le noir. »

Ils pénétrèrent dans un hall exigu, faiblement éclairé par quelques ampoules survivantes. Gamal consulta une dernière fois son carnet pour vérifier les instructions concernant les locataires.

Gravissant trois étages, ils se retrouvèrent devant la porte d'un certain Mamoudou. Skylas frappa. Un homme d'âge moyen, d'apparence soignée malgré sa chemise à carreaux défraîchie, ouvrit. L'appartement dévoilait un quotidien de lutte et de dénuement. Sa femme, visiblement enceinte et fatiguée, s'activait dans un coin de la pièce, tentant de servir un repas modeste à leurs trois enfants aux vêtements usagés.

« Monsieur Mamoudou, nous venons pour le loyer. Il y a quatre mois de retard », déclara Skylas avec une assurance teintée d'arrogance.

Gamal, en retrait, observait la scène, et son malaise grandissait devant la détresse visible de la famille. Mamoudou, le visage marqué par l'anxiété, répondit d'un ton fatigué : « Je m'excuse, monsieur, mais ma femme a une grossesse compliquée. Je prends soin d'elle. Je vous assure que je réglerai tout cela la semaine prochaine. »

Skylas, indifférent aux difficultés de l'homme, chuchota à Gamal, se pensant hors de portée de Mamoudou : « Je ne comprendrai jamais ces gens. Ils font des enfants alors qu'ils peinent à se nourrir eux-mêmes. »

Ayant entendu la remarque méprisante, Mamoudou se redressa, le regard fier et offensé. « Je vous réglerai tout ce que je vous dois, et rapidement. Nous ne sommes pas des moins que rien », affirma-t-il, avec une dignité manifeste malgré son ton ébranlé.

Après avoir servi à manger à deux de ses enfants, qui dévoraient leur repas avec l'insouciance de la jeunesse, la femme de Mamoudou berça doucement le troisième dans un coin de la pièce. Elle lançait des regards anxieux vers son mari, tandis que les murs, recouverts d'un vieux papier peint qui s'écaillait, racontaient une vie de sacrifices constants et de combats incessants. Les jouets éparpillés et usés par le temps témoignaient des éclats de rire des enfants, épargnés jusque-là par les temps difficiles. Mamoudou, malgré son air résolu à protéger son honneur familial, souffrait du fardeau de sa situation. Skylas, pressé de conclure la visite, accorda finalement un délai supplémentaire au père de famille. En partant, il surprit un échange de regards entre Mamoudou et sa femme, porteur d'une promesse : trouver une solution quoi qu'il en coûte.

Après avoir fini leur tournée auprès de quelques autres locataires, Skylas exprima un soulagement visible, satisfait que leur mission de recouvrement se fût relativement bien déroulée.

« Hé ! Gamal, pour célébrer la fin de cette journée, je connais un bar dansant sympa. On pourrait y aller pour décompresser un peu, proposa-t-il, le sourire aux lèvres.

— Ça me va, accepta le frère de Neïla avec entrain. Et pour rendre la soirée mémorable, j'ai un peu de cannabis. De quoi vraiment se détendre. »

Les deux amis se dirigèrent vers l'établissement recommandé par Skylas. Le bar en question, avec son ambiance décontractée et chaleureuse, fourmillait de jeunes gens cherchant à oublier le quotidien. Installés dans l'espace fumeurs, entourés de quelques filles, Skylas et Gamal s'immergèrent avec délice dans l'atmosphère festive.

C'est alors que Gamal, qui contemplait la foule bigarrée, lança à Skylas : « Regarde là-bas, ne trouves-tu pas que ce type ressemble étrangement à ton frère Samjayi ? »

Skylas regarda rapidement dans la direction indiquée et secoua la tête. « Impossible. Samjayi n'est vraiment pas du genre à traîner dehors aussi tard, et certainement pas dans un lieu comme celui-ci. »

La soirée se déroulait dans une valse de rires et de conversations animées, mais Gamal était distrait, perdu dans ses propres pensées. Penché en arrière sur sa chaise, il observa la fumée de sa cigarette s'élever en spirales avant de lancer à Skylas :

« Tu ne trouves pas ça étrange, notre situation ? Nous avons commencé sur un pied d'égalité, et voilà que je vais travailler pour toi.

— Oui, c'est bizarre comme la vie nous mène sur des chemins si différents, répondit Skylas en marquant doucement son approbation. Mais tu sais Gamal, chacun a ses talents, peut-être que c'était le destin. »

Leur dialogue s'approfondit alors, se déployant en de multiples strates de confidences concernant leurs ambitions, leurs regrets, et les rêves qu'ils espéraient encore atteindre. La musique du bar remplissait l'espace, mais leurs esprits voyageaient à travers les années passées et les perspectives d'avenir.

Gamal réfléchissait à la manière dont la vie les avait modelés si différemment : lui avec ses luttes constantes, et Skylas dans sa bulle de confort. Malgré cette altérité, leurs vies restaient intrinsèquement liées, entrelacées autour d'une amitié et d'une collaboration complexes.

Au moment de quitter le bar, Gamal se sentait plus apaisé, ayant partagé avec son ami le poids de ses réflexions personnelles. La soirée se termina donc sur une note chaleureuse, avec des moments de partage sincère et une camaraderie réconfortante. Néanmoins, au fond de lui, Gamal restait hanté par les caprices iniques de la vie et les disparités qu'elle engendrait. Une question persistante flottait au-dessus d'eux : quel serait leur avenir dans ce monde en perpétuelle mutation ?

## Samjayi : 15 juillet

La liste de courses en main, Samjayi se dirigeait d'un pas rapide vers le supermarché nouvellement ouvert, dans un quartier non loin du centre-ville. Contrarié, il ressassait les remontrances de sa mère à la suite de son retour tardif quelques soirs plus tôt. « Je ne suis plus un enfant », marmonnait-il, frustré par le traitement encore trop infantilisant à son goût qu'il subissait de sa part.

À l'approche du magasin, à l'entrée duquel des vendeurs de pains s'étaient installés, une silhouette familière capta son attention. Il reconnut Samira, l'amie de Madelson rencontrée lors de la soirée au bar dansant. Elle l'aperçut et s'approcha avec un sourire enjôleur. « Samjayi ! Comment vas-tu ? Tu t'es enfui comme un voleur la dernière fois et là je te retrouve. On dirait que le destin nous réunit », dit-elle, charmeuse.

Le jeune homme peinait à se concentrer sur les propos affables de Samira. La culpabilité de ne pas avoir été présent pour Neïla quand elle avait eu besoin de lui ce soir-là envahissait son esprit, transformant leur soirée de fête en une source de regret profond. Face à la jeune fille, il s'efforça toutefois de dissimuler ses tourments. « Salut Samira, quelle coïncidence de te croiser ici. Désolé pour la dernière fois, je devais vraiment rentrer », répondit-il, se forçant à sourire.

Ils échangèrent quelques banalités, puis Samira prit un air soucieux.

« Ça va, Samjayi ? Tu as l'air préoccupé, s'inquiéta-t-elle. Tu sais, une bonne façon de te faire pardonner pour ta distraction serait de m'inviter au restaurant. Après tout, tu me dois bien ça pour être parti si brusquement l'autre soir. »

Samjayi, complètement pris au dépourvu par l'audace de Samira, se trouva légèrement décontenancé. L'assurance qu'elle dégageait était à la fois captivante et intimidante. « Euh, oui, un restaurant, pourquoi pas ? », articula-t-il avec peine.

Ravie d'avoir ainsi obtenu son accord, Samira sortit son téléphone avec un geste prompt. « Super, échangeons nos numéros. Je pense que tu n'as pas eu l'occasion de me donner le tien l'autre soir, n'est-ce pas ? », dit-elle avec un sourire taquin.

Samjayi, réalisant qu'il avait négligé cette formalité, s'empressa de déverrouiller son propre téléphone. Ils partagèrent leurs contacts, un sourire complice éclairant leurs visages. Samira glissa ensuite son téléphone dans son sac avec une expression de vive satisfaction peinte sur son visage. « Parfait, j'attends ton appel. Essaie de ne pas trop me faire attendre », lança-t-elle en s'éloignant.

Resté seul, Samjayi marqua une pause. Intrigué par la confiance en elle et le charisme naturel de Samira, il se sentait à la fois excité et nerveux à l'idée de leur futur rendez-vous.

Malgré l'appréhension qui le tiraillait, due à son manque d'expérience dans les relations amoureuses, surtout face à quelqu'un d'aussi affirmé que Samira, il percevait ce futur rendez-vous comme une chance, une véritable opportunité de mûrir. Chaque nouvelle expérience, de cette rencontre impromptue à leur dîner imminent, le tirait progressivement hors de sa zone de confort, marquant sa transition vers l'âge adulte. Il se dirigea vers l'entrée du supermarché en se repassant mentalement en boucle l'échange qu'il venait d'avoir avec Samira.

## Samjayi, Samira : 18 juillet

C'est dans l'ambiance décontractée d'un bar-restaurant, où certains venaient plus pour boire que pour manger, que Samjayi retrouva Samira quelques jours plus tard. Elle était radieuse, animant la conversation avec une aisance naturelle, taquinant parfois Samjayi sur sa timidité patente. « Alors, toujours aussi réservé, ou c'est juste quand tu es avec moi ? », riait-elle, son regard intense plongeant dans celui de Samjayi.

Celui-ci, embarrassé mais jouant le jeu, répondait avec un sourire forcé. « Non, pas du tout, je ne suis pas réservé. »

Samira, ne perdant pas une occasion d'approfondir un peu plus leur familiarité, continuait de l'interroger sur sa vie personnelle. De manière plus hardie, elle posa la question qui lui brûlait les lèvres : « Alors, Samjayi, as-tu une petite amie ? Tu as déjà eu une relation sérieuse ? »

Samjayi se trouvait désarçonné par ce genre de demandes très directes, ce qui augmentait ostensiblement son malaise. D'une voix hésitante, il admit : « Non, je... je n'ai jamais vraiment eu de petite amie. » Une tension douce s'installait progressivement entre eux.

Pour alléger l'ambiance, Samira lança, d'un ton malicieux : « Que dirais-tu d'échanger ces jus contre quelque chose de plus fort ? Un peu d'alcool pourrait nous détendre, tu ne crois pas ? »

Imaginant les réactions potentielles de sa mère s'il rentrait à la maison avec une haleine alcoolisée, Samjayi hésita.

« Je ne suis pas sûr que ce soit une bonne idée.

— Allez, une petite bière, ça ne fera pas de mal », insista Samira, le poussant légèrement mais avec assurance.

Cédant à la pression, Samjayi se laissa convaincre. Au fil de la soirée, il se détendit et commença à savourer pleinement la présence de Samira, riant plus librement et s'engageant plus activement dans la conversation.

Cependant, au milieu de cet agréable rendez-vous, le téléphone de Samjayi sonna soudainement. C'était sa mère, exigeant son retour immédiat. « Il n'y a personne à la maison. J'ai besoin que tu livres un colis à Mme Dounia, c'est urgent », commanda-t-elle avec autorité. Tentant de plaider sa cause, Samjayi expliqua qu'il était occupé, mais sa mère ne lui accorda aucun répit. « Samjayi, c'est important, rentre tout de suite. »

Contraint et embarrassé, Samjayi présenta ses excuses à Samira : « Je suis vraiment désolé, mais je dois partir. C'est une urgence familiale. »

En se levant pour quitter également les lieux, Samira exprima clairement sa déception. « Je dois avouer que je suis un peu vexée, Samjayi. Il semble que tu doives toujours écourter nos rencontres. On dirait presque que tu cherches à m'éviter », constata-t-elle, le ton chargé de reproches.

Samjayi, percevant son irritation, tenta de s'expliquer : « Je te promets, Samira, ce n'est pas ce que je souhaite. Mais là, c'est vraiment crucial, je dois aider ma mère. » Samira, manifestement frustrée, croisa les bras. « C'est toujours la même excuse. Chaque fois, quelque chose ou quelqu'un t'arrache à nos soirées. »

Se sentant coupable et débordé par la situation, il proposa presque sans réfléchir : « Si ça te va, tu peux m'accompagner. Je dois juste récupérer un paquet chez moi pour ma mère et le livrer à une amie à elle, ensuite on pourra finir la soirée ailleurs. »

Sans la moindre hésitation, comme si elle s'attendait à cette invitation, la jeune femme accepta en retrouvant instantanément le sourire. « D'accord, allons-y. Mais après, tu me dois vraiment une sortie », dit-elle, les yeux pétillants de malice.

Marchant vers sa maison, Samjayi ruminait sur sa tendance récente à agir de manière impulsive. Ces derniers temps, il se laissait porter par les événements sans prendre le temps de réfléchir, un comportement qui lui était étranger auparavant. Cette prise de conscience le plongea dans une introspection profonde. Était-ce une façon d'échapper aux exigences familiales ou juste une manière d'éviter de faire face à ses propres peurs ? Chaque pas vers chez lui amplifiait son sentiment équivoque d'incertitude.

À ses côtés, Samira dégageait une assurance qui contrastait nettement avec les hésitations incessantes de Samjayi. L'aplomb naturel de la jeune fille le rendait nerveux mais également fasciné par cette alchimie inespérée entre eux.

Une fois chez lui, Samira, avec une curiosité presque enfantine, se mit à explorer les lieux, ajoutant à l'anxiété de Samjayi. Il se dépêcha de récupérer le paquet destiné à l'amie de sa mère, laissant Samira seule dans le salon un moment. Après avoir trouvé le colis, il se souvint soudain qu'il aurait besoin d'argent pour la suite de la soirée. « Je reviens, je vais juste prendre de l'argent dans ma chambre », annonça-t-il.

Pendant qu'il fouillait dans ses affaires, Samjayi sursauta en découvrant que Samira se tenait juste derrière lui.

« Mais que fais-tu ici ? s'exclama-t-il, pris au dépourvu.

— Ne t'inquiète pas, je voulais juste voir où tu vivais. Ta chambre est plutôt cosy pour un garçon », répondit Samira, avec une pointe de taquinerie.

L'air entre eux devint électrique lorsqu'elle se rapprocha davantage du jeune homme encore pantois. Elle effleura doucement le ventre de Samjayi de sa main, ce qui le fit frissonner. « Mais qu'est-ce que tu fais ? » balbutia-t-il tout bas, son cœur tambourinant contre sa poitrine, à la fois troublé et intrigué par son audace.

Samira se hissa légèrement sur la pointe des pieds et l'embrassa. Il était complètement déboussolé, incapable de réagir, tout se déroulait à une vitesse vertigineuse. Samira, souriante, lui dit doucement : « Tu n'as pas l'air habitué avec les filles, ne t'inquiète pas, je vais te guider. »

Il se laissa faire, le contact entre leurs deux corps était à la fois doux et rassurant, mais aussi incroyablement intense. Chaque frôlement électrisait sa peau, éveillait des désirs inexplorés. Samjayi était partagé entre naïveté et inexpérience, cherchant vainement à comprendre les mécanismes de cette intimité soudaine.

Sa respiration s'accélérait, son cœur battait la chamade, une chaleur envahissante se répandait à travers son corps. Il se sentait vivant d'une manière nouvelle et enivrante, il explorait des aspects de lui-même jusqu'alors inconnus.

L'expérience prit rapidement une tournure qu'il ne maîtrisait pas. Lorsque Samira abaissa son pantalon et que sa main attrapa son sexe, l'intensité du moment le submergea. Le plaisir, à la fois vif et soudain, culmina rapidement, le laissant abasourdi et confus. La précipitation avec laquelle les choses s'étaient déroulées le plongea dans un état de choc. Il n'avait pas eu le temps de saisir pleinement ce qu'il se passait entre eux que le moment s'était déjà terminé. Ce qui venait de se produire l'avait pris de court, et il demeurait perplexe, presque incrédule, partagé entre la surprise, l'embarras et un certain sentiment de déception qu'il ne parvenait pas à comprendre tout à fait. La gêne l'envahit alors, le rendant vulnérable et exposé. Comme si un voile avait été levé sur une partie de lui-même à laquelle il n'avait jamais vraiment été confronté. Une révélation à la fois exaltante et effrayante.

Samira perçut son trouble et essaya de le réconforter. « Ne t'inquiète pas, ça arrive à tout le monde », dit-elle doucement. Mais Samjayi, submergé par la honte et la confusion, peinait à accepter ces paroles apaisantes.

« Je... je pense que je devrais aller livrer ce paquet maintenant, seul », bégaya-t-il, évitant son regard.

Samira insista pour qu'ils continuent la soirée ensemble comme prévu, mais devant l'entêtement de Samjayi à partir de son côté, elle capitula. « D'accord, mais au moins tu devrais me raccompagner. Et je n'ai pas d'argent pour le taxi », ajouta-t-elle, espérant qu'il l'aide malgré l'inconfort de la situation.

Samjayi, toujours perturbé, ne put refuser cette requête. « Bien sûr, c'est la moindre des choses », concéda-t-il. Ils sortirent ensemble et il l'aida à héler un taxi, lui donnant assez d'argent pour son retour. Avant qu'elle ne monte dans le véhicule, Samjayi s'excusa pour la tournure des événements et promit de se rattraper. Samira, visiblement contrariée par la fin de la soirée, monta dans le taxi sans un mot, affichant son mécontentement en évitant tout contact visuel.

À quelques mètres de là, dissimulée dans l'ombre offerte par le parasol d'une vendeuse de maïs grillé, la mère de Samjayi observait la scène, et une vague d'émotion la submergea. Elle scrutait chaque geste de son fils, surprise et préoccupée par ce qu'elle voyait. Samjayi, trop absorbé par ses propres tourments, ne remarqua cependant pas sa présence.

Après avoir accompli la tâche demandée par sa mère, le jeune homme se retrouva seul dans sa chambre. Allongé sur son lit, il se perdit dans ses pensées, tentant d'analyser la soirée qu'il venait de vivre. Comment devait-il interpréter ce qu'il s'était passé ? Était-ce simplement une expérience passagère, ou le début de quelque chose de plus profond ? Et surtout, quel serait l'avis de Neïla si elle l'apprenait ?

Penser à Neïla accentua son sentiment de culpabilité. Comprendrait-elle s'il décidait de partager avec elle les détails de cette nuit ? Dans le doute, il choisit de garder cet épisode pour lui, du moins pour le moment.

Dans le calme de sa chambre, Samjayi se sentait à un carrefour de sa vie. Cette soirée n'avait pas été qu'une simple sortie ; elle avait ouvert la porte à un avenir incertain. Ses choix, ses désirs et ses peurs s'entremêlaient, formant un puzzle dont il peinait à discerner les contours. L'avenir restait flou, mais une chose était certaine : les événements de cette nuit entraîneraient des répercussions bien au-delà de ce qu'il pouvait alors imaginer.

## Thaïma, Neïla : 15 juillet

À la fin de la prédication, tandis que les fidèles se dispersaient lentement, les membres de la chorale étaient restés discuter de leurs prestations. Quelques jeunes planifiaient leurs activités futures. Au milieu de cette effervescence, Thaïma offrait des conseils à un petit groupe de femmes quant à la gestion des fonds recueillis pendant les offrandes. Terminant ses recommandations, elle fut rapidement entourée par des jeunes qui l'appelaient affectueusement « Maman Dunkam ». Ils attendaient ses orientations pour leurs projets au sein du comité jeunesse. Thaïma les guidait avec une assurance naturelle, mêlant douceur et fermeté dans ses directives.

Depuis un coin de la salle, Neïla observait discrètement sa mère. Elle voyait évoluer une femme accomplie, vibrant de dynamisme, offrant un contraste frappant avec son allure souvent préoccupée à la maison. Cette dualité troublait Neïla, qui peinait à comprendre pourquoi sa mère faisait preuve d'une dévotion plus forte envers les membres de l'église que pour sa propre famille.

Chaque visite à l'église ravivait en elle ce sentiment étrange. D'un côté, elle éprouvait une profonde admiration pour l'engagement inébranlable de sa mère, et de l'autre, une amertume persistante face à l'attention qu'elle jugeait en comparaison insuffisante de sa part envers elle et ses sœurs. Neïla nourrissait régulièrement le désir de confronter sa mère, de démêler le réseau complexe de non-dits qui les séparait, mais le courage lui faisait défaut à chaque fois.

Son attention se tourna alors vers le pasteur Isaac, qui incarnait également une des causes de son ressentiment envers l'église. Elle se souvenait douloureusement de ses paroles le jour de son accident — des mots qui avaient laissé une cicatrice indélébile dans son cœur.

Après avoir conclu sa discussion avec les jeunes, Thaïma s'approcha de sa fille, prenant soin de pousser doucement son fauteuil. Elles avancèrent lentement dans l'allée centrale de l'église. « Alors, que penses-tu de la prédication d'aujourd'hui ? Le pasteur Isaac était particulièrement inspiré, n'est-ce pas ? » demanda Thaïma avec une tonalité apaisante. Neïla, ravalant ses véritables sentiments, répondit avec diplomatie : « Oui, le message était très pertinent. »

À ce moment, le pasteur Isaac, accompagné de son entourage habituel, s'approcha. Saluant Thaïma avec respect, il lança : « Comment allez-vous, Maman Dunkam ? » Thaïma répondit avec une révérence discrète, tout en serrant respectueusement de ses deux mains celle qu'il lui tendait. « Très bien, merci, Papa. » Le pasteur posa ensuite son regard aigu sur Neïla, qui détourna les yeux, mal à l'aise. Il se tourna de nouveau vers Thaïma. « J'ai cru comprendre que tu souhaitais me parler. Venez avec moi dans mon bureau. »

Il les invita à le suivre. Une fois la porte menant à son sanctuaire administratif passée, le reste de sa délégation se dispersa, excepté un homme posté devant l'entrée, tel un garde chargé de filtrer les visites.

Dans la salle d'attente attenante au bureau du pasteur Isaac, quelques fidèles étaient déjà présents, assis sur des chaises alignées contre les murs. Chacun était absorbé dans ses pensées ou ses prières, attendant patiemment son tour pour une audience privée. Lorsque le pasteur Isaac fit son entrée, tous se levèrent simultanément, dans un geste de respect et de dévotion. Sans adresser un regard à l'assemblée, il se dirigea directement vers la porte qui menait à son bureau, accompagné de Thaïma.

À l'écart, Neïla observait la scène, ressentant la fervente énergie des autres fidèles. Thaïma, avant de suivre le pasteur à l'intérieur, se retourna brièvement vers sa fille et chuchota : « Attends-moi ici un moment, ma chérie. Je ne serai pas longue. » Puis, elle disparut derrière la porte que le pasteur avait tenue ouverte pour elle.

Neïla resta seule, son fauteuil roulant légèrement en retrait des autres chaises, méditant sur l'aura de respectabilité dont le pasteur Isaac était naturellement paré. Les fidèles reprirent rapidement leurs places et leurs discussions. À voix basse, ils partageaient les anecdotes de leurs propres expériences de guérison et de bénédiction dues à l'intervention du pasteur. Leur foi jaillissait de leurs paroles, inébranlable ; chaque histoire, plus convaincante que la précédente, formait un recueil de pieux témoignages. Tout cela conférait à la salle d'attente un caractère presque sacré.

Sans compagnie dans cette antichambre, Neïla observait distraitement les autres lorsqu'une femme rayonnante vint s'asseoir à côté d'elle. « Que fais-tu ici, ma fille ? » demanda-t-elle avec un sourire chaleureux. Après que Neïla eut partagé brièvement sa situation, la femme, adoptant un ton à la fois maternel et convaincu, commença à narrer son histoire personnelle.

« Ne t'inquiète pas, ma fille. Avant de venir ici, j'étais désespérée. J'avais consulté de nombreux médecins et guérisseurs sans aucun succès. J'étais perdue. » Elle se lança dans un récit captivant détaillant comment elle avait été torturée psychologiquement, croyant être possédée par un esprit maléfique envoyé par un parent éloigné. « Les nuits étaient interminables, hantées par des voix et des visions terrifiantes. J'étais au bord de la folie. Mais le pasteur Isaac m'a libérée. Sa foi et ses prières ont opéré des miracles que je n'aurais jamais crus possibles, poursuivit-elle avec ferveur. Depuis, je vis une nouvelle vie, libre et sereine. Le pasteur a un véritable don de Dieu. »

Neïla l'écoutait, son expression oscillant entre curiosité et scepticisme. La femme, emportée par son élan, ne cessait de louer les mérites du pasteur. « Il peut changer ta vie, crois-moi ! »

Ce témoignage, aussi sincère qu'il pouvait paraître, laissait Neïla perplexe. Elle soupesait chaque mot, se demandant quelle part de vérité se cachait derrière ces récits de guérison miraculeuse.

La porte du bureau s'ouvrit enfin avec un léger grincement. Thaïma en émergea, un discret sourire aux lèvres. Elle signifia à Neïla qu'il était temps pour elle d'entrer à son tour. Poussée par sa mère, Neïla avança doucement vers le seuil de la pièce, mais son esprit débordait de doutes et d'appréhension.

L'intérieur du bureau du pasteur était baigné dans une lumière atténuée, qui filtrait à travers une vitre opaque. La pièce dégageait une solennité certaine, renforcée par une grande bibliothèque chargée de tomes religieux, les écrits du pasteur lui-même y étant ostensiblement mis en avant. Une croix en bois massif dominait le mur derrière le bureau, ajoutant à la gravité du décor.

Le pasteur se leva de son fauteuil sans un mot, contourna son bureau et s'approcha de Neïla. Il plaça ses mains sur sa tête, fermant les yeux dans une posture de concentration profonde. Il commença alors une fervente prière pour sa guérison, chaque mot était prononcé avec une conviction ardente.

À côté, Thaïma se tenait légèrement en retrait, les mains jointes et les yeux clos, marmonnant ses propres prières. Son visage, éclairé par la foi, était comme pénétré par l'espérance et le désir ardent de voir sa fille soulagée de ses maux.

Neïla ne visualisait pas vraiment la scène qui se déroulait devant elle. Une partie d'elle semblait flotter, comme au-dessus de la situation, observatrice et détachée, tandis qu'une autre partie, plus vulnérable, se demandait anxieusement : *Et si cela fonctionne réellement ? Si cela a aidé cette femme, pourquoi pas moi ?* Malgré ses réserves, un mince fil d'espoir commençait à tisser une toile dans son cœur.

La prière du pasteur s'intensifia, ses mots se faisant plus pressants, tandis que la pièce paraissait se contracter autour de cet instant chargé d'espérances et d'adjurations. Dans cette enceinte sacrée, Neïla sentait le poids de nombreuses attentes — non seulement les siennes, mais aussi celles de sa mère et du pasteur, tous suspendus à la possibilité d'un miracle.

Cependant, alors que la prière se poursuivait, elle sentit la main du pasteur glisser sur elle. Au début, c'était un simple contact, mais bientôt, elle ressentit un frôlement ambigu qui la fit frissonner. La main du pasteur s'attarda sur sa poitrine. Neïla, pétrifiée, ne pouvait croire ce qui se passait. Juste au moment où elle allait réagir, le pasteur se retira.

La prière prit fin, et le pasteur Isaac, ouvrant les yeux, dit à Neïla, d'un ton à la fois apaisant et ferme : « Garde la foi, ma fille. La guérison viendra. » Puis, avec une gravité qui sembla s'inscrire dans l'air, il ajouta : « J'espère que tu es toujours vierge, Neïla. Ne souille pas ton âme, sinon la guérison ne viendra pas. »

Choquée par ces paroles douteuses et par l'attouchement non désiré qu'elle avait subi, elle demeura figée, incapable de réagir. Elle ne savait si sa mère avait vu ce qu'il venait de se passer. Confusion, colère et désarroi l'envahissaient.

En sortant du bureau du pasteur, Thaïma affichait un air satisfait et apaisé, convaincue que la prière ferait son œuvre. Neïla, pour sa part, se sentait bouleversée, violée dans son intimité. Une partie d'elle criait à l'injustice de la situation.

Alors qu'elles sortaient de l'église, Neïla sentit une ferme résolution s'ancrer en elle. Elle fit face à sa mère. « Maman, nous devons parler. Il y a des problèmes que nous ne pouvons plus ignorer ». Sa voix tremblait légèrement sous la pression de son audace.

Thaïma se tourna vers elle, son visage habituellement paisible voilé d'inquiétude. « De quoi souhaites-tu parler, ma chérie ? »

Respirant profondément pour rassembler son courage, Neïla plongea dans les eaux troubles des événements qu'elle et sa famille traversaient. « De tout, maman. Du pasteur, de ma situation, de la manière dont nous gérons tout cela. Il est temps de mettre les choses à plat. »

Visiblement décontenancée, Thaïma répondit avec hésitation : « Neïla, je ne suis pas certaine que ce soit le moment. Il y a tant d'autres choses à régler ces derniers temps. Ne pourrions-nous pas d'abord trouver un moyen de rentrer chez nous ? »

Cette réponse évasive ne fit qu'alimenter la flamme intérieure de Neïla. « Je refuse de rester en retrait, de subir passivement tout ce qui se déroule autour de moi. Je veux reprendre le contrôle de ma vie, avec ou sans mon handicap », affirma-t-elle avec conviction.

Malgré la fermeté de Neïla, Thaïma évita de s'engager dans une discussion plus profonde, se contentant de détourner la conversation, réticente à aborder les sujets délicats soulevés par sa fille.

Le trajet du retour se déroula donc dans le calme, mais les pensées de Neïla tournaient en boucle comme un disque rayé. Assise à côté de sa mère dans la voiture, elle ruminait quant aux non-dits et aux demi-vérités qui semblaient envelopper leur relation depuis que sa mère s'était davantage impliquée dans l'église.

Quelle était la véritable raison derrière cette réticence à discuter ouvertement avec sa propre fille ? Quant à son père et ses projets de mariage arrangé avec Joseph, quelles motivations pouvaient bien justifier une décision aussi radicale ?

Neïla était engloutie par un obscur nuage de questions sans réponses, une brume opaque d'incompréhension qui s'épaississait chaque jour. Plus que jamais, elle ressentait le besoin impérieux de dissiper ce brouillard, de découvrir les vérités cachées derrière les actions inintelligibles de ses parents.

De retour chez elle, l'exubérance enfantine de Maketa la frappa comme une vague fraîche sur une peau brûlante. Sa petite sœur bondit vers elle, l'étreignant dans un éclat de joie.

« Neïla, tu m'as manqué ! Tu m'as ramené quelque chose ?

— Rien cette fois, Maketa. On était juste à l'église », répondit Neïla. Son sourire dissimulait mal les tourments qui l'agitaient.

Dans le rôle familier de la matriarche, Thaïma scrutait la pièce d'un œil critique. « Où est Zaria ? J'espère qu'elle a préparé le repas comme demandé. »

Celle-ci apparut, son expression renfrognée d'adolescente dénonçant son irritation. « Oui, maman, tout est prêt. »

Ce semblant de normalité offrait à Neïla un bref répit, un interlude dans le tumulte de ses émotions. Mais lorsque Ruben, en chef de famille, fit son entrée, l'ambiance se crispa. Neïla, absorbée par ses questionnements, fit mine de ne pas voir son père, dont la position sur le mariage arrangé continuait de nourrir son ressentiment. Ruben, détectant que quelque chose s'était passé entre ses filles mais choisissant de l'ignorer, se dirigea vers sa chambre sans s'attarder.

Zaria, quant à elle, s'affairait à mettre la table pour le traditionnel repas familial du dimanche, tandis que Thaïma surveillait les préparatifs du déjeuner. Neïla, l'esprit tourmenté, se retira alors discrètement dans sa chambre, cherchant refuge dans la solitude.

Dans cet espace intime, les murs lui semblaient absorber ses pensées. Étendue sur son lit, les yeux rivés sur un point invisible, elle laissa libre cours à ses réflexions. Le poids de l'incompréhension l'accablait, la tirait vers un abîme de questions sans réponses. Mais au milieu de ses doutes, une étincelle de persévérance subsistait, refusait de s'éteindre. Elle ne se laisserait pas submerger par les ombres suffocantes de l'incertitude.

Elle ferma les yeux, faisant le vœu de toujours chercher la lumière, peu importe l'obscurité du chemin. Elle se promit de lutter pour tracer son propre chemin, de lutter pour son droit à choisir son destin, indépendamment des tempêtes à venir.

## Etiema, Samjayi : 19 juillet

Dans le salon des Benyô régnait le calme qui précède une tempête. Etiema se tenait debout, imposant, son regard dur fixé sur Samjayi, qui tentait de se fondre dans le canapé. Marie, sa mère, restait en retrait, se tordant nerveusement les mains, l'anxiété émanait de tout son corps. Skylas, lui, le regard attentif, observait la scène, mais sa neutralité apparente peinait à masquer son inquiétude.

Etiema continua son sermon, frémissant d'une fureur réprimée. « Samjayi, c'est absolument inacceptable ! Tu as outrepassé les limites. Non seulement tu rentres à des heures indues, malgré les consignes de ta mère, mais maintenant, tu oses ramener une fille ici ? Quelle image donnes-tu de notre famille ? Tu te crois déjà un homme, mais tes actes parlent d'eux-mêmes. »

Samjayi, écrasé sous le poids de l'autorité paternelle, sentit ses regrets lancinants et sa honte cuisante monter en lui. Il baissa la tête, incapable de croiser le regard de son père. « Je... Je suis vraiment désolé, papa. Ce n'était pas mon intention de... » Sa voix était à peine audible.

Etiema le coupa, implacable. « "Pas ton intention" ? Tu te rends compte de l'image que tu renvoies ? Nous attendons de toi un comportement digne de ce nom, pas celui d'un adolescent irresponsable. Regarde Skylas, il a toujours su se tenir correctement. Pourquoi ne peux-tu pas en faire autant ? »

L'intérieur de la joue de Samjayi le brûlait tandis qu'il réprimait une réponse impulsive en serrant les mâchoires. Compressé entre le désir de s'affirmer et le fardeau des attentes familiales, il luttait intérieurement. Chaque reproche de son père était un coup de poignard dans son estime de lui. Coincé, il ressentait l'oppressante impression d'être piégé.

Etiema, visiblement nerveux, ajouta soudainement : « Et cette fille, qui est-elle précisément ? D'où vient-elle ? » Face à l'interrogatoire de son père, Samjayi sentit son pouls s'accélérer. La question l'obligeait à exprimer des sentiments qu'il avait longtemps refoulés. « Elle s'appelle Samira, papa. C'est juste une amie, vraiment rien de plus. » Son timbre vacillant révélait néanmoins son trouble profond.

Dans l'esprit du jeune homme, une idée fébrile prenait forme. Samjayi se demandait comment Samira, rencontrée très récemment, avait pu si rapidement bouleverser sa vie, entraîner tant de complications. Il revivait leur rencontre, cette soirée qui, initialement anodine, s'avérait maintenant mener à un véritable drame familial. Elle n'était qu'une connaissance pour lui, et maintenant, elle se retrouvait au cœur d'une tempête, pensait-il, rongé par le remords. Cette situation lui révélait clairement son imprudence et sa tendance à agir sans en mesurer les conséquences.

*Tu aurais dû être plus avisé, plus réfléchi. Regarde dans quel pétrin tu t'es mis*, se reprochait-il intérieurement. Chaque mot qu'il prononçait pour répondre à son père était une preuve manifeste de son insouciance, une reconnaissance tacite du fait qu'il avait été submergé par les événements.

Visiblement déçu et exaspéré, Etiema secoua la tête. « Va dans ta chambre, j'ai besoin de réfléchir à tout ceci. Nous discuterons de ta punition plus tard. » Samjayi quitta la pièce, laissant derrière lui une atmosphère inconfortable, lourde de reproches non exprimés.

Marie se leva, prête à le suivre, mais Skylas l'arrêta d'un geste. « Laisse, maman. Je vais parler avec lui. »

Samjayi se dirigea vers sa chambre, la désillusion et la confusion alourdissant chacun de ses pas. Il avait l'impression que son monde s'effondrait autour de lui, chaque critique de son père résonnait douloureusement en lui.

Skylas suivit son frère et ferma la porte derrière eux. Il s'assit, affichant cet air si familier à Samjayi mêlant suffisance et préoccupation fraternelle. Ce dernier, affalé sur son lit, le regardait avec une étincelle de défi dans les yeux.

« Samjayi, je comprends ta frustration, commença Skylas d'un ton paternaliste qui avait souvent le don d'irriter son jeune frère, mais papa a ses raisons. Il veut simplement le meilleur pour toi. » Samjayi écoutait, l'esprit agité. *Comment peut-il prétendre me comprendre, alors que lui-même...* Il se rappelait les nombreuses fois où Skylas était lui aussi rentré tard, loin de l'image impeccable qu'il projetait aux yeux de leurs parents, qui ignoraient ses écarts.

« Je sais qu'il ne me veut pas de mal, mais j'ai l'impression d'être incompris », expliqua Samjayi. Skylas, ne saisissant pas totalement les tourments intérieurs de son frère, continua : « On n'est jamais totalement compris, Samjayi. Si tu veux être pris au sérieux, tu dois apprendre à être plus discret. Il faut savoir jouer le jeu. »

*Jouer le jeu, comme tu le fais si bien ?* pensa amèrement Samjayi. Il se remémora la soirée tumultueuse au cours de laquelle il avait vu Skylas et Gamal ensemble dans le bar, loin de l'univers académique habituel de son frère. Cette image le hantait, exacerbant son sentiment d'injustice.

Samjayi regarda fixement son frère, se débattant avec ses pensées internes. Il savait que confronter Skylas ouvertement serait inutile. *Pourquoi suis-je toujours celui qui se fait prendre, alors que toi…* songea-t-il, sans oser verbaliser sa frustration.

Se redressant, Samjayi croisa le regard de Skylas et laissa finalement échapper : « Pourquoi papa semble-t-il toujours si injuste ? Pourquoi suis-je toujours celui qui est réprimandé ? » Son ton laissait transparaître son agitation. Skylas haussa les épaules avec nonchalance. « Parce que tu te fais prendre, petit frère. Personne n'est parfait. Essaie simplement de suivre les conseils de papa. » Un demi-sourire ironique se dessina sur son visage avant de conclure avec assurance : « Tu comprendras avec le temps. C'est pour ton bien. »

Samjayi ferma les yeux, perdu dans ses sombres interrogations. Il se sentait pris au piège par un standard familial à double vitesse, où ses erreurs étaient scrutées et jugées, tandis que celles de Skylas demeuraient dissimulées. Cette réflexion l'enfonça dans une profonde frustration et une grande solitude ; il se demandait comment se frayer un chemin à travers cet environnement familial complexe et souvent discordant.

Skylas se leva et se dirigea vers la porte, se retournant une dernière fois vers son frère. « Parfois, il faut juste accepter les choses telles qu'elles sont et apprendre de nos erreurs. Sois fort, Samjayi, et intelligent. Ne laisse pas tes émotions te contrôler. » Il quitta ensuite la pièce, laissant le jeune homme seul avec ses tourments.

Samjayi s'allongea complètement sur son lit. Il sentait l'absurdité du monde des adultes peser sur ses épaules. Les conseils de son frère lui semblaient absolument vides de sens, et provoquaient plutôt une dissonance en lui. Une larme coula le long de sa joue tandis qu'il articulait à peine : « J'en ai assez, j'en ai assez de tout ça. »

L'image de Neïla envahit tout à coup son esprit. Il se remémora leurs moments ensemble, leur complicité, le réconfort qu'elle lui apportait. Il ressentit un vide profond, une absence douloureuse face à l'éloignement qu'il avait lui-même instauré entre eux. *Je dois la revoir, lui parler. Cela fait trop longtemps*, se résolut-il, essuyant d'un revers de main une autre larme rebelle.

Son téléphone vibra et le sortit de ses pensées. Il s'en saisit avec empressement, espérant secrètement voir le nom de Neïla illuminer l'écran. Cependant, son enthousiasme disparut subitement en voyant le nom de Samira apparaître à la place.

Le message affiché, « Pourquoi tu m'ignores ? », lui parut presque intrusif, une irruption indésirable qui chamboulait encore un peu plus ses émotions. *Pourquoi continue-t-elle à m'écrire ? Après tout ce qu'il s'est passé, tout ce qu'elle a causé...* s'agaçait-il, son esprit empli de contrariété.

Il fixait le message, pris dans un dilemme. D'un côté, il se sentait responsable, conscient qu'ignorer Samira n'était pas la solution la plus mature. De l'autre, l'idée même de répondre lui semblait vaine, presque douloureuse. *Elle ne comprend pas... elle ne voit pas à quel point tout cela me met dans une situation difficile. Elle ne réalise pas l'impact de ses actions ni l'ampleur du bordel qu'elle a foutu*, pensait-il, ressassant les événements récents.

La frustration bouillonnait en lui, dérivant vers une colère sourde contre la situation, contre Samira, et peut-être aussi contre lui-même pour avoir laissé les choses déraper à ce point. Avec un soupir, il décida de laisser le message de Samira sans réponse et reposa son téléphone. Il n'avait ni l'énergie ni l'envie de s'engager dans une conversation qui ne ferait qu'ajouter à son tumulte intérieur. Ce dont il avait besoin, c'était de clarté, d'espace, pour réfléchir et se concentrer sur ce qui comptait vraiment pour lui.

Dans un éclair de lucidité, Samjayi se redressa, le regard droit. Il ne souhaitait plus se laisser ballotter par les aléas de l'existence. Il était temps pour lui de prendre en main les rênes de sa vie, de ne plus permettre aux événements ou aux influences extérieures de le submerger. Il avait besoin de se recentrer, de trouver un sens à son parcours, loin des turbulences et des distractions inutiles.

Ce moment face à lui-même lui apporta une clarté nouvelle. Il comprenait qu'il devait agir, qu'il devait initier des changements dans sa vie pour ne plus subir passivement les circonstances. C'était un pas vers une maturité naissante, une prise de responsabilité vis-à-vis de son propre avenir. Il s'engagea à faire des choix plus réfléchis, à poursuivre des objectifs qui le rendraient non seulement fier de lui-même mais aussi digne du respect de sa famille et de ses amis.

*Il est temps de faire les choses différemment*, trancha-t-il. Un élan de courage inédit prenait forme en lui. Ce moment de révélation devait être un véritable tournant. Il ne savait pas encore exactement comment il allait procéder, mais l'intention était là, claire et puissante. Samjayi se sentait prêt à affronter les défis à venir, à faire des choix qui reflétaient ses véritables désirs et aspirations. C'était le début d'une nouvelle ère dans sa vie, une ère de pleine conscience, de décisions sérieusement mûries et d'autonomie à conquérir.

## Samira : 18 juillet

Dans la demeure assez simple qu'elle partageait avec sa mère, une maison aux murs ternes et aux fenêtres étroites, Samira était plongée dans ses pensées. Assise dans le vieux fauteuil élimé du salon, elle effleurait distraitement l'écran de son téléphone. La lumière du soleil, entravée par les rideaux défraîchis, luttait pour illuminer la pièce.

À l'extérieur, dans la cuisine sommairement aménagée, sa mère s'activait autour du réchaud à gaz. « Samira, viens m'aider, s'il te plaît ! » lança-t-elle d'une voix forte et maternelle.

Avec un soupir résigné, Samira se leva, laissant derrière elle l'ombre du salon pour rejoindre la lumière crue du jour. Elle se dirigea vers la cuisine où sa mère préparait une bouillie de mil et un couscous de riz accompagné de sauce à l'oseille. Ensemble, elles s'affairèrent à remplir un thermos de repas chaud. « Apporte ça à ta sœur, s'il te plaît. Elle et ses enfants en ont bien besoin, surtout en ce moment », réclama sa mère, la voix remplie d'inquiétude pour sa fille aînée.

En attrapant le thermos, Samira sentit ses propres préoccupations pour sa sœur se mêler à une agitation intérieure qu'elle ne savait que trop bien définir. Elle sortit, héla une mototaxi, et se lança vers le domicile de sa sœur, ses pensées inévitablement tournées vers Samjayi.

*Pourquoi ne répond-il pas à mes messages ?* se demandait-elle, une pointe de frustration s'immisçant dans son désir envers le jeune homme. *Je l'ai vu me regarder chaque fois que nous nous sommes vus, je sais qu'il n'est pas indifférent.*

Le trajet était semé de nids-de-poule et de flaques, rendant habituellement le voyage inconfortable, mais Samira, absorbée par ses pensées, ne remarquait pas les secousses.

*Peut-être a-t-il du mal à accepter ce qui s'est passé la dernière fois. Je lui ai pourtant dit que ce n'était pas grave. N'aurait-il pas besoin de plus de réconfort ?* se demandait-elle, secouant la tête, résolue. *Je ne dois pas le lâcher. Il finira par céder.*

L'image de Samjayi hantait continuellement son esprit, oscillant entre une forte attraction et une incompréhension complète face à son attitude distante. Tenant fermement le thermos contre elle, Samira canalisait son énergie et sa motivation. Elle ne pouvait se résoudre à abandonner ; quelque chose en elle refusait de laisser cette histoire inachevée malgré ses doutes et ses incertitudes.

Son intérêt pour Samjayi dépassait par ailleurs la simple attirance. Au-delà de ses qualités personnelles, ce garçon représentait pour Samira une opportunité de changement dans sa vie marquée par des luttes quotidiennes et des privations. Venant d'une famille aisée, Samjayi lui offrait une perspective de stabilité et de confort financier, des atouts non négligeables dans l'environnement modeste de la jeune fille.

Reconnue pour sa beauté, Samira était habituée à captiver l'attention des hommes, ce qui rendait la réserve de Samjayi d'autant plus inconcevable pour elle. Elle n'était pas accoutumée à ce qu'un homme résiste à son charme, ne réponde pas immédiatement à ses avances. Cette situation inédite, où les rôles habituels étaient inversés, la troublait profondément.

Cette combinaison de motivations à la fois romantiques et économiques nourrissait sa volonté. À ses yeux, sa relation avec Samjayi ne serait pas seulement une histoire d'amour, mais également une porte vers un avenir potentiellement plus stable et sécurisé. Cette potentialité, mêlée à la frustration de ne pas être instantanément désirée, la poussait à redoubler d'efforts pour ne pas le laisser filer. Elle sentait qu'elle ne pouvait pas se permettre de passer à côté d'une telle occasion, tant sur le plan émotionnel que matériel.

Arrivée devant l'immeuble délabré de sa sœur, Samira passa le vieux portail qui ne fermait plus depuis des années. Elle monta les marches usées et, approchant de l'appartement où vivait sa sœur, elle remarqua que la porte d'entrée était entrouverte, un simple voilage masquant partiellement l'intérieur à sa vue. Elle prit une profonde inspiration, se préparant à franchir le seuil, ses pensées concernant Samjayi temporairement mises de côté alors qu'elle s'apprêtait à affronter les réalités familiales.

Derrière le fin rideau flottant doucement, elle constata le désordre de l'appartement, reflet d'une vie quotidienne marquée par de constants défis. Ce voilage se dressait comme une barrière symbolique entre le monde extérieur et l'intimité chaotique de la famille de sa sœur, Aïssé.

Elle ferma les yeux un instant pour mettre de côté ses propres préoccupations, puis entra dans la pièce avec une résolution tranquille, décidée à apporter soutien et réconfort. Le chaos ambiant se précisa : jouets éparpillés, piles de vêtements... La scène d'une existence décousue, adaptée à l'anarchie environnante.

Chaque visite chez Aïssé réveillait en Samira un sentiment de pitié pour sa grande sœur, mariée jeune sur les conseils de leur père, aujourd'hui disparu. La jeune femme, assise sur une natte, paraissait épuisée, sa quatrième grossesse était éreintante. Elle tentait de s'occuper de son dernier-né ; les deux aînés étaient absents, probablement en train de jouer dehors.

Aïssé ajusta son voile et invita sa sœur à la rejoindre.

« Comment vas-tu, Samira ? Assieds-toi, proposa-t-elle faiblement.

— Ne te fatigue pas, Aïssé, maman m'a envoyée apporter de la nourriture pour toi et les enfants. Je vais tout mettre en cuisine », répondit Samira, insistant pour que sa sœur reste assise. Elle se dirigea vers la petite pièce attenante, tout en demandant des nouvelles des autres enfants.

Aïssé expliqua que les grands jouaient effectivement dehors, et son ton monocorde révélait une fatigue profonde. Samira rangea le repas dans la cuisine délabrée. L'image d'Aïssé épuisée et surmenée par la vie qui lui avait été imposée renforçait les réticences de Samira envers la religion et le conformisme prôné par leur mère, qui la pressait d'être plus pieuse et moins mondaine. Le contraste entre la fervente piété de sa mère et la précarité épouvantable de sa sœur alimentait son rejet d'un chemin de vie dicté par d'autres. Elle ressentait un désir ardent d'aider sa sœur, mais son impuissance matérielle lui rappelait cruellement ses propres limites. Cette visite, bien qu'ordinaire, raffermit davantage la résolution qu'avait prise Samira de forger son propre destin, loin des attentes imposées par sa famille et sa situation sociale et religieuse.

Après avoir terminé de ranger le repas dans la cuisine, elle retourna au salon. Elle s'adressa doucement à Aïssé :

« Comment va ton mari ?

— Il travaille beaucoup, répondit-elle, d'une voix lasse. Il rentre tard et est toujours épuisé. Il fait ce qu'il peut pour nous soutenir. »

À ce moment, un des enfants d'Aïssé surgit dans le salon, à la recherche d'un jouet perdu. À peine eut-il jeté un regard rapide à Samira qu'il repartit en courant. Surprise par son impolitesse, Samira le rappela d'un ton autoritaire : « Attends, viens ici un instant. Dis bonjour correctement et va appeler ton frère. »

Samira remarqua alors une blessure au genou de l'enfant, visiblement infectée. « Aïssé, tu as vu ça ? » s'alarma-t-elle. Aïssé jeta un coup d'œil fatigué à la plaie.

« Oui, mais c'est superficiel. Ça ira.

— Ce n'est pas rien, Aïssé. Je vais chercher de quoi le désinfecter avant de partir. »

La résignation d'Aïssé était perceptible, mais Samira sentait monter en elle un élan de responsabilité. Elle se rendait de plus en plus compte de l'urgence d'agir, non seulement pour elle-même mais pour sa famille. Touchée par le regard innocent et vulnérable de son neveu, elle lui caressa la tête avec tendresse, se promettant intérieurement de veiller sur lui et ses frères. Ce moment d'affection consolida son engagement envers sa famille, lui rappelant combien il était crucial de chercher, et de trouver, un avenir meilleur pour eux tous.

Rapidement, elle se rendit chez un vendeur de médicaments au bord de la route, acheta le nécessaire pour soigner la plaie et revint s'occuper de son neveu. Tandis qu'elle nettoyait et bandait doucement le genou du petit, elle réfléchissait à la dure réalité de leur vie et à l'importance de son rôle pour espérer y apporter un changement.

Lorsque Samira quitta l'appartement de sa sœur, elle avait le cœur serré. Se retournant pour un dernier regard, elle vit Aïssé, épuisée mais reconnaissante, berçant son enfant. « Je repasserai chercher le thermos, Aïssé. Prends soin de vous », dit-elle avec tendresse.

Dans les escaliers de l'immeuble, chacun de ses pas portait encore le poids des épreuves que supportait sa sœur. À l'extérieur, l'air frais lui offrit un léger répit, mais son esprit restait hanté par les images du logement délabré et de la misère d'Aïssé.

Sur le chemin du retour, elle consulta à nouveau son téléphone. L'absence de réponse de Samjayi exacerbait sa frustration, et elle fut saisie d'une impulsion soudaine. Hésitant à peine, elle composa le numéro de Madelson, connaissant bien l'amitié qui le liait à Samjayi, et espérant que cela pourrait faire évoluer la situation. Résolue, elle se prépara mentalement. *Si j'aborde délicatement le sujet de Samjayi, Madelson pourrait en parler avec lui. Cela le fera peut-être réagir.* Elle n'envisageait pas de demander explicitement à Madelson d'intervenir, mais elle espérait que ses mots trouveraient subtilement leur chemin.

Au fil de la conversation avec Madelson, Samira manœuvrait ses propos avec précaution. Elle évoqua Samjayi. Elle parvint à exprimer à la fois un certain intérêt et une pointe de déception, tout en restant suffisamment vague. Son but était de piquer la curiosité de Madelson, peut-être même d'éveiller en lui une inquiétude qu'il finirait par transmettre à Samjayi.

Après avoir raccroché, elle fut envahie par des sentiments contradictoires : d'une part, une conviction farouche l'animait, d'autre part, une incertitude persistante la déstabilisait. Elle comprenait qu'elle naviguait dans un jeu délicat, mais était prête à prendre ce risque.

## Samueli, Neïla : 19 juillet

Neïla fut soudainement tirée de sa rêverie par l'arrivée de sa petite sœur Maketa, qui irradiait de joie. « Neïla, devine qui est là dehors ? C'est Samueli ! Elle veut te voir ! » s'exclama-t-elle, excitée de transmettre cette nouvelle.

La surprise saisit Neïla. Samueli prévenait toujours avant de rendre visite ; sa venue impromptue éveilla aussitôt sa curiosité. Ces derniers temps, un sentiment d'isolement croissant enserrait Neïla, la laissant aux prises avec ses angoissantes incertitudes. L'idée d'un échange avec Samueli lui insuffla un espoir, fragile mais réel.

« Vraiment ? Samueli est là ? » demanda Neïla, un sourire naissant sur ses lèvres. L'idée de la rencontrer provoquait en elle à la fois de l'excitation et une certaine appréhension. « Oui, elle t'attend. Elle a l'air d'avoir quelque chose d'important à te dire », répondit Maketa, l'invitant à sortir au plus vite de sa chambre.

Neïla prit une profonde inspiration. Elle avait tant de choses sur le cœur, des émotions et des pensées qu'elle n'avait partagées avec personne jusque-là. Samueli, avec sa nature compréhensive et son approche réfléchie, pourrait certainement lui offrir le soutien dont elle avait désespérément besoin en ce moment.

Se dirigeant vers l'extérieur avec l'aide de sa sœur, Neïla ressentait cependant une certaine nervosité. Ce moment pouvait être l'occasion d'ouvrir son cœur, de partager ses peurs et ses espoirs, et peut-être de trouver ensemble des pistes de réflexion pour l'avenir. Dans la cour, Samueli l'attendait, et son expression sérieuse mais chaleureuse la rassura immédiatement.

« Samueli, je ne m'attendais pas à te voir, pourquoi ne m'as-tu pas prévenue ? » demanda Neïla en s'approchant. Son amie esquissa un sourire, les yeux pétillant de malice. « J'avais envie de te voir, de te surprendre un peu. La dernière fois, notre rencontre au glacier ne s'est pas déroulée comme prévu, n'est-ce pas ? Je pensais qu'un peu de spontanéité pourrait nous faire du bien. »

Elles se dirigèrent vers un coin tranquille de la cour, où le tumulte du monde extérieur s'estompait, laissant place à une quiétude presque sacrée. Ici, dans ce recoin discret, il leur apparaissait que le temps pouvait se suspendre, échapper aux regards curieux et aux bruits de la ville.

Samueli, habituellement lumineuse et spontanée, affichait à présent un air grave, presque solennel. Elle portait visiblement le poids d'un secret. Cette transformation déroutante de Samueli suscita chez Neïla une nouvelle crainte, mais elle se sentait prête à plonger dans les profondeurs de cette conversation, déterminée à offrir une écoute et un soutien inconditionnels.

« Neïla, avant toute chose, je veux m'excuser pour l'autre soir au glacier. Mon retard et ensuite… l'arrivée inattendue de Sébastien, entama Samueli.

— Oh, ne t'en fais pas pour ça, Samueli. C'était un petit contretemps, rien de grave. Je ne t'en veux pas, vraiment, répondit Neïla avec douceur, cherchant à apaiser l'inquiétude perceptible chez son amie.

— C'est gentil de ta part, mais... il y a quelque chose de plus, Neïla. » L'intensité dans la voix de Samueli grandissait, attisant l'angoisse de Neïla.

« Ce jour-là, mon retard et mon arrivée avec Sébastien... rien n'était fortuit. C'était le début de quelque chose de nouveau pour moi, quelque chose de différent, continua-t-elle, ses paroles s'égrenant avec sérieux dans l'air jusque-là léger de leur conversation.

— Sébastien ? Que se passe-t-il avec lui ? Il a toujours l'air si... bienveillant, demanda Neïla, confuse.

— En fait, nous sommes ensemble maintenant. Ce jour-là marquait le début de notre relation », avoua finalement Samueli. Son regard cherchait celui de Neïla, elle espérait y trouver compréhension et soutien.

Mais cette révélation la prit complètement au dépourvu, bouleversant l'ordre établi de ses pensées. Elle se sentit subitement déstabilisée, envahie par des émotions qu'elle n'avait pas anticipées. Les mots de Samueli se perdaient dans un murmure lointain. Neïla luttait contre le choc et la confusion. Pourquoi cette nouvelle la troublait-elle autant ? Elle comprit soudainement à quel point elle chérissait en fait Samueli, bien au-delà d'une simple amitié. L'admiration qu'elle portait à son amie, pour son énergie et sa joie de vivre, se mêlait désormais à une tristesse profonde à l'idée que Sébastien puisse s'approprier une part de cette lumière qui était, dans son esprit, destinée à elle seule.

Cependant, Samueli continuait à parler, évoquant l'évolution naturelle de sa relation avec Sébastien, leur discrétion, ses efforts pour la séduire. Mais Neïla était ailleurs, perdue dans ses pensées, se demandant à quel moment Samueli était devenue bien plus qu'une simple amie à ses yeux.

« ... Et voilà pourquoi j'étais en retard ce jour-là. L'alchimie entre nous était si puissante, si soudaine, qu'on est allés bien plus loin, on a couché ensemble », confia même Samueli, sans se douter un instant de l'impact de ses mots.

Neïla resta figée. Les mots de Samueli tournaient en boucle dans son esprit, comme un écho dans une vallée déserte. *Couché ? Ensemble ?* Ces mots lui paraissaient étrangers, presque irréels, tant ils étaient en décalage avec l'image qu'elle s'était faite de leur groupe, un havre de pureté et d'innocence.

Une larme roula le long de la joue de Neïla. Ce n'est que lorsque Samueli, inquiète, lui demanda la raison de ses larmes, que Neïla réalisa l'étendue de sa peine. Dans ce moment de vulnérabilité partagée, elle comprit définitivement que les sentiments qu'elle éprouvait pour Samueli étaient profonds et complexes, tissés d'affection, d'admiration et, peut-être, d'un amour inavoué.

Samueli, interprétant mal l'origine de la peine de Neïla, chercha à percer le voile de cette tristesse soudaine. « Pourquoi ce chagrin, Neïla ? » Sa question pleine de bienveillance traversa l'air entre elles comme un appel à la confiance.

Prise au dépourvu par cette interrogation directe, elle rassembla ses pensées éparpillées. « Ce n'est rien, Samueli. C'est juste que... tout cela me surprend un peu, voilà tout. » Sa voix, pourtant tremblante, tentait de masquer la tempête qui faisait rage en elle. Elle espérait que son amie ne percevrait pas les véritables raisons de sa détresse.

« Je suis désolée, Neïla, si j'ai été maladroite. Tout ceci est nouveau pour moi aussi, et je n'étais pas sûre de la manière de t'en parler. »

Neïla, bien que déchirée par ses sentiments visiblement non partagés, choisit de maintenir sa façade. Une lutte intérieure acharnée entre son désir d'être sincère avec Samueli et la nécessité de protéger son propre cœur s'était déclarée. « Raconte-moi plus en détail, comment tout cela est arrivé ? » demanda-t-elle, espérant que son intérêt pour cette confidence inattendue masquerait efficacement sa propre peine.

Samueli partagea alors les détails de sa relation naissante. Neïla l'écouta. Chaque mot sonnait comme le terrible glas de ses espoirs inavoués. Elle se sentait tiraillée entre le désir de soutenir son amie dans son bonheur nouveau et la douleur de savoir que Samueli ne serait jamais à elle de la manière dont elle l'avait secrètement désiré.

Samueli saisit ensuite l'occasion qu'offrait la discussion pour aborder un sujet délicat, celui des sentiments de Neïla pour un de leurs amis communs. « Et toi alors, Neïla, comment ça se passe avec Samjayi ? Il me semble qu'il gravite autour de toi depuis une éternité. »

Prise de court par cette question, elle ne put dissimuler sa surprise. « Samjayi ? Mais non, c'est presque comme un frère pour moi. Nous nous connaissons depuis l'enfance, tu t'imagines des choses. » Samueli, dont la curiosité était insatiable, poursuivit sur sa lancée. « Vraiment, Neïla ? Parce que j'ai entendu dire que Samjayi… eh bien, il semble qu'il ne soit plus un cœur à prendre. Il paraît qu'il y a une certaine Samira dans le tableau. Il t'en a parlé, non ? »

Cette révélation frappa Neïla comme un éclair. « Samjayi avec une fille nommée Samira ? » L'étonnement laissa place à une incrédulité teintée d'amertume. « C'est la première fois que j'entends parler d'elle, il n'a jamais mentionné cette personne en ma présence. »

Samueli, loin d'aborder ce sujet par hasard, continua de semer le doute dans l'esprit de Neïla. « Peut-être que tu devrais lui en parler directement. Tu verras bien ce qu'il en est. »

Cette nouvelle discussion ajoutait une couche de complexité supplémentaire à l'univers déjà tourmenté de Neïla. Elle sentait que les fondations de son monde tremblaient, tout s'accélérant autour d'elle d'une manière imprévisible. Emportée dans un chaos incontrôlable, loin des rivages familiers de son existence, une désolation diffuse l'envahissait.

Alors que Neïla tentait de digérer ces révélations, une mélancolie subtile s'insinua en elle. Chaque mot échangé avec Samueli, chaque pensée au sujet de Samjayi, se propageait dans une réalité inévitable : rien n'était statique, tout était en mouvement, et elle se trouvait malmenée au centre de cet univers effervescent, en quête désespérée d'un point d'ancrage.

Cette vulnérabilité évidente accentuait sa prise de conscience de la complexité de ses propres sentiments, et des défis posés par les changements qui se profilaient à l'horizon de sa jeune vie. Neïla se savait à un carrefour, confrontée à la nécessité de naviguer dans un monde en mutation, armée seulement de sa force intérieure et d'un espoir fragile que, peut-être, les choses finiraient par s'éclaircir.

De retour dans sa chambre, entourée des immuables murs témoins de ses joies et de ses peines, Neïla ressassait sa conversation avec Samueli. Le tumulte qui régnait désormais sur sa propre vie dominait ses pensées. Elle se sentait prise au piège dans un enchevêtrement de situations complexes, chaque nouvelle complication semblant plus déroutante et accablante que la précédente.

Isolée dans ses tourments, Neïla se sentait dépourvue de tout soutien, sans épaule sur laquelle pleurer ni oreille attentive pour écouter ses craintes. La pique de Samira au sujet de Samjayi avait ajouté une strate supplémentaire de confusion à son esprit déjà troublé. Samjayi, son ami de toujours, paraissait être la seule constante dans un monde désormais méconnaissable. Mais même cette relation n'était apparemment pas exempte d'incertitudes.

Poussée par le désespoir mêlé à un besoin impérieux de vérité, Neïla saisit son téléphone, les doigts tremblants. Elle composa le numéro de Samjayi, son cœur battant à tout rompre. Alors que la sonnerie retentissait, une cascade d'émotions la submergeait. Elle cherchait non seulement à clarifier l'existence de Samira mais espérait aussi, peut-être inconsciemment, retrouver une normalité dans leurs échanges, un rappel des jours passés plus insouciants.

### Neïla, Samjayi : 20 juillet

Sur l'esplanade de l'hôtel de ville, un jardin somptueux s'étendait sous le regard des passants. De grands arbres y projetaient une ombre rafraîchissante, tandis que des parterres de fleurs colorées ornaient en son centre le gazon soigné. Des bassins agrémentés de statues délicates de jeunes filles versant de l'eau ajoutaient une touche de charme au décor. C'est ici que Neïla et Samjayi se retrouvèrent. Une douce musique, émanant des chapiteaux dressés non loin pour des activités culturelles, berçait le lieu, paisible.

Une fois installés, Neïla inspira profondément avant de prendre la parole.

« Je n'aurais jamais cru cela de ta part, Samjayi. Je pensais que tu étais différent. J'avais tort », lança-t-elle, fixant intensément Samjayi qui détournait les yeux.

Visiblement mal à l'aise sous son regard accusateur, il tenta de se défendre, son ton balbutiant révélant son inconfort.

« Neïla, je... je ne voulais pas te blesser. Ce n'était qu'une soirée, je n'ai pas envisagé les conséquences...

— Juste une soirée ? l'interrompit-elle ; son irritation était manifeste. C'était la soirée où j'avais besoin de toi, Samjayi. Tu sais combien ces derniers temps ont été durs pour moi. Mais visiblement, t'amuser était plus important. »

Honteux, Samjayi baissa les yeux. Il savait qu'elle avait raison. La soirée avec Madelson et d'autres amis, qui lui avait semblé inoffensive sur le moment, prenait maintenant une dimension éminemment regrettable. « Je suis désolé, Neïla. J'ai vraiment foiré. Je n'ai pas réalisé à quel point c'était important pour toi. »

Neïla secoua la tête. La déception et la colère la submergeaient. « Tu as changé, Samjayi. Et pas en mieux. Et maintenant, il y a cette histoire avec Samira... Qui est-elle, Samjayi ? Tu ne m'as jamais parlé d'elle. »

Le jeune homme sentit son cœur se serrer. Il n'avait jamais voulu blesser Neïla, encore moins lui donner l'impression d'être remplacée ou négligée. « À propos de Samira, c'est une fille qui est venue avec Madelson au bar dansant. C'est vrai que l'on s'est revus par la suite, mais je ne comprends pas vraiment ce qu'il s'est passé après. » Sa voix était hésitante, mais il voulait rassurer Neïla.

Neïla le dévisageait, son regard scrutateur l'encourageant à continuer.

« Elle est venue chez moi, puis elle a commencé à raconter des choses à Madelson. Je ne sais pas exactement quoi, mais Madelson s'est mis à dire à tout le monde que Samira et moi... qu'on sortait ensemble. Ce qui n'est pas vrai », ajouta-t-il rapidement, voulant dissiper tout malentendu.

Neïla prit un air dubitatif. « Elle est juste venue chez toi comme ça ? Qu'as-tu fait ensuite pour clarifier les choses ? » demanda-t-elle avec une pointe de scepticisme.

Samjayi inspira profondément, se préparant à révéler une partie de l'histoire qu'il avait jusque-là gardée pour lui. « Je l'ai invitée au restaurant et puis chez moi, oui, mais rien de plus. J'ai aussi essayé de parler à Madelson, de lui dire que ce n'était pas vrai, que rien de sérieux ne s'était passé entre Samira et moi. Mais Madelson... il n'a pas vraiment écouté. Il pense que c'est juste moi qui ne veux pas l'admettre.

— Et Samira ? insista Neïla, voulant être certaine de saisir toute l'étendue de la situation.

— Samira... J'ai essayé de l'éviter depuis. Je ne veux pas alimenter ces rumeurs ou créer plus de malentendus. Ce n'est pas juste pour elle, ni pour moi », avoua Samjayi, plein de regrets.

Neïla fixa Samjayi. Elle cherchait la sincérité dans ses paroles. Avec une touche de sérieux dans la voix, elle reprit : « Je pense que tu devrais parler à Samira. Lui donner une chance de s'expliquer, peut-être que c'est juste un malentendu qui a mal tourné. »

Samjayi, sans un mot, valida les propos de son amie par une inclinaison à peine perceptible de la tête, comprenant l'importance de résoudre cette situation, mais surpris par la tournure de la conversation.

Le regard se perdant un instant au loin, Neïla ajouta doucement : « De toute façon, ça semble être la saison des couples. Tout le monde trouve quelqu'un... sauf moi. » Elle laissa échapper un rire amer. « Coincée dans ce fauteuil, ma situation ne facilite pas les choses. »

Samjayi ouvrit la bouche pour la réconforter, mais Neïla l'arrêta d'un geste. Elle s'exprima avec une fermeté nouvelle : « Ne dis rien, s'il te plaît. Je connais déjà tes mots de consolation, mais aujourd'hui, ce n'est pas ce dont j'ai besoin. »

Elle inspira profondément, les yeux dans le vide. Elle rassembla le courage nécessaire à la suite de la discussion. « Il y a quelque chose de bien plus grave que je n'ai pas encore partagé. » Sa voix trembla légèrement.

« Mon père… il a reçu une proposition de mariage pour moi. De la part de tonton Joseph. » Les mots tombèrent dans l'air, chargés de l'angoisse d'un orage imminent.

Samjayi en resta coi, ses yeux écarquillés par la surprise et l'incrédulité. Neïla poursuivit, elle expliqua plus en détail la situation et l'impensable proposition de mariage venant d'une personne pour laquelle elle n'éprouvait que du ressentiment.

L'étonnement initial de Samjayi se mua rapidement en colère. « Attends, Neïla, dit-il d'un ton devenant pressant. Comment ton père peut-il même considérer une telle chose ? Et ta mère, elle en pense quoi ?

— Ma mère ? » Neïla laissa échapper un long soupir. « Elle n'a pas encore abordé le sujet avec moi. Tout ce que je sais, c'est ce que mon père l'envisage sérieusement. »

Samjayi secoua la tête, déconcerté. « Et toi, que vas-tu faire ? »

Neïla afficha une détermination soudaine. « Pour l'instant, j'ai besoin de comprendre les raisons qui se cachent derrière tout cela. Je vais parler à ma mère. Mais une chose est sûre, personne ne m'imposera sa décision. »

Samjayi esquissa un sourire, reconnaissant l'esprit combatif de son amie.

« Ça, c'est bien toi, dit-il avec admiration. Les adultes aiment trop nous imposer leurs choix, comme s'ils savaient toujours ce qui est mieux pour nous.

— C'est vrai, admit Neïla, un brin de tristesse dans la voix. Mais parfois, les circonstances nous forcent à faire des choix que nous n'aurions jamais considérés autrement. »

Samjayi prit une profonde inspiration, son regard se perdant un instant dans le ciel avant de revenir sur Neïla. Il voyait clairement à quel point elle souffrait, tout en faisant preuve d'une force admirable. Ce contraste l'émouvait profondément. « Neïla, je serai là pour toi, quoi qu'il arrive. Je te soutiendrai dans cette épreuve, peu importe les conséquences. Je vais voir si ma mère a des informations supplémentaires. »

Il marqua une pause, son expression se durcissant légèrement. « C'est compliqué chez moi aussi, en ce moment... entre mes parents et moi. » Neïla écoutait, consciente que Samjayi se livrait rarement au sujet de ses problèmes familiaux. Il détailla les récentes disputes qui avaient eu lieu chez lui. Neïla ressentait la frustration de Samjayi, son désir de l'aider en dépit de ses propres combats. « Mais écoute, Neïla, malgré ce qui se passe chez moi, je trouverai une solution. Pour toi. » Son intention était claire, ses mots porteurs d'un engagement profond.

« Je... je ne sais pas quoi dire, Samjayi. Merci, répondit Neïla avec émotion, touchée par sa loyauté et son soutien indéfectible. Savoir que tu es là... ça me rend déjà moins vulnérable face à tout ça. » Ces mots réchauffèrent le cœur de Samjayi.

Samjayi sentit alors une énergie nouvelle naître en lui, dissipant le malaise des instants précédents. Il se leva, se rapprochant du fauteuil de Neïla. « Viens, il y a des chapiteaux pas loin, ça devrait être sympa. » Neïla accepta avec un sourire timide, et Samjayi ajouta, confiant : « Les choses vont s'arranger, tu verras. On trouvera une solution ensemble. » Ils se dirigèrent vers le lieu plus animé, unis par un sentiment de camaraderie renforcée face à l'adversité.

Samjayi poussait doucement le fauteuil de Neïla. Il ressentait une certaine légèreté, soulagé d'avoir apporté un peu de réconfort à son amie dans le tumulte de ses défis.

Leur quiétude fut soudainement balayée par une apparition. Avec une démarche résolue, Samira surgit derrière eux et, sans préambule, enlaça Samjayi. Surpris, il se retourna brusquement, son cœur s'emballant en reconnaissant Samira. Abasourdi, il se pétrifia presque, tiraillé entre la stupéfaction et l'incertitude quant à sa réaction. Neïla, levant les yeux pour déterminer la source de cette interruption, observa, presque au ralenti, Samira déposer un baiser sur les lèvres de Samjayi, rompant ainsi définitivement la tranquillité de leur moment.

« Alors, tu continues à m'éviter ? lança Samira. Ce n'est pas juste après ce qu'on a partagé. Et tu me dois des excuses, tu as promis de te rattraper, n'oublie pas. Une promesse est une dette. » Samjayi peina à reconnaître cette familiarité, cette intimité dont Samira faisait preuve avec aplomb.

Face à cette scène extravagante, Neïla se retrouva désemparée, entre l'étonnement et l'incompréhension. La sérénité de leur échange venait de voler en éclats avec l'arrivée brusque de Samira, ce qui la laissait confuse et un brin blessée.

## Ruben, Etiema : 20 juillet

Dans la modeste boutique de Ruben, les clients habituels s'accommodaient des piles de nouveaux articles de papeterie et d'électronique entassés de façon hasardeuse, et trouvaient toujours l'endroit chaleureux malgré le désordre. Alors que Ruben présentait avec enthousiasme des articles à un client intéressé, il fut interrompu par l'arrivée précipitée de Mamoudou.

« Patron, la voiture de monsieur Etiema est garée devant. Son chauffeur vous demande », lança-t-il, son ton traduisant une familiarité résignée face aux visites impromptues du riche homme d'affaires.

Ruben, surpris et légèrement anxieux, marmonna presque pour lui-même : « Etiema, déjà ? » Il se tourna vers le client avec un sourire de regret. « Excusez-moi un instant, s'il vous plaît. Je reviens tout de suite. » D'une tape amicale sur l'épaule de Mamoudou, marquant sa confiance et sa gratitude, il confia le client aux bons soins de son employé.

À l'extérieur, le soleil étincelait sur la carrosserie noire et lustrée de la Mercedes, une représentation ostentatoire éclatante de richesse, qui détonnait avec le cadre plus modeste du petit magasin. Etiema sortit du véhicule avec une aisance qui défiait la chaleur écrasante, et accueillit Ruben avec un sourire amical et une poignée de main ferme.

« Ruben, quel plaisir de te voir. On dirait que tu es tracassé, tout va bien ? » demanda-t-il, avec une curiosité sincère.

Ruben, masquant son trouble, répondit avec un semblant de légèreté : « Etiema, ton arrivée précoce me surprend. Des changements dans ton emploi du temps ? »

Etiema, habitué aux ajustements de dernière minute, partagea brièvement les raisons des modifications apportées à son agenda. Il suggéra ensuite que les deux hommes se dirigent vers un restaurant qu'il appréciait bien, promettant un cadre intime propice à une discussion plus approfondie. Ruben, malgré l'incertitude qui planait au-dessus de cette rencontre anticipée, accepta, reconnaissant la pertinence de dialoguer dans un environnement plus discret que celui de sa boutique.

Avec son estrade où reposaient une batterie, un synthétiseur, des micros et deux guitares dans un coin, ainsi que des haut-parleurs suspendus au plafond, le restaurant prenait des airs de café-concert. Des tableaux représentant de grandes célébrités africaines ornaient les murs, ajoutant une touche de glamour à l'espace. Les serveurs, d'une politesse exemplaire, accueillirent Ruben avec révérence, offrant un contraste saisissant avec son monde habituel.

Ils s'installèrent à une table isolée. Les chaises et les tables en bois d'ébène rajoutaient une nuance de couleurs sombres particulière. Le noir profond et veiné des meubles se distinguait élégamment des nappes immaculées et des touches colorées des décors typiquement africains. L'inconfort initial de Ruben fut rapidement dissipé par l'assurance tranquille d'Etiema, qui commanda avec désinvolture une bouteille de vin et du poulet pané malgré l'heure matinale. « Ne t'en fais pas pour le vin, Ruben. C'est un petit plaisir matinal, plaisanta-t-il, tentant de créer une ambiance plus légère. Dis-moi, mon ami, quelles sont ces ombres que je vois dans ton regard ? » enchaîna Etiema, invitant à la confidence.

Ruben, sentant la chaleur du vin et l'intimité du lieu abaisser ses défenses, se laissa aller à partager ses soucis.

« C'est mon magasin, Etiema. La clientèle diminue et certains commencent à critiquer la qualité de mon matériel, même si je travaille avec le même fournisseur depuis des années, confia-t-il, la fatigue teintant sa voix de résignation.

— Et tes fournisseurs, que disent-ils ?

— Ils sont aussi perplexes que moi et promettent de venir vérifier le matériel », répondit Ruben, soulagé de partager son fardeau.

Etiema pencha la tête, un pli soucieux marquant son front. « Tu devrais garder un œil sur ce Mamoudou, Ruben. Les gens de sa région sont parfois... tu sais, imprévisibles. Fais attention, crois-en mon expérience », suggéra-t-il.

Ruben, arraché de ses réflexions soucieuses par la remarque d'Etiema, regarda son verre, comme s'il pouvait y trouver les réponses à ses dilemmes. Un moment passa avant qu'il ne lève les yeux, le visage marqué par une sérénité nouvellement trouvée. « Non, vraiment, Mamoudou est un bon gars. Il a toute ma confiance », affirma-t-il avec une assurance qui ne laissait aucun doute sur sa loyauté envers son employé.

Le calme du restaurant s'emplissait d'attente pour les mots qui allaient suivre. Ruben prit une profonde inspiration. Il posa son verre, fixant un point lointain au-delà de la table, signe visible de la gravité de ses pensées.

« Etiema, il y a autre chose… une situation bien plus délicate. Joseph m'a fait une proposition… surprenante », commença-t-il avec hésitation. L'intérêt d'Etiema était manifeste. Il pencha la tête, un sourcil légèrement levé.

« Vraiment ? Et quelle est la nature de cette proposition ? demanda-t-il avec curiosité.

— Il sollicite un mariage entre ma fille Neïla et lui, en échange d'un soutien financier conséquent », continua Ruben, mesurant soigneusement ses paroles.

Il expliqua comment cette idée avait été accueillie avec consternation par sa femme et sa fille, créant une tempête dans son foyer, les émotions de chacun s'entrechoquant comme des vagues contre la falaise. Admettant son propre malaise face à cette proposition déconcertante, Ruben exprima à Etiema son besoin de conseils pour convaincre Joseph de reconsidérer son offre, de façon à ce qu'il lui accorde un soutien financier sans l'assortir d'une condition aussi drastique.

Etiema s'esclaffa, son rire riche et sonore remplit l'air chargé du restaurant. Il secoua la tête avec amusement devant la détresse visible de Ruben. « Ruben, mon vieux, tu ne changeras donc jamais ! s'exclama-t-il, avant de reprendre sur un ton plus sérieux. Mais enfin, Ruben, es-tu l'homme de ta maison ou non ? N'ai-je pas toujours dit que tu devais t'affirmer davantage ? »

Il prit une gorgée de vin, puis fixa Ruben avec intensité. « Écoute, je vais parler à Joseph, mais tu dois commencer à te faire respecter, mon ami. Et entre nous, la proposition de Joseph... elle n'est pas si déraisonnable, je suis assez surpris qu'il ait choisi Neïla, mais qu'importe. Regarde comment nos ancêtres envoyaient en mariage leurs filles de cette façon, et cela ne créait aucun problème, bien au contraire. » Etiema fit une pause, évaluant l'impact de ses paroles. Il ajouta d'un ton docte : « C'est ainsi que les choses se faisaient. Les traditions ne sont pas là pour être ignorées, Ruben. Parfois, elles offrent des solutions là où la modernité échoue. »

Leur conversation touchait à sa fin. Etiema sortit discrètement une enveloppe de l'intérieur de sa veste et la posa sur la table, face à Ruben. Ce geste, simple mais porteur d'une symbolique qui marque un certain ascendant, créa un moment de flottement entre les deux hommes. Ruben, dont la fierté était bien connue de son vieil ami, regarda l'enveloppe avec une expression mêlée d'inconfort et de gratitude retenue. Accepter cette aide allait à l'encontre de son orgueil, de son désir d'être autonome.

« Ruben, je sais ce que tu penses, dit doucement Etiema, anticipant son hésitation. Mais considère cela non pas comme une aumône, mais comme un simple coup de pouce entre vieux amis. Pour t'aider à y voir plus clair pendant quelque temps. »

Ruben ouvrit la bouche, prêt à protester, mais aucun son ne sortit. Il savait qu'au fond, refuser cette aide serait une erreur de sa part, mais l'accepter lui laissait un goût amer. Aux yeux de Ruben, la main qui donnait serait toujours au-dessus de celle qui recevait.

Se levant, Etiema consulta sa montre. « Il est temps pour moi de partir, j'ai un autre engagement. » Il se pencha légèrement, une main appuyée sur le dossier de sa chaise. « Ne laisse pas cette bouteille de vin se perdre, Ruben. Elle est bien trop précieuse pour rester à moitié vide. »

Sur ces mots légèrement goguenards, Etiema quitta la table, laissant Ruben seul, confronté à l'enveloppe, au reste du poulet pané, et à une multitude de pensées tumultueuses. Ruben observa longuement le rectangle de papier blanc qui le mettait si mal à l'aise, puis son regard se dirigea vers l'endroit où Etiema avait disparu. Il se sentait déchiré entre la gratitude et l'humiliation, un sentiment contradictoire qui reflétait la complexité de sa situation.

Finalement, Ruben attrapa l'enveloppe avec un soupir de résignation, admettant qu'il n'avait pas réellement le choix. Il continua à manger le poulet, buvant le reste de vin, tout en réfléchissant aux décisions à prendre pour la suite. Dans la tranquillité du restaurant où Etiema l'avait convié, il se sentait à la fois isolé et soutenu, un paradoxe qui illustrait parfaitement les défis qu'il devait surmonter.

Neïla : 20 juillet

Allongée dans sa chambre, Neïla revivait de nouveau les fragments les plus douloureux de son existence. Entourée de ces murs si familiers qu'ils semblaient absorber son chagrin, elle était submergée par une solitude poignante, aussi menaçante qu'un ciel orageux. Les images du parc, où Samira avait brisé son fragile équilibre en embrassant Samjayi, tourmentaient sans cesse son esprit déjà meurtri. Ce baiser n'était pas seulement un acte ; il était un métal rouillé qui rouvrait une blessure mal cicatrisée, ravivant une vieille douleur et une peur bien connue, celle de l'abandon, qui la hantait incessamment depuis l'accident.

L'accident... Ce jour maudit avait non seulement éclipsé la lumière de sa jeunesse mais avait aussi plongé Neïla dans une obscurité abyssale. La jeune fille se rappelait encore la douleur, l'impuissance, la sensation terrifiante de sentir son corps se briser sans pouvoir émettre le moindre son. À l'hôpital, les mots « moelle épinière », « tétraplégie incomplète » et « opérations » avaient résonné comme un verdict sans appel. *Pourquoi moi ?* Une question qui se réverbérait dans le silence, sans rencontrer de réponse, alors qu'elle avait découvert son nouveau reflet dans le miroir de la chambre d'hôpital : muette, immobile, prisonnière de son propre corps. Le fauteuil roulant, devenu son compagnon permanent, lui rappelait chaque jour l'étendue de ce qu'elle avait perdu. Pourtant, dans ce gouffre de désolation, un espoir coûteux mais vital avait germé — l'espoir de remarcher un jour, fragile comme un souffle éphémère, qui maintenait son cœur battant.

Ses larmes, témoins de son agonie intérieure, avaient coulé librement sur son visage, dévoilant la détresse d'une âme qui ne retrouve plus sa trace dans le reflet du miroir. Ce corps, autrefois célébré pour sa beauté, était à présent source de dégoût, un étranger qu'elle peinait à reconnaître. La fenêtre de sa chambre médicalisée lui avait souvent offert une échappatoire imaginaire à cette réalité cruelle, un désir fugace et chimérique de s'envoler un jour loin de cette douleur.

Le retour à la vie quotidienne après l'hôpital avait été un chemin semé d'embûches. Les regards indiscrets, empreints de pitié ou de mépris, la criblaient comme des piques de curiosité malvenue, réduisant son existence à l'état de spectacle. Même le soutien maladroit de ses proches se muait souvent en une surprotection étouffante qui, loin d'alléger son fardeau, alimentait la jalousie et l'incompréhension autour d'elle.

Dans la tourmente de sa nouvelle réalité, Neïla ressentait également le poids écrasant des regards et des murmures sur son passage au lycée. Son fauteuil roulant, son évidente différence, la transformait malgré elle en objet de rumeurs plus absurdes les unes que les autres. On chuchotait dans les couloirs qu'elle avait eu son accident alors qu'elle était en voiture avec un homme âgé, riche et influent, avec qui elle avait une liaison, un supposé amant, et qui plus est ami de son père. D'autres, laissant libre cours à leur imagination fertile en préjugés, prétendaient qu'un homme fortuné, éconduit par

Neïla, avait eu recours à des pratiques mystiques pour se venger de son indifférence. Ces histoires grotesques, colportées avec une insouciance cruelle, étaient des flèches qui la transperçaient chaque jour davantage, ajoutant à sa douleur physique une souffrance morale insupportable.

Cependant, tous ces on-dit, aussi ridicules qu'ils fussent, reflétaient une implacable réalité : dans les yeux de ses pairs, Neïla n'était plus qu'un sujet de conversation, une attraction dont on discutait sans jamais chercher à comprendre la vérité. N'essayant même pas de lui adresser la parole, les autres élèves croyaient tout savoir d'elle, la réduisant à une caricature de leur propre invention.

Pourtant, sous ce déluge immonde de jugements et de spéculations, Neïla avait pu trouver refuge auprès de Samueli, de Samjayi et de leur cercle d'amis. Ce groupe soudé formait un îlot de bienveillance et de soutien dans un océan d'indifférence et de cruauté. Ensemble, ils avaient créé un havre de paix où Neïla pouvait être elle-même, loin des regards inquisiteurs et des langues médisantes. Leur présence était une bouée de sauvetage dans ce torrent incessant de violence verbale, une lumière dans l'obscurité enveloppante de son quotidien.

De retour au présent, toujours submergée par le chagrin, Neïla pleurait à chaudes larmes, une douleur brute qui dépassait ses limites physiques pour toucher à son âme. Elle maudissait ce jour terrible de l'accident, se promettant de nouveau, entre ses sanglots, de se réapproprier son destin, de ne plus être définie par les cicatrices de son passé. Elle jura de retrouver une raison de vivre, de redéfinir sa beauté non pas comme un fardeau, mais comme une partie intégrante de sa nouvelle identité.

Ces larmes, bien que pleines de désespoir, semaient les graines d'une résilience nouvelle. À travers sa peine, elle commençait à se forger un avenir où elle n'était plus simplement la victime, mais l'architecte de sa propre renaissance.

## Etiema, Joseph : 23 juillet

Dans son bureau, Joseph était installé dans son fauteuil de bureau en cuir noir, face à son ordinateur portable principal, complété par plusieurs écrans additionnels. Sur la monumentale table de conférence ovale en bois sombre était également installé un vidéoprojecteur qui transmettait les images, sur un grand écran blanc, de nombreux graphiques et de la présentation d'une prochaine réunion. S'échappant d'une grande fenêtre, une agréable lumière naturelle baignait la pièce. Sur les murs étaient fièrement exposées des photos et des distinctions célébrant les succès de cette entreprise du BTP.

Joseph, les mains croisées, observait Etiema avec un regard appuyé, plus intense que d'habitude. Ses yeux, généralement froids et calculateurs, reflétaient une profonde préoccupation alors qu'ils débattaient des termes d'un marché public crucial, suspendu à un fil.

« Tu sais, Joseph, si nous ne répondons pas aux attentes du maire, nous risquons de perdre ce contrat. Et il n'a que l'embarras du choix pour nous remplacer », énonça Etiema, sa voix tranquille atténuant l'importance des enjeux.

Les doigts de Joseph tambourinèrent sur le bois poli de la table. « Oui, j'en suis conscient. Nous devons agir de manière stratégique. Je vais voir ce que je peux arranger de mon côté. » Son ton restait posé, néanmoins la sagacité de son regard reflétait son engagement total dans l'approche risquée mais potentiellement lucrative qui était l'objet de leur échange.

Alors qu'ils s'enfonçaient plus avant dans les méandres de leur stratégie, Etiema interrompit soudainement la conversation, arborant un regard scrutateur. « À propos, Joseph, j'ai eu une discussion intéressante avec Ruben récemment », commença-t-il, observant avec acuité la réaction de son interlocuteur. La phrase d'Etiema fit brièvement tressaillir Joseph, qui ajusta sa posture, se préparant à naviguer dans les eaux troubles où cette conversation pourrait les mener.

À cet instant précis, la porte du bureau s'entrouvrit. Yolande, la secrétaire de Joseph, se tenait sur le seuil, hésitante, visiblement intimidée par la proverbiale impatience autoritaire de son patron. Habituellement ignorée, elle cherchait le moment opportun pour s'annoncer.

« Yolande, pour l'amour du ciel, qu'attends-tu ? » lança Joseph. Surprise, Yolande sursauta légèrement.

« Désolée, Monsieur, je... je n'ai pas voulu interrompre.

— Je t'ai déjà dit de ne pas hésiter quand je t'appelle », gronda Joseph, avant d'ajouter avec une pointe de sévérité : « Apporte-nous quelque chose à boire. »

La jeune femme, tête baissée, se retira précipitamment, laissant derrière elle un climat perceptiblement tendu. Joseph, tournant son regard vers Etiema, souffla avec un mépris à peine dissimulé : « Elle est jolie, mais n'a rien dans la tête celle-là. »

Etiema, avec un sourire en coin, rétorqua : « Mais c'est suffisant, tu n'as pas encore conclu à ce que je vois. » Joseph, secouant la tête, balaya la remarque d'un geste de la main.

« Cette vie-là ne m'intéresse plus, Etiema, comme je te l'ai déjà dit. Mais revenons-en à Ruben. De quoi avez-vous parlé exactement ?

— Il m'a exposé ses difficultés avec le magasin. Je lui ai donné quelques conseils et un peu d'aide financière, commença-t-il, son regard évitant désormais celui de Joseph.

— Et c'est tout ? s'enquit Joseph, sceptique, voire anxieux.

— Évidemment que non, tu sais bien ce que tu lui as proposé pour Neïla », répliqua Etiema avec une prudence calculée.

Joseph, agacé par ces circonlocutions, se pencha en avant. « Et alors ? Qu'a-t-il répondu ? Ne fais pas durer le suspense. »

L'expression d'Etiema se durcit subtilement. « Je dois avouer avoir été surpris, Joseph. Toi, qui as eu toutes sortes de femmes dans tes bras, et maintenant tu souhaites épouser une fille en fauteuil roulant ? Bien qu'elle soit un beau produit, je dois le reconnaître. »

Joseph, visiblement irrité, répliqua :

« J'ai mes raisons, Etiema. Son handicap n'est pas irréversible. Avec les moyens adaptés, elle remarchera. Mais parle-moi de sa réaction. Pourquoi diable Ruben ne m'a-t-il pas encore donné sa réponse ? Je lui ai laissé du temps pour y réfléchir, et pourtant, il ne m'a rien fait savoir.

— Du calme, Joseph. Ruben était très indécis. Tu sais comme il est, toujours à hésiter, trop soucieux de ce que pensent sa femme et sa fille, qui, d'ailleurs, n'ont guère apprécié l'idée. »

La frustration se lisait clairement sur le visage de Joseph. « C'est stupide, cracha-t-il avec mépris. Et après, il se plaint que ses affaires périclitent ! Je lui offre une opportunité en or. Il finira par accepter, ils acceptent toujours. »

Etiema, le visage empreint d'une inquiétude sincère, prit une profonde inspiration avant de poser directement sa question : « Dis-moi, Joseph, depuis la mort de ta femme, tu n'as pas cherché à te remarier. Alors pourquoi choisir Neïla, après toutes ces relations qui n'ont pas abouti ? Ne me dis pas que c'est une question de remords liés à l'accident ? »

Joseph, dont le visage se tendit brièvement à la mention du jour du drame, répondit avec une assurance artificielle : « Ne parle pas de choses que tu ne comprends pas, Etiema. Il est temps pour moi de stabiliser ma vie, et Neïla... elle a quelque chose de spécial. »

Sa réponse fut interrompue par l'entrée discrète de Yolande. Elle portait un plateau sur lequel reposaient une bouteille de whisky haut de gamme, des verres à pied et un petit seau rempli de glaçons. Avec une précaution méticuleuse, elle déposa le tout sur la table, offrant ainsi aux deux hommes une pause bienvenue dans leur échange aux accents incandescents.

« Merci, Yolande. C'est tout pour le moment », dit Joseph avec un bref hochement de tête. Après son départ, la porte se referma dans un cliquetis discret. Il se tourna de nouveau vers Etiema, son visage affichant désormais une sereine impassibilité.

Etiema, observant attentivement son vieil ami, n'était cependant pas disposé à laisser la discussion s'égarer. « Je peine à te croire, Joseph. Tout cela juste à cause de cette maudite journée... » Son inflexion révélait son scepticisme.

Joseph se servit un verre de whisky, laissant le liquide âpre imprégner sa bouche avant de répliquer, presque dans un murmure : « Nous avons déjà ressassé cette affaire plus d'une fois. Ce sujet est clos. » Son ton était définitif.

Un silence tendu s'installa entre eux, empli de regrets latents. Ils reprirent leur dégustation, le cliquetis occasionnel de leurs verres suffisant à peine pour estomper le malaise qui s'était installé entre eux. À travers la grande fenêtre, la lumière du jour déclinant jetait des ombres qui semblaient danser au rythme de leurs pensées tumultueuses, rappelant à chacun le fardeau des souvenirs de ce jour fatidique.

**Partie 3 : LES RÉMINISCENCES DU SOLEIL COUCHANT**


« Dans les reflets dorés du crépuscule, les souvenirs émergent comme des fantômes lumineux, porteurs de vérité et de mélancolie. »

Neïla, Thaïma : 3 mars

Dans la pénombre apaisante de la salle de répétition, les derniers rayons du soleil se frayaient un chemin à travers la porte à demi ouverte, zébrant d'une douce pénombre le mur et le tableau noir rempli de caractères. Neïla, absorbée par les formules mathématiques étalées devant elle, sursauta en apercevant l'heure.

« Ah mince, je n'ai pas vu le temps passer, il commence à se faire tard, maman ne va pas apprécier », dit-elle en fixant l'horloge murale qui indiquait déjà bien plus que l'heure du retour convenu.

Samjayi, le visage un peu triste, tenta de la retenir :

« Déjà ? Mais tu n'as pas encore fini de m'expliquer les équations trigonométriques…

— On continuera demain, promis. Là, je dois vraiment me dépêcher de rentrer, répondit Neïla, rassemblant ses affaires en hâte.

— Laisse-moi au moins te raccompagner, proposa Samjayi avec une pointe d'espoir.

— Pas la peine », rétorqua Neïla, un peu trop rapidement. Elle se dirigea d'un pas rapide vers la sortie et héla une mototaxi, qui la reconduisit chez elle dans un nuage de poussière et de vent.

Neïla poussa la barrière et traversa la cour intérieure qui menait à la maison principale. Sa mère l'attendait, les bras croisés, l'expression sévère.

« Neïla, où étais-tu passée ? Tu étais censée préparer le dîner ce soir, n'est-ce pas ? gronda Thaïma, son ton s'élevant avec autorité dans l'espace ouvert.

— Désolée, maman, j'étais chez Samjayi pour réviser, et le temps a juste filé... expliqua Neïla, cherchant à atténuer l'éclat de colère dans le regard de sa mère avec un sourire timide.

— Vous n'êtes même pas dans la même classe, comment se fait-il que vous révisiez ensemble ? interrogea sa mère, sceptique.

— Je l'aidais en maths... Chez lui, c'est plus calme, alors j'en profite aussi pour avancer dans mon propre travail », répliqua Neïla, cherchant dans les yeux de sa mère un signe de compréhension.

À ce moment, Maketa surgit de la cuisine, un sourire radieux illuminant son visage.

« Neïla, je cuisine avec Zaria, viens voir ce qu'on fait !

— Elle viendra plus tard », coupa Thaïma avec fermeté.

Neïla, plus doucement, répondit à sa sœur qui se hâtait déjà de retourner à la cuisine : « Je suis sûre que c'est délicieux, Maketa. Attends un peu, je viendrai voir ensuite. »

Se tournant vers Neïla, Thaïma annonça : « Zaria va s'occuper du dîner. Habille-toi, nous allons à l'église. Zaria restera ici avec Maketa. »

Le ton de sa mère ne laissait place à aucune réplique. Neïla se plia donc à ses consignes et se dirigea vers sa chambre, déconcertée. L'église, lieu de recueillement pour tant d'autres, était pour elle synonyme de jugements et de prétentions cachées sous des voiles de piété. Ce soir, encore une fois, elle devrait se ranger aux attentes maternelles.

Arrivées à l'église, Thaïma et Neïla pénétrèrent dans un sanctuaire déjà vibrant d'activité. À l'entrée, des membres du protocole s'affairaient à diriger les fidèles qui entraient au compte-gouttes. Sur l'estrade, la chorale entonnait des hymnes spirituels, les voix harmonieuses soutenues par le timbre mélodieux du piano, les douces palpitations de la guitare et le rythme entraînant de la batterie. Installée au second rang au côté de sa mère — les premiers étant réservés aux dignitaires de l'église —, Neïla se sentait plus spectatrice qu'actrice de cette ferveur religieuse.

Thaïma, les mains jointes, terminait sa prière lorsqu'elle releva la tête et chuchota à Neïla qu'elle allait rejoindre un groupe de femmes de la commission financière de l'église. Neïla observa alors distraitement l'assemblée, partagée entre une certaine admiration face au dévouement des autres et son propre sentiment de détachement. Elle suivait le rituel, chantant avec la chorale, se levant, priant ou fermant les yeux selon le déroulement du service, mais sans jamais ressentir l'émoi spirituel qui transportait visiblement les autres paroissiens. Sa mère ne tarda pas à la rejoindre, ce qui atténua son sentiment de solitude.

Le culte gagna tout à coup en intensité avec l'arrivée du pasteur Isaac. Charismatique, il captivait instantanément l'attention de tous. Descendant de l'estrade avec une aisance presque royale, il touchait les fidèles, prononçant des bénédictions puissantes et libérant certains de leurs maux. Les gens tombaient en transe, leur corps secoué par des forces invisibles. Neïla, cependant, restait une observatrice incrédule de tout ce tableau. Le pasteur Isaac s'approcha d'elles et Thaïma se leva, vibrant d'une foi avivée. Neïla l'imita, croisant le regard perçant du pasteur. Un défi muet circula entre eux avant qu'elle ne détourne les yeux, troublée.

À la fin du culte, alors que la salle se vidait lentement, Neïla assista aux rangements suivant l'office : certains remettaient les chaises en place, d'autres accueillaient les nouveaux venus, et des petits groupes discutaient avec les pasteurs aux divers coins de la salle. Thaïma, ayant fini de remplir ses obligations, se rapprocha de Neïla. « Viens, on va aller voir le pasteur Isaac », dit-elle, une lueur de conviction dans le regard.

Neïla suivit sa mère sans un mot. Ensemble, elles contournèrent la file de personnes qui attendaient de rencontrer le pasteur en personne, s'approchant des deux individus postés à l'entrée du bureau. Un fidèle reconnut Thaïma et s'exclama avec un sourire chaleureux : « Bonjour Maman Dunkam ! » Ils les laissèrent alors passer sans attendre. Elles pénétrèrent dans une salle d'attente décorée de photos du pasteur Isaac, de versets bibliques et de quelques chaises. Un angle de la pièce était occupé par une petite bibliothèque. Elles n'étaient séparées du bureau du pasteur Isaac que par une dernière porte. Soudain, celle-ci s'ouvrit avec un grincement léger, révélant le pasteur, son visage illuminé d'un large sourire.

« Maman Dunkam, vous êtes là ! » s'exclama-t-il avec enthousiasme.

Thaïma se leva, un sourire timide aux lèvres, et prit la main de Neïla pour l'encourager à faire de même. « Oui, Papa, je suis venue pour discuter d'un détail financier lié à la visite du maire et de son adjoint au culte la semaine prochaine », répondit-elle. Son timbre laissait transparaître une certaine nervosité. Le pasteur l'invita à entrer, mais alors que Neïla s'apprêtait à suivre sa mère, Isaac indiqua que seule Thaïma était attendue. Le regard de sa mère, empreint de tristesse, croisa celui de la jeune fille, mais elle n'ajouta pas un mot pour apaiser la situation. À contrecœur, Neïla se résigna à retourner à sa place.

Seule, Neïla se retrouva plongée dans ses pensées, uniquement interrompues par des bribes de conversation filtrant à travers la porte entrouverte. Le ton de la voix du pasteur s'élevait sporadiquement, marquant le début d'une prière fervente dans une langue qui lui était étrangère. À l'écoute de ces singulières paroles, curiosité et appréhension s'entremêlaient en elle. Son cœur battait à tout rompre.

Soudain, les mots « … votre fille… » traversèrent le seuil de la porte, piquant son intérêt au vif. Neïla, mue par une impulsion irrésistible, se rapprocha discrètement pour mieux entendre. « Vous êtes bénie, Maman Dunkam, le Seigneur m'a révélé que Neïla est destinée à devenir mon épouse. » Stupeur et incrédulité la submergèrent.

Elle n'eut pas le temps de digérer cette révélation choquante qu'une main se posa sur son épaule, la faisant sursauter. « Eh ! toi, quel mauvais esprit t'anime ? lui dit une des dames de l'église. On n'écoute pas à la porte du pasteur ! » Avec une poigne ferme, elle tira Neïla vers l'arrière, la forçant à retourner à son siège.

À sa sortie du bureau du pasteur Isaac, Thaïma arborait un grand sourire. Elle remercia le pasteur avec une chaleur qui frôlait la vénération. À côté d'elle, Neïla observait sa mère avec anxiété. Elle cherchait dans ses gestes une quelconque prise de conscience de ce qu'elle venait d'apprendre. En vain. Thaïma ne montrait aucun signe de doute.

Le pasteur s'approcha de Neïla. « Mets-toi à genoux, je vais prier pour toi », ordonna-t-il. Toute objection semblait proscrite. Malgré son hésitation, Neïla s'exécuta, sentant la main du pasteur se poser fermement sur sa tête. Il commença à prier dans une langue étrangère ; ses mots vibraient d'une autorité céleste. Neïla se sentait curieusement détachée de la situation, comme si elle flottait au-dessus de la scène, observatrice d'un rituel auquel elle ne pouvait se connecter.

À la fin de la prière, Isaac fixa Neïla avec une intensité qui aurait pu faire vaciller les plus convaincus. « Le Seigneur est ton berger, et tu ne manqueras de rien tant que tu restes du côté de l'église », proclama-t-il, avant de déposer un baiser sur son front. Ce geste, plutôt que de la réconforter, laissa Neïla glacée, paralysée par l'irréalité de la situation.

Une fois à l'extérieur, alors que mère et fille se dirigeaient vers la sortie de l'église, Neïla était bouillonnante de questions et d'émotions conflictuelles. Rassemblant son courage, elle demanda : « Maman, que penses-tu vraiment du pasteur Isaac ? » Thaïma répondit avec une foi inébranlable :

« Il est un homme de Dieu puissant, Neïla. Venir plus souvent à l'église te convaincra de cela.

— Il parlait fort tout à l'heure, j'ai cru comprendre qu'il avait une prophétie me concernant », insista Neïla. Elle était pleine d'appréhension face aux explications qu'elle attendait de sa mère.

Mais visiblement embarrassée, Thaïma se contenta de lui répliquer avec un léger agacement : « Tu écoutes aux portes maintenant, Neïla ? Si c'est une prophétie, c'est que Dieu seul en a décidé. »

Avant que Neïla ne puisse rétorquer, un jeune homme, visiblement inquiet, les interrompit, clamant l'urgence de la situation : « Maman

Dunkam, il y a un problème avec les comptes que l'on vient de vérifier. »

Thaïma, captant l'émoi dans les yeux du jeune homme, lança : « Qu'est-ce que vous avez encore fait, Mathieu ? » Se tournant vers Neïla, elle fouilla dans son sac pour en sortir de l'argent. « Prends ça pour le taxi, on se retrouve à la maison. »

Neïla saisit les billets, une vague de frustration la submergeant. Tout ce qu'elle venait de vivre ne faisait qu'alimenter son scepticisme vis-à-vis de l'église. Elle se dirigea vers la sortie, seule.

## Joseph, Etiema, Ruben : 3 mars

« Foutez-le-moi à la porte, je ne veux rien entendre ! » hurla Etiema, son téléphone pressé contre l'oreille. Il marmonna encore furieusement avant de raccrocher d'un geste brusque. « Depuis six mois qu'il ne paie pas de loyer, il raconte quoi ? S'il a trop de problèmes, qu'il retourne au village ! Ma patience a des limites. »

Dans son bureau, dont les murs étaient ornés de photos de lui-même aux côtés de quelques dignitaires du pays, Etiema lança un regard exaspéré à Joseph, assis en face de lui. « Je n'en peux plus de ces incompétents. Vivement que Skylas finisse ses études. Il pourra me suppléer dans certaines de mes activités. »

Joseph offrit un sourire furtif en signe de sympathie.

« Encore des locataires qui ne paient pas leur loyer ?

— Ils m'épuisent. Toujours des excuses... Tantôt c'est leur enfant qui est malade, tantôt un deuil où il faut contribuer, ou bien leurs patrons qui ne les ont pas encore payés... Ça ne s'arrête jamais. Et Bakary, qui doit récupérer les loyers, est trop complaisant avec eux. Je sens qu'il va dégager lui aussi », se lamenta Etiema. Son visage se nimba d'une lassitude profonde.

Joseph resta sans parler, préférant ne pas s'attarder sur ces frustrations. Il changea de ton, abordant un sujet plus léger. « Je viens avec de bonnes nouvelles, ça va te redonner le moral. »

Les yeux d'Etiema s'illuminèrent d'une lueur d'intérêt renaissant.

« Oh ! Dis-moi tout. Le litige a été réglé ?

— Effectivement, l'immeuble à l'entrée de la ville n'a plus de problème. Le ministre a pu intervenir, les héritiers ne vont plus déranger, répondit Joseph avec un sourire victorieux.

— Mais ça se fête, ça ! Depuis le temps... Eux aussi, leur père est mort, et ils ne voulaient pas lâcher le terrain malgré les propositions financières », s'exclama Etiema, débordant soudain de joie.

Manipulant avec enthousiasme son téléphone pour planifier une célébration, Etiema s'arrêta brusquement lorsque Joseph, prenant un air plus sombre, ajouta : « Tu sais quel jour on est aujourd'hui, Etiema ? »

Ce dernier, stoppé dans son élan, le regarda perplexe.

« Euh non, mais tu vas me le dire, j'imagine.

— Aujourd'hui, ça fait seize ans que ma femme Yeleen est morte dans cet accident de voiture », confia doucement Joseph.

Pris au dépourvu et décontenancé par cette commémoration inopinée, Etiema insista tout de même : « Ah c'est vrai... Eh bien, raison de plus pour aller dans un bon bar. Ça te changera les idées. Je vais appeler Ruben pour qu'il nous rejoigne. »

Dans un coin de l'établissement, quatre fauteuils blancs étaient disposés en carré autour d'une petite table où attendaient deux bouteilles de whisky, des sodas et un bac à glaçons. La musique, subtile et douce, jouait en sourdine, se mêlant à l'éclairage ténu des néons qui ne faisait que souligner l'ambiance encore calme du lieu, compte tenu de l'heure précoce de la soirée.

Joseph, assis à côté d'Etiema, écoutait d'une oreille les blagues et les anecdotes badines de son ami de bonne humeur, mais son esprit vagabondait au loin, perdu dans les souvenirs de sa défunte femme, Yeleen. Etiema remarqua son absence et le tira de sa torpeur en l'interpellant :

« Eh ! Eh ! Joseph, tu rêves ou quoi ? Ruben met un temps fou à arriver, tu ne trouves pas ?

— Il doit y avoir des embouteillages à cette heure. Rien de surprenant, répondit-il d'une voix amorphe.

— Qu'est-ce que tu as, Joseph ? insista Etiema, légèrement agacé par l'attitude distante de son ami. Tu m'as l'air ailleurs, là. »

Joseph se servit un verre, en versa également un pour Etiema et tenta d'esquiver la question. « Non, rien, buvons. »

Mais Etiema, connaissant trop bien son ami, s'obstina.

« Tu penses à Yeleen, j'imagine. Ça fait seize ans déjà, tu devrais penser à passer à autre chose. Et puis, je ne comprends pas, tu as eu toutes sortes de femmes depuis tout ce temps, mais jamais tu n'as voulu rester longtemps avec aucune d'entre elles.

— Rien d'anormal, ce n'est pas ma faute si je ne suis tombé que sur de mauvaises femmes, rétorqua Joseph, visiblement irrité.

— Tu fais ton difficile, parfois il faut juste les prendre comme elles viennent et ensuite faire en sorte qu'elles marchent comme tu le veux, répliqua Etiema, un brin moqueur.

— De toute façon, je vais bientôt voir dans quelle mesure je peux faire évoluer ma situation, s'agaça Joseph.

— Attends, il y a Marie qui m'appelle », dit Etiema en s'éloignant pour répondre au téléphone.

Seul, Joseph laissa les souvenirs de Yeleen envahir son esprit. Elle avait été la lumière de sa vie, et depuis qu'elle avait été renversée par un chauffard, cette flamme s'était éteinte. Les autres femmes, bien qu'agréables, semblaient toujours manquer de son éclat, de sa chaleur, de cette façon qu'elle avait de le faire rire, de sa capacité à rendre la vie simplement meilleure. C'était comme si chacun de leurs sourires, chacun de leurs gestes, n'était qu'une pâle imitation de ce qu'il avait perdu. Cet écho d'un amour disparu le hantait à chaque tentative de se remettre en couple, le poussant à chercher un défaut, un prétexte pour s'échapper avant que l'ombre de Yeleen ne le submerge de nouveau.

De retour à leur table, Etiema interrompit les sombres pensées de Joseph d'une tape sur l'épaule. « Alors Joseph, on est venus pour s'amuser, pas pour déprimer », lui rappela-t-il, essayant de ramener un semblant de légèreté dans cette soirée. Puis, avec un rire qui se voulait complice, il ajouta : « Si tu veux mon avis, tu devrais chercher une partenaire bien plus jeune, ça t'évitera des maux de tête. »

Joseph, tiré de sa rêverie, répondit d'un ton sérieux, presque interrogateur : « Tu penses ? »

Avant qu'Etiema puisse développer son propos, Ruben fit son entrée. « Regarde qui est enfin là, monsieur Dunkam en personne. Tu en as mis du temps », lança Etiema avec un sourire moqueur.

Ruben s'excusa pour son retard. « Les embouteillages sont infernaux à cette heure », expliqua-t-il en s'installant confortablement. Les trois hommes entamèrent alors une série de toasts, abordant des sujets légers pour rendre la conversation plus agréable. Attentif, Ruben remarqua néanmoins le manque d'entrain habituel de Joseph. « Mais alors Joseph, ton verre est vide depuis tout à l'heure, qu'est-ce qui se passe ? Je t'ai connu plus vif que ça. » Il saisit la bouteille et remplit le verre de son ami. Celui-ci força un rire, cachant péniblement son malaise.

« Mais non, nous avons juste commencé un peu plus tôt, c'est tout.

— Concernant Yeleen, je voulais te dire… commença Ruben, qui avait conscience du moment particulier que vivait Joseph en ce jour.

— Profitons juste de la soirée, Ruben, l'interrompit rapidement Joseph.

— Bon, on s'ennuie là, tous les trois. Je vais appeler de la compagnie pour nous rejoindre, proposa Etiema, déjà un peu éméché.

— Je ne suis pas vraiment d'humeur, Etiema, répondit Joseph, peu enthousiaste.

— C'est parce que tu ne les as pas encore vues. Tu vas vite changer d'avis, insista ce dernier, un sourire malicieux aux lèvres.

— Moi je vais juste vous regarder, ajouta Ruben d'une voix timide.

— C'est vrai, tu es sous l'influence de ta femme chrétienne, rétorqua Etiema, avec une pointe de moquerie.

— À ma connaissance, la liberté de croire ou de ne pas croire est toujours garantie dans ce pays, s'irrita Ruben face à cette pique.

— N'oublie pas que c'est une religion apportée par les colons, avec toutes les souffrances qu'ils ont infligées à nos ancêtres, répliqua Etiema avec plus de sérieux. Comment peux-tu te complaire dans une telle médiocrité ?

— Si tu examines ton histoire familiale, Etiema, tu trouveras certainement un ancêtre qui a tué quelqu'un pour une terre, un gain quelconque, ou pour une raison moins noble, comme une femme, intervint Joseph, voyant Ruben déconcerté par les propos acerbes d'Etiema. L'histoire est parsemée de conflits. Il n'est pas intéressant de vivre son présent sous l'anesthésie du passé. »

Malgré l'ombre de la discorde qui avait brièvement éclipsé la bonne humeur, une fois les verres à nouveau remplis, les trois amis décidèrent de passer à autre chose. La soirée prit un tournant plus léger, les rires retrouvant leur place autour de la table.

C'est à ce moment que la compagnie féminine prévue par Etiema fit son entrée. Deux femmes, Lara et Sonia, au charme indéniable et à l'allure de celles qui connaissent bien les nuits animées, s'approchèrent avec un sourire engageant. Elles étaient des images typiques de ce que certains pourraient qualifier de femmes de la nuit, faisant preuve d'une audace et d'une familiarité qui ne laissaient place à aucune ambiguïté quant à leurs intentions.

Lara, avec une démarche assurée, se colla rapidement à Etiema, qui appréciait visiblement l'attention. Sonia, quant à elle, essaya de se rapprocher de Joseph en lui effleurant doucement le bras. Joseph tenta de jouer le jeu, esquissant un sourire contraint.

Ruben, qui observait la scène, s'adressa à Etiema d'un ton mi-sérieux, mi-joueur :

« Et ta femme, Marie, tu penses à elle ce soir ?

— Tu poses trop de questions, Ruben. Chez moi, c'est moi l'homme de la maison », le piqua en retour Etiema, irrité par l'insinuation de son ami.

Peu à peu, Joseph se sentit de plus en plus mal à l'aise. La présence envahissante de Sonia, bien qu'agréable en d'autres circonstances, lui rappelait trop ce qu'il essayait désespérément d'oublier. Finalement, il ne put supporter plus longtemps cette situation et se leva brusquement.

« Je... je ne me sens pas très bien, je vais rentrer, souffla-t-il, évitant soigneusement le regard de Sonia.

— Tu es sûr que c'est judicieux de prendre la voiture ? Peut-être qu'un taxi serait plus sûr ? suggéra Ruben.

— Non, ça ira. Je préfère rentrer seul, répondit fermement Joseph dans un mouvement vif de la tête, l'air revêche.

— Laisse-le partir, il dérange juste », lança Etiema d'un regard furieux, agacé par le départ précipité de Joseph. Se tournant vers Sonia, il ajouta avec un sourire forcé : « Viens ici, approche-toi. Comme ça, je vais profiter deux fois plus, puisque mes deux amis n'ont pas l'air intéressés. »

Sonia, sans un mot, se glissa à côté d'Etiema, tandis que Ruben observait Joseph quitter les lieux. Il ressentait douloureusement la dissonance qui se faisait jour entre leur vieille amitié et les chemins que chacun empruntait désormais, si différents et si éloignés de leurs souvenirs partagés.

Joseph, marchant tête baissée vers sa voiture, sentait le poids de cette soirée médiocre sur ses épaules. Les rues étaient pleines de monde, mais son esprit se sentait absolument isolé. Le bruit de ses pas s'effaçait rapidement dans la solitude de la nuit. En ce jour spécial, il se sentait profondément seul.

Neïla, Joseph : 3 mars

Dans l'habitacle baigné par la lumière diffuse du tableau de bord, Joseph conduisait lentement, la musique douce de la radio ajoutant une touche mélancolique à son humeur morose. Chaque note suivait le fil de ses réflexions, tandis qu'il repassait les événements de la soirée dans son esprit.

Alors qu'il approchait d'un carrefour bondé, son regard fut attiré par une silhouette familière au bord de la route. Une femme, seule dans la foule qui attendait pour héler un taxi, attira particulièrement son attention. Joseph cligna des yeux, incrédule. « Je ne peux pas le croire, ça doit être l'alcool... on dirait Yeleen », pensa-t-il tout haut, le cœur battant la chamade. Il se frotta les yeux, persuadé que son esprit lui jouait des tours.

Ralentissant, il s'approcha pour mieux voir. À mesure qu'il avançait, les traits de la femme devinrent plus clairs, dissipant l'illusion alcoolisée. Ce n'était pas Yeleen, mais Neïla, la fille de Ruben. Un soupir de soulagement s'échappa de ses lèvres. « Effectivement, l'alcool me joue des tours », se dit-il dans un souffle.

Il abaissa la vitre de sa voiture et interpella la jeune fille d'un ton qui se voulait rassurant : « Tu vas où comme ça ? » Neïla, reconnaissant immédiatement la voix de Joseph, se retourna avec surprise.

« Je rentre à la maison, tonton Joseph.

— Viens, monte. Je vais te raccompagner, c'est sur mon chemin », proposa-t-il, un faible sourire éclairant son visage marqué par les émotions de la soirée.

Avec un hochement de tête reconnaissant, Neïla ouvrit la portière et s'installa sur le siège passager. L'idée d'économiser l'argent du taxi ajoutait une part d'opportunisme à la fatigue nocturne l'ayant poussée à accepter l'offre de l'ami de son père. Pendant qu'elle attachait sa ceinture, Joseph jeta un dernier regard dans le rétroviseur, comme pour s'assurer que les fantômes du passé restaient bien derrière lui.

Alors qu'ils s'éloignaient, que la nuit enveloppait la ville, Joseph observait Neïla à la dérobée et se laissait le temps de réfléchir. Il ne pouvait s'empêcher de se demander si le destin, de manière inattendue, ne lui offrait pas là une seconde chance de faire quelque chose de bien, quelque chose qui pourrait peut-être commencer à guérir les blessures encore ouvertes de son cœur. Dans la quiétude de la voiture, Joseph éprouvait une confusion presque dérangeante. Alors qu'il jetait ostensiblement des regards indiscrets vers Neïla, il peinait à retrouver la ressemblance avec Yeleen qu'il avait cru discerner de loin. Neïla, légèrement mal à l'aise face à son attention appuyée, rompit le fil de ses pensées en lui demandant : « Tonton Joseph, il y a un problème ? »

Joseph, réalisant son impolitesse, se hâta de répondre avec un sourire contrit. « Non, rien du tout. C'est juste que ça fait longtemps que je ne t'avais pas vue. Tu as beaucoup grandi. » Cherchant à diriger la conversation vers des eaux plus neutres, il enchaîna :

« Dis-moi, tu es en quelle classe maintenant ?

— Je suis en terminale, tonton », répondit Neïla. Une pointe de fierté émanait de sa voix.

Joseph afficha un intérêt un peu forcé. « Ah déjà ? Ça se passe bien, j'espère ? » Il marqua une pause, puis ajouta : « Tu peux m'appeler Joseph, tu sais ? Je ne suis pas vraiment ton oncle, juste un ami de ton père. » Il rit légèrement, dans une tentative malhabile de briser la glace, avant de glisser :

« Et puis, je suis beaucoup plus jeune que ton père.

— Oui, ça se passe bien. J'espère obtenir une mention au baccalauréat et intégrer une bonne école de médecine », déclara-t-elle, une lueur de détermination dans les yeux.

À l'évocation de la médecine, une vague de chaleur submergea Joseph. *La médecine, comme Yeleen…* Son cœur se serra à cette pensée, mais il s'efforça de garder son calme, malgré les souvenirs qui affluaient. « C'est une bonne chose ça. Tu sais déjà dans quelle école de médecine tu veux aller ? »

Tout excitée à l'idée de partager ses rêves, Neïla commença : « Oui, tonton Joseph… » Elle fut immédiatement interrompue par ce dernier qui, d'un ton tranquille mais ferme, la corrigea : « Appelle-moi simplement Joseph, veux-tu ? »

Neïla, un peu secouée par l'intonation quelque peu autoritaire de son interlocuteur, choisit de garder son calme, réorientant la conversation vers le sujet qui lui tenait à cœur. Elle partagea avec enthousiasme son rêve de devenir médecin, une vocation née d'un désir profond d'aider les autres et de trouver sa place dans la société.

Joseph, touché par son enthousiasme, lui sourit. « C'est un noble objectif, Neïla. Et tu peux compter sur moi pour t'aider si tu as besoin de quelque chose pour y arriver », promit-il, un sentiment de devoir de protection envers la jeune fille s'insinuant doucement en lui.

Alors que la conversation prenait un tournant plus léger, Neïla se rendit compte que Joseph n'avait pas pris la route habituelle pour rentrer chez elle. Un peu confuse, elle commença à dire : « Tonton Jo... », mais se rappelant de la demande de son conducteur, elle se reprit rapidement :

« Joseph, ce n'est pas là la route pour chez moi.

— Oh, excuse-moi, je vais faire un détour un peu plus loin », répondit-il, légèrement distrait. En réalité, il souhaitait simplement prolonger ces instants, appréciant la compagnie et la conversation.

Essayant d'égayer le moment, Neïla lança alors une blague légère, qui surprit Joseph par son esprit vif. Il éclata de rire, un rire sincère qui n'avait pas retenti si librement depuis longtemps. *Yeleen avait aussi ce don de me faire rire facilement*, pensa-t-il avec une pointe de mélancolie.

Ils prirent un chemin moins fréquenté, et l'obscurité des rues moins éclairées enveloppa la voiture. C'est alors que Joseph demanda :

« Et les garçons alors, Neïla ? Tu as quelqu'un en vue ?

— Non, je me concentre sur mes études. Et de toute façon, ma mère me tuerait si elle apprenait que je sortais avec un garçon maintenant », répondit Neïla en riant spontanément, inconsciente de l'intensité avec laquelle Joseph la regardait.

Peu après, Joseph laissa sa main glisser sur la cuisse de Neïla. Sidérée, elle le repoussa doucement, mais il insista, ajoutant une pression à sa demande. « Laisse-toi faire, Neïla », lui intima-t-il. Son ton laissait entrevoir une intention plus sombre. Neïla, terrifiée et indignée par cette avance, le rejeta cette fois avec force. Sa réaction était vive, alimentée par la colère et la peur. « Qu'est-ce que vous faites ? » Elle parlait avec une émotion contenue.

Joseph, offensé par la résistance de Neïla et troublé par ses propres gestes, retira sa main, mais il était trop tard, l'ambiance dans la voiture était devenue irrespirable, comme saturée de fumée toxique. Il tenta de balbutier des excuses, mais les mots se perdirent dans le remous de ses remords.

À l'instant précis où Neïla repoussait la main de Joseph une dernière fois, un camion surgit en sens opposé, ses phares brillants comme les yeux d'une bête dans la nuit. Joseph, dont le regard s'était détourné de la route, ne le vit qu'à la dernière seconde. Paniqué, il tourna brusquement le volant dans une tentative désespérée d'éviter une collision frontale. La voiture, déséquilibrée par le mouvement abrupt et la vitesse, glissa, hors de contrôle. Dans un ballet terrifiant de métal et de verre qui se fracassent, le véhicule se retourna plusieurs fois sur lui-même. La force de l'impact projeta Neïla contre la portière puis contre le tableau de bord, provoquant un chaos de cris et de craquements sonores.

Chaque instant semblait s'étirer à l'infini pour Neïla, une vague d'adrénaline la submergea alors que la peur lui serrait la gorge. Elle sentit son corps être secoué, heurté sans ménagement, la ceinture de sécurité la retenant à peine tandis que des éclats de verre volaient tout autour d'elle comme une pluie mortelle.

La voiture s'immobilisa enfin. La violence du terrible tumulte cessa aussi brusquement qu'elle avait surgi. La tête de Neïla heurta quelque chose de dur et froid — le sol. La voiture avait fini sa course contre un arbre, le châssis tordu enveloppait presque l'écorce dans une funeste étreinte.

Le silence qui suivit fut plus assourdissant que le vacarme de l'accident. Neïla, consciente mais incapable de bouger, sentit la douleur irradier intensément de plusieurs points de son corps. Elle tenta de bouger ses jambes, mais fut frappée d'un côté par une souffrance lancinante, et par une insensibilité inquiétante de l'autre.

À côté d'elle, Joseph, pâle et choqué, balbutiait des mots qui se perdaient dans l'air suffocant du véhicule à moitié disloqué. « Neïla, Neïla, réponds-moi… » Mais il n'y eut pas de réponse immédiate. Elle était trop faible, trop blessée pour réagir, elle ne pouvait donner aucun signe de vie.

Les premiers témoins accoururent vers eux, Neïla restait immobile, le souffle court et saccadé, seule preuve qu'elle était toujours consciente. Joseph, lui, finit par perdre connaissance, la tête penchée en avant, il ne bougeait plus.

Les lumières éblouissantes des véhicules s'arrêtant pour porter assistance perforaient l'obscurité, des silhouettes s'en détachaient, courant vers l'épave pour offrir leur aide aux passagers. Les voix s'élevaient, appelant les secours.

Ce qui avait commencé comme un banal trajet avait viré en une effroyable tragédie en quelques secondes, laissant Neïla piégée dans une voiture brisée de toutes parts, son monde à jamais bouleversé. Les gyrophares des secours se rapprochaient, ils annonçaient la suite de ce cauchemar, un futur incertain et terrifiant, mais désormais inévitable.

**Partie 4 : LES OMBRES DU CRÉPUSCULE**

« À mesure que le jour décline, les ombres s'allongent, tissant des doutes là où régnait la certitude. »

## Thaïma : 25 juillet

L'église était plongée dans un calme solennel en cette fin de journée. Le culte venait de se terminer, et seuls quelques fidèles demeuraient en son sein, regroupés dans un coin pour une réunion impromptue. Les chaises couleur or, usées par le temps, affichaient des nuances de noir là où le vernis s'était écaillé, contrastant avec les coussins rouges élimés qui en adoucissaient l'assise.

Thaïma s'était installée sur l'une de ces chaises, son visage angoissé à peine éclairé par la faible lumière qui filtrait à travers les petites fenêtres en hauteur. Elle attendait le pasteur Daniel, un jeune homme, un des pasteurs secondaires de l'église, connu pour son approche empathique et dynamique de la foi. Lorsqu'il s'approcha, son expression reflétait une gravité mesurée, conscient de la portée souvent particulière des confidences qu'il recueillait après les services.

« Bonsoir pasteur Daniel, merci de me recevoir, dit Thaïma. J'ai besoin que vous priiez pour moi, que vous m'éclairiez.

— Bien sûr, maman Dunkam, répondit le pasteur Daniel, s'asseyant face à elle, l'air sérieux. À quel sujet voudriez-vous que l'on prie précisément ? »

Thaïma baissa les yeux, son regard se perdit un instant dans les fibres usées du tapis de l'allée principale avant de se relever vers le pasteur. « C'est à propos de ma fille, Neïla... » Sa voix trembla légèrement. Elle déroula alors les fils emmêlés de la proposition de mariage que son mari avait reçue de Joseph, détaillant ses craintes, ses espoirs, et le dilemme familial que cela avait engendré.

Le pasteur Daniel l'écouta sans l'interrompre, son visage restait impassible mais ses yeux révélaient une profonde empathie. Quand elle eut terminé, il prit une profonde inspiration et lui répondit, se référant à des passages de la Bible qui évoquaient la famille et les choix difficiles : « Thaïma, les Écritures nous enseignent la sagesse et la patience en toutes choses. Comme il est dit dans Jacques 1:5, "si l'un de vous manque de sagesse, qu'il la demande à Dieu"... »

Après avoir partagé quelques versets pertinents, il suggéra : « Prions ensemble pour que Dieu vous guide, vous et votre famille, à travers cette épreuve. »

Thaïma abaissa brièvement le regard, les yeux humides de gratitude. Ils se prirent les mains, fermèrent les yeux, et le pasteur Daniel entama une prière puissante. Ses paroles se propagèrent doucement dans l'église presque vide, demandant clarté et courage pour Thaïma et protection divine pour Neïla. Les mains de Thaïma dans les siennes, le pasteur Daniel demeurait immobile, les yeux clos ; ses mots invoquaient bénédiction et sagesse de la part du Seigneur. Mais subitement, son ton changea, se chargeant d'une gravité croissante. Il commença à parler dans une langue étrange, ses paroles vibrantes de quelque mystère, serrant plus fort la main de Thaïma.

À mesure que le pasteur déclamait des phrases dans un dialecte qui lui était inconnu, Thaïma ressentait une nervosité croissante, un frisson parcourir son échine, l'écho de chaque mot retentissait contre les murs de pierre de l'église. Tout à coup, le pasteur Daniel ouvrit brusquement les yeux, le regard empli d'une inquiétude profonde.

Il fixa Thaïma, son expression grave laissait présager une révélation troublante. « Thaïma, commença-t-il, sa voix basse, je… j'ai eu une vision pendant que nous priions. Ce n'est pas de bon augure. » Les yeux maintenant grands ouverts, elle le regardait avec intensité, angoisse et crainte des mots à venir.

Le pasteur marqua une pause avant de continuer. « Je suis désolé de te dire cela, mais le mariage entre Neïla et Joseph… il ne doit pas se faire. » L'intonation du pasteur vacillait légèrement, signe de la solennité de son message. « Pendant la prière, j'ai vu un esprit, une ombre accrochée à Neïla, quelque chose de sombre et menaçant. »

Thaïma frissonna, son cœur battant à tout rompre. « Qu'est-ce que cela signifie, pasteur ? » Sa voix était à peine audible, tremblante d'effroi et d'incertitude.

Le pasteur Daniel regarda autour d'eux, s'assurant qu'ils n'étaient pas écoutés avant de répondre : « Je crains que Joseph ne soit pas… clair dans ses intentions. Il y a quelque chose d'obscur lié à cette union, quelque chose que je ne peux ignorer. » Il serrait toujours la main de Thaïma, comme pour lui transmettre un peu de sa force face à la révélation qu'il venait de lui faire.

Les mots du pasteur formaient un écho étourdissant dans l'esprit de Thaïma, chaque syllabe répétée amplifiant son désarroi. Elle était perdue dans une houleuse mer d'émotions, chaque vague la tirait plus profondément vers un abîme de confusion et de peur.

« Que devons-nous faire, homme de Dieu ? demanda-t-elle en tremblant.

— Nous devons prier, encore et plus fort. Nous devons demander à Dieu de nous guider et de protéger Neïla de tout mal qui pourrait lui être destiné. Je vais continuer à chercher des réponses à travers la prière et je te conseille de parler à Ruben et à Neïla immédiatement. Ils doivent être au courant de ces préoccupations. »

Ensemble, ils se levèrent. Le pasteur guida Thaïma vers l'autel. Chaque pas était ralenti par la charge imposante de ces révélations. Le pasteur entama une prière de protection. Dans ce lieu sacré, sous le regard bienveillant des symboles de leur foi, ils cherchaient à la fois consolation et courage pour affronter les épreuves annoncées par la vision divine.

À peine les dernières paroles du pasteur Daniel prononcées, Thaïma se sentit poussée par une urgence qui ne tolérait aucun délai. Ses pas se firent rapides et énergiques sur le sol de l'église tandis qu'elle se dirigeait vers la sortie, son esprit était agité de peurs et d'inquiétudes pour sa fille. Elle savait qu'elle devait agir vite, communiquer avec Ruben avant qu'il ne soit trop tard.

Alors qu'elle franchissait la porte de l'église, une voix pressée la rattrapa. Yolande, essoufflée d'avoir couru derrière Thaïma, l'interpella : « Maman Dunkam, attendez ! » Thaïma s'arrêta, surprise par l'intervention de la jeune femme.

Celle-ci, reprenant son souffle, s'expliqua, ses mots trébuchaient presque les uns sur les autres. « C'est Dieu qui m'a mise sur votre chemin. J'ai écouté ce que le pasteur disait… Je n'aurais pas dû, mais c'était plus fort que moi. »

Thaïma, déjà submergée par les événements qu'elle venait de vivre, fixa Yolande, une légère impatience dans le regard. Mais elle se tut, lui permettant de continuer.

« Je travaille pour ce Joseph, et je peux vous dire que ce n'est pas un homme bien. Il y a des choses que j'ai vues... Des choses que je ne peux pas ignorer. Vous devez l'éviter, vraiment. » La gravité de Yolande, son ton sérieux et préoccupé, ne laissait aucun doute sur la sincérité de son avertissement.

Ces paroles frappèrent Thaïma de plein fouet, renforçant ses craintes les plus sombres. Elle sentit ses inquiétudes grandir, la réalité de la situation s'imposait désormais à elle avec une clarté cruelle.

« Merci, Yolande. Je... Je ne sais pas quoi dire.

— Je ne sais pas grand-chose, mais je sens que c'est important que vous soyez au courant. Faites attention, Maman Dunkam.

— Je vais parler à mon mari dès ce soir. Nous devons protéger Neïla, coûte que coûte. » La gratitude brillait dans ses yeux.

Après un dernier regard échangé, plein d'entente mutuelle, Thaïma se dirigea rapidement vers la route pour héler un taxi, les paroles du pasteur Daniel et les avertissements de Yolande s'infiltrant sans relâche dans son esprit.

Pendant que Yolande la regardait s'éloigner, elle ferma les yeux et laissa une prière s'élever dans son cœur, elle espérait que Thaïma trouverait la force et la sagesse nécessaires pour naviguer à travers la tempête qui s'annonçait au sein de sa famille.

## Sébastien, Samueli : 24 juillet

Sébastien était assis sur un banc de bois rustique, sous l'écrasant soleil de midi. Il picorait distraitement dans son omelette aux spaghettis, commandée dans un café en plein air. Ce petit établissement improvisé, constitué de quelques planches et d'une bâche bleue, attirait une foule d'étudiants et de futurs candidats de la prestigieuse école située à proximité, tous attirés par l'odeur envoûtante des œufs en cuisson. Samueli avait appuyé sa tête sur l'épaule de Sébastien, sa main reposant doucement sur son dos dans un geste de réconfort. « Écoute, Sébastien, il y a d'autres concours. Même si Polytechnique ne s'est pas passé comme prévu, tu réussiras ailleurs. »

Sébastien prit une longue gorgée de son lait, le regard perdu au loin, visiblement abattu. « Je n'arrive toujours pas à comprendre ce qui a mal tourné. Quand je vois ceux qui ont réussi... Je me demande comment j'ai pu échouer. » Son expression laissait entrevoir une profonde déception, mêlée d'incompréhension.

Le contraste entre l'animation joyeuse autour d'eux et la mélancolie de Sébastien créait ce midi-là un climat chargé d'émotions contrariantes, où chaque bouchée péniblement avalée illustrait l'amertume de ses aspirations déçues.

La compassion de Samueli apportait un léger réconfort à Sébastien, mais son esprit demeurait tourmenté par le doute. Elle glissa sa main sous le banc pour prendre la sienne, lui offrant une pression chaleureuse et rassurante. « Tu sais, Sébastien, parfois, même les plus brillants parmi nous trébuchent. Ce n'est pas le véritable reflet de ton intelligence ou de ta préparation. Peut-être que ce n'était juste pas ton jour. »

Sébastien esquissa un faible sourire, reconnaissant, mais toujours perdu dans ses pensées. « Peut-être as-tu raison. Mais c'est difficile, tu sais ? J'y croyais vraiment, je m'y voyais déjà. » Sa voix se brisa imperceptiblement, la réalité de sa déception reprenant le dessus.

Samueli serra plus fort sa main, son regard plongé dans le sien, cherchant à lui transmettre sa force et sa confiance. « Je le sais, et je ne minimiserai pas ce que tu ressens. Mais pense au fait qu'il y a là d'autres concours équivalents qui arrivent bientôt, tu les auras à coup sûr. »

À ce moment, une brise légère souleva quelques emballages en plastique autour d'eux, comme pour balayer les doutes de Sébastien. Il regarda autour de lui, les autres étudiants riaient et conversaient, leurs propres batailles cachées derrière de joviales façades. « Je suppose que tu as raison », dit-il enfin, laissant échapper un soupir.

Alors qu'ils s'éloignaient lentement du tumulte du café, Sébastien et Samueli trouvèrent un coin plus calme sous un arbre offrant une ombre salvatrice. L'air semblait imprégné des espoirs déçus de Sébastien, dont chaque mot portait l'ombre de sa déception.

Le jeune homme, les yeux fixés sur le sol poussiéreux, continua à se confier. « Tu sais, dans ma famille, l'éducation est notre seule échappatoire. Mon père n'est que professeur de lycée, et ma mère commerçante, mais ils mettent tout en œuvre pour que nous, leurs six enfants, ayons un avenir meilleur. » Il marqua une pause, son regard se perdit dans le lointain. « Réussir à Polytechnique n'était pas juste un rêve personnel, c'était le rêve de toute ma famille. C'était notre chance de briser ce cycle de précarité qui nous oppresse. » Ses paroles étaient emplies d'une tristesse profonde, lestées du poids des responsabilités qu'il portait sur ses épaules.

Samueli saisit la main de Sébastien et lui offrit un sourire empreint de douceur. « Je comprends ta peine, Sébastien, et je sais à quel point c'était important pour toi. Mais ne laisse pas cet échec définir tout ce que tu es et tout ce que tu seras capable de faire à l'avenir. Tu es brillant, persévérant, et rien ne t'empêchera d'atteindre tes objectifs, même si le chemin est différent de celui que tu avais imaginé. »

Encouragé par les paroles bienveillantes de Samueli, un infime sourire traversa le visage assombri de Sébastien. « Merci, Samueli. Avoir quelqu'un comme toi à mes côtés rend les choses un peu plus supportables. C'est juste que... parfois, j'ai peur de décevoir tout le monde, de ne pas être à la hauteur des sacrifices de mes parents. »

Samueli serra plus fort encore la main de Sébastien, son regard plein de compréhension et de soutien. « Tu ne déçois personne, Sébastien. Parfois, les itinéraires les plus difficiles mènent aux plus belles destinations. Et je serai là, à chaque étape, pour t'accompagner. »

Sous l'ombre rafraîchissante de l'arbre, Sébastien se sentit un peu plus léger, comme si le fait d'avoir partagé ses craintes avait diminué son fardeau. Grâce à Samueli, il se sentait à présent capable de contempler le chemin qui s'étendait devant eux non plus comme un parcours semé d'obstacles insurmontables, mais comme une série de défis à relever côte à côte.

Sébastien, désormais apaisé, se laissa aller à une conversation plus futile, bien que teintée d'une pointe de sarcasme. Assis sous le couvert des arbres, le couple observait la population étudiante qui s'animait autour d'eux, une tranche de vie pleine de promesses et de défis. « C'est marrant, je n'aurais jamais imaginé que Samjayi serait le seul de la bande à réussir un concours. » Sébastien esquissa un rictus caustique, cherchant l'approbation de Samueli. « Franchement, de nous tous, je le considérais comme le moins… préparé, tu vois ? »

Samueli acquiesça, un sourire en coin soulignant son amusement face à l'ironie de la situation. « Oui, c'est vrai. Mais pourquoi dis-tu ça, Sébastien ? »

Penchant la tête, le jeune homme baissa la voix, partageant une confidence avec son amie comme s'ils étaient seuls au monde : « J'ai jeté un œil aux épreuves de son concours, et crois-moi, c'était loin d'être évident. Je ne sais vraiment pas comment il a réussi à s'en sortir. »

Après une pause marquée, Sébastien reprit, vibrant de frustration : « Tu sais, je suis presque certain qu'il n'a pas pu avoir ce concours tout seul. Son père, avec tout cet argent… c'est sûr qu'il a dû payer. »

Cette révélation qu'il venait d'avoir éclairait soudain le tableau d'une lumière crue pour Sébastien, qui se sentait de plus en plus amer face à l'injustice flagrante du système. « C'est tellement injuste, tu ne trouves pas ? Pendant que certains doivent travailler comme des chiens pour peut-être ne rien obtenir, d'autres utilisent l'argent pour s'acheter un chemin tout tracé ! »

Son rire cachait mal la colère qui bouillonnait en lui. Il regarda Samueli et déclara un soupçon d'animosité : « Tu sais quoi ? Je vais demander à Samjayi de m'aider à préparer d'autres concours. Mais entre nous, je veux juste le mettre au pied du mur, lui faire avouer que sans l'argent de son père, il ne serait pas là où il est. »

Samueli écoutait attentivement, elle posa une main sur l'épaule de son compagnon. « Fais attention, Sébastien. Je comprends ta colère, mais ne laisse pas ça te définir ou gâcher tes relations. Il y a toujours un moyen de prouver ton mérite, avec ou sans argent. » Au fond de lui, Sébastien savait que Samueli avait raison. Toutefois, le désir ardent de dénoncer ce qu'il percevait comme une odieuse injustice le taraudait, le poussant vers une confrontation dont il craignait les répercussions.

Son échange avec Samueli tournait encore en boucle dans son esprit, provoquant en lui aigreur et besoin de sincérité. Il savait pertinemment que confronter Samjayi à son éventuelle supercherie pourrait engendrer des complications inutiles entre eux, mais il ne pouvait se défaire de l'envie de mettre en lumière cette iniquité apparente. Après un moment d'hésitation, il extirpa son téléphone de sa poche.

Sébastien ouvrit sa conversation en cours avec Samjayi et commença à composer un message avec précaution, chaque mot étant soigneusement réfléchi, mais imprégné d'une résolution glaciale. Il relut le texte, un sourire ironique et amer aux lèvres, avant de finalement appuyer sur "envoyer". C'était fait. Peut-être que cela ne lui apporterait pas les éclaircissements espérés, ou peut-être que cela déclencherait un conflit qu'il regretterait plus tard. Mais au moins aurait-il tenté de faire face à ses tourments quant aux inégalités sociales dont il se sentait victime.

Le téléphone retourna dans sa poche alors qu'il saisissait la main de Samueli, prêt à quitter le refuge ombragé. L'après-midi était baigné d'une lumière dorée, projetant des ombres longues et pleines de mélancolie sur leur chemin. Quelle que soit la réponse de Samjayi, Sébastien se sentait déjà un peu plus léger, ayant agi contre le sentiment d'injustice qui le consumait.

Neïla, Samueli : 25 juillet

Encore assises dans la salle de classe studieuse, où les échos des dernières explications du professeur s'estompaient peu à peu, Neïla et Samueli se préparaient à partir. Autour d'elles, les autres élèves rangeaient leurs affaires, discutant discrètement des points abordés ou de leur programme pour le reste de la journée.

Avec un sourire encourageant, Samueli aida Neïla à se transférer de sa chaise de bureau à son fauteuil roulant. « Tu vois, Neïla, ce n'était pas si terrible que ça, si ? » Elle ajusta soigneusement les coussins du fauteuil pour assurer le confort de son amie.

« Peut-être pour toi, Samueli. Mais honnêtement, ce type d'ambiance ne m'avait vraiment pas manqué. Surtout avec certains qui se trouvent ici... », répondit Neïla. Son regard balaya brièvement la salle, et elle croisa celui d'un ancien camarade, dont la présence évoquait en elle des jours moins heureux. Ses pensées dérivèrent vers sa dernière année au lycée, marquée par les douleurs et les rumeurs qui avaient fait d'elle, à son insu, un sujet de conversation.

Samueli observa son amie s'installer dans son fauteuil avec une aisance qui révélait une habitude déjà bien ancrée.

« Au moins, passer du temps ici te change les idées, non ? Et je suis là, ça compte pour quelque chose, j'espère ?

— Oui, bien sûr, dit Neïla, son expression s'adoucissant. C'est toujours mieux quand tu es là. » Elle ajusta sa position, fixant le tableau noir un instant avant de se tourner vers Samueli. « D'ailleurs, où est Bertina ? Elle n'est pas venue aujourd'hui ? »

Une ombre traversa soudain le visage de Samueli.

« Maintenant que tu le dis, ça fait deux jours que je ne l'ai pas vue.

— Peut-être devrions-nous aller voir si tout va bien chez elle, proposa Neïla, le sentiment d'appréhension grandissant également en elle.

— Bonne idée, répondit Samueli ; ses lèvres esquissèrent un sourire. Allons-y ensemble. Si quelque chose ne va pas, elle aura au moins du soutien. »

Le dernier élève quitta la salle, laissant Neïla et Samueli seules dans l'apaisant silence. Le soleil de l'après-midi pénétrait indirectement à travers les fenêtres, projetant des ombres élancées sur le sol de la classe désormais vide. Toutes deux se dirigèrent vers la sortie, prêtes à affronter le reste de la journée, unies par l'amitié.

Tandis qu'elles avançaient sur le chemin menant à la maison de Bertina, Samueli partagea ses réflexions sur la situation de Sébastien, qui était abattu après son échec au concours de Polytechnique. La conversation était agréable, rythmée par le bruit régulier du fauteuil roulant de Neïla sur le sol rougi par la poussière.

Cette dernière, profitant d'un moment de calme, se lança : « Je suis vraiment contente pour toi et Sébastien, votre relation semble si bien se passer. » Son cœur battait fort quand elle ajouta, troublée : « Et... je suis tellement reconnaissante pour ta présence dans ma vie, Samueli. Tu es bien plus qu'une amie pour moi. »

Samueli perçut l'intensité de ces paroles et interrompit Neïla avec délicatesse. « Pourquoi toujours mettre des mots sur ce que l'on ressent ? Pourquoi ne pas juste les ressentir et les vivre pleinement ? »

Neïla, un peu prise au dépourvu par cette intervention, répondit avec une pointe de frustration : « Mais c'est important de verbaliser ce qu'on ressent, surtout quand ça n'engage pas que nous. Ça évite les malentendus, avec les autres et avec soi-même. »

Samueli sourit, arrêtant doucement le fauteuil sous un arbre en fleurs à l'écart de la route, et répliqua : « Tu raisonnes comme Sébastien, là. C'est justement ça, le problème. Les sentiments, le ressenti, l'amour, l'amitié... tout cela est beaucoup trop complexe pour être enfermé dans quelques simples mots. Avec moi, pas de malentendu possible, tant que tu seras toi et que je serai moi, on sera là l'une pour l'autre. »

Et dans un mouvement spontané, Samueli se pencha et déposa un furtif baiser sur les lèvres de Neïla. Le geste, tendre et réconfortant, laissa Neïla émue, bouleversée même, son cœur s'emballa un instant sous l'effet de la surprise et de l'émotion.

Elles reprirent leur chemin, chacune savourant à sa manière le changement subtil qui venait de se produire entre elles. Neïla se sentait un peu plus légère, un peu plus certaine de ses sentiments et de la place qu'ils occupaient dans son cœur.

Plus loin, traversant l'agitation de la rue animée par la musique et les échoppes vendant des beignets, des haricots bouillis et du poisson frit, elles finirent par arriver devant un portail qui menait à une cour intérieure partagée par plusieurs maisons modestes. La musique du bar qui arrivait jusque-là détonnait avec le calme régnant dans cet espace désert. Leur passage n'échappa cependant aucunement aux regards curieux des voisins, habitués à leur tranquillité ordinaire.

Elles entrèrent par le portail déjà ouvert et se dirigèrent vers la maison de Bertina. À la porte, sa mère, un large sourire aux lèvres, les accueillit chaleureusement. « Oh, les amies de Bertina, quel plaisir de vous voir ! » s'exclama-t-elle, d'un ton empreint d'une joie toute maternelle. À peine eurent-elles le temps de la saluer que la mère les pressa gentiment : « Bertina ne va pas bien, je pense savoir ce qu'elle a, mais il serait bon qu'elle en parle avec vous. » Sans attendre de réponse, elle les guida à travers le salon jusqu'à la porte de la chambre de sa fille.

Sur le seuil, elle se tourna vers Neïla, son expression se faisant plus grave. « Ma fille, je suis tellement triste de ce qui t'est arrivé… » Elle marqua une pause, scrutant le visage de Neïla, touchée mais un peu gênée par ces considérations. « Tu sais, je me rappelle maintenant. J'étais en école de médecine avec la femme de ce monsieur, euh… Joseph, celle qui a été tuée par une voiture, il y a près de deux décennies. C'est tragique, tout ce malheur autour de lui… » Son regard se perdit dans le vide, elle essayait de rassembler ses souvenirs.

Elle chuchota ensuite, presque pour elle-même : « Son nom… Yeleen, oui, c'était Yeleen. » À l'instant où ce prénom fut prononcé, un frisson violent traversa tout le corps de Neïla. Ces deux syllabes agirent en elle comme un bref éclair qui parcourut tout son être, une révélation choquante qui faisait se connecter des points jusque-là éparpillés dans son esprit. La mère, entrevoyant l'impact de ses mots, ajouta avec un soupir : « La vie est parfois tissée de coïncidences douloureuses, n'est-ce pas ? » Elle cogna à la porte de sa fille pour annoncer ses amies. « Elle a besoin de vous », leur rappela-t-elle.

Samueli avait observé la réaction de son amie et posa une main réconfortante sur son épaule. « Neïla, ça va ? » demanda-t-elle. Son inquiétude était clairement audible.

Neïla était secouée, mais elle ne comprenait pas pourquoi. Elle garda néanmoins son calme et répondit d'une voix faible mais ferme : « Oui, allons voir Bertina. » Ensemble, elles poussèrent la porte de la chambre.

La pièce, étonnamment ordonnée, était un sanctuaire de travail et transpirait le désarroi. Sur la table de chevet, un amas de papiers et de documents rappelait les révisions intensives de Bertina pour les concours à venir. Lorsque Samueli et Neïla entrèrent, elles trouvèrent Bertina allongée sur son lit, immobile, les yeux rougis par les larmes.

Samueli, inquiète, s'approcha du lit. « Bertina, qu'est-ce qui ne va pas ? Pourquoi as-tu tant pleuré ? » demanda-t-elle, s'asseyant sur le bord du lit. À cette question, Bertina se retourna vers elles, son visage marqué par la détresse, et éclata en sanglots. Les mots lui échappèrent dans un flot de larmes. « C'est Madelson... »

Neïla, confuse et inquiète, s'avança avec difficulté vers le lit. « Qu'est-ce que Madelson a fait ? Pourquoi es-tu si bouleversée ? » Le choc fut brutal lorsque, entre ses pleurs suffocants, Bertina parvint à articuler une réponse qui laissa Neïla et Samueli sans voix dans la petite chambre : « Je suis enceinte... et Madelson ne répond plus à mes messages. »

Comme si elles avaient reçu un coup, ses deux amies digéraient la nouvelle, estomaquées. Après un moment, Bertina reprit, sur un ton vacillant de colère et de peur : « Je lui ai expliqué la situation, et il m'a insultée... il m'a dit que j'étais juste une petite fille qui ne savait pas compter son cycle menstruel. »

Neïla, choquée, ne put s'empêcher de demander, les mots s'échappant presque malgré elle : « Comment est-ce possible ? » Samueli répondit, avec un brin d'humour : « Neïla, ne me dis pas que tu ne sais pas comment on fait des bébés ? »

Neïla lui lança un regard à la fois amusé et agacé avant de répliquer :

« Bien sûr que si, je ne savais juste pas que Bertina et Madelson avaient une histoire ensemble, au point d'en arriver là.

— C'était un secret de polichinelle, mais on espérait que ça se passerait mieux pour eux », soupira Samueli.

Bertina, essuyant ses larmes, parvint à esquisser un faible sourire de gratitude. « Merci d'être venues... Ça signifie beaucoup pour moi. » Sa voix, bien que brisée par l'émotion, manifestait un immense soulagement d'avoir ses amies à ses côtés dans un moment aussi difficile.

Elle essaya de sourire à travers ses larmes et rajouta : « Merci, les filles... Je ne sais pas quoi faire maintenant. »

Après un silence attristé, elle essuya les dernières gouttes qui perlaient sur son visage d'un geste simple puis fixa Neïla et Samueli avec assurance. « Je vais avorter, déclara-t-elle simplement. Je ne peux pas laisser cet incident ruiner mon avenir, surtout après le comportement de Madelson. J'ai tout fait pour lui, au point de prendre de gros risques, et voilà comment il me remercie... »

Alors Samueli prit une profonde inspiration, elle cherchait ses mots avec soin, consciente de la sensibilité du sujet :

« Bertina, je comprends que tu te sentes trahie et que tu veuilles protéger ton avenir, mais es-tu certaine de vouloir prendre cette décision si rapidement ? C'est un choix délicat, tu sais comment sont vues les filles qui avortent, et sans parler des risques pour ta santé, qui sont énormes.

— L'avortement, c'est compliqué ici, tu le sais, ajouta doucement Neïla. Cela peut être dangereux, et il n'y a pas beaucoup de soutien, ni médical ni psychologique. Mais on est là pour toi, Bertina. Quelle que soit ta décision, on te soutiendra. »

Bertina secoua la tête, les yeux brillants de nouvelles larmes retenues. « Je sais que c'est risqué, et je sais que beaucoup de gens ici voient ça comme un péché... Mais je ne me sens pas prête à être mère, surtout pas dans ces conditions. Madelson ne prendra jamais ses responsabilités, pourquoi devrais-je subir seule les conséquences de ce qu'aucun de nous deux n'a souhaité ? »

Samueli s'assit plus près de Bertina et prit sa main.

« C'est vrai, et c'est ton droit de choisir. Mais faisons les choses correctement. Cherchons un professionnel compétent, quelqu'un en qui nous pouvons avoir confiance. Ne prenons pas de risques inutiles avec ta santé.

— Et parlons-en à une personne qui comprendra vraiment ce que cela implique, renchérit Neïla. On doit penser à toutes les options, à tout ce que cela entraîne. »

Bertina écoutait attentivement ses amies. Un sourire furtif s'immisça sur son visage gonflé par les pleurs. « Vous avez raison. Je vais prendre le temps de réfléchir à tout cela et de chercher de l'aide.

Je ne veux pas agir sur un coup de tête. Merci encore d'être là pour moi. »

Les trois amies restèrent un moment sans parler. Dans cet échange muet transparaissait leur solidarité inébranlable.

Samjayi, Sébastien : 25 juillet

Dans la petite salle d'étude aménagée de la maison des Benyô, la nervosité montait tandis que Samjayi, les doigts blanchis par la craie, tentait laborieusement d'expliquer un exercice de mathématiques sur le tableau noir éraflé. À chaque erreur, il effaçait frénétiquement ses calculs, sous le regard inquisiteur de Sébastien.

« Tu te rends compte que tu as tout faux, Samjayi ? » lança-t-il. Son ton mi-amusé mi-exaspéré exacerba l'agacement de son ami.

Samjayi, à bout de nerfs, jeta la craie sur la table avec un soupir de frustration. « Franchement, Sébastien, je ne sais pas ce que tu me veux, mais c'est toi qui dois préparer de nouveaux concours, pas moi. »

Un petit rire jaune échappa à Sébastien.

« Tranquille, Samjayi. Je voulais juste que tu m'aides à réviser.

— Vraiment ? s'irrita Samjayi. Depuis le début, on ne peut pas dire que tu aies effectivement besoin d'aide. »

Le ton glacial de Samjayi retentit dans la modeste pièce, s'infiltrant dans chaque recoin comme une brume froide. Sébastien s'adossa contre un bureau, croisant les bras, son visage fermé dissimulait mal sa crispation intérieure.

« Tu sais quoi, Samjayi ? J'ai peut-être besoin d'aide, mais pas pour les raisons que tu crois. » Ses mots devinrent à peine audibles tant il avait baissé la tonalité de sa voix, et un voile de sérieux avait assombri son visage jovial. « Je veux juste comprendre comment toi, parmi tous les gens que je connais, tu as réussi là où moi j'ai échoué. »

Samjayi, assis sur une chaise, le regarda intensément, mesurant ses mots : « Tu insinues quoi exactement, Sébastien ? Que ma réussite n'est pas méritée ? »

Les questions directes de Samjayi provoquèrent un éclat de défi dans les yeux de Sébastien. « Non, pas exactement. Mais disons que j'ai du mal à croire que tout a été… juste. »

Dans l'espace restreint de la salle, les mots de Sébastien tombaient comme des pierres dans un étang déjà agité, générant de dangereux remous. « Écoute, Samjayi, je n'ai rien contre toi. Je veux juste comprendre », ajouta-t-il.

Samjayi, dont le visage se déformait sous l'effet de la colère, se leva brusquement, les poings serrés. « Comprendre quoi exactement ? Que j'ai raté le concours de l'école de commerce ? Que mon père a joué de ses relations pour me faire entrer quand même ? » Sa voix était rauque, pleine de frustration retenue.

Avant que Sébastien ne puisse répliquer, Samjayi poursuivit : « Oui, c'est vrai. J'espère que tu es content, maintenant. Mais ce n'est pas ça qui va t'aider à réussir un concours. » Sa voix s'était adoucie malgré lui, elle était maintenant teintée de tristesse.

La réponse de Sébastien fut alors d'une spontanéité désarmante : « Pourquoi ne nous l'as-tu pas dit ? » La question se fit entendre non seulement dans la salle d'étude, mais résonna aussi au plus profond de lui-même, ébranlant des vérités longtemps enfouies.

« Qu'est-ce que ça peut bien vous faire ? soupira Samjayi, le regard fixé sur le tableau noir. Ça ne change rien pour vous. Ce n'est pas comme si j'avais voulu tout ça. » Il y avait dans sa façon de s'exprimer un mélange de résignation et de justification, comme s'il essayait de convaincre Sébastien tout autant que lui-même.

Sébastien, touché par l'authenticité de son ami, baissa les yeux. « Tu as raison, ça ne nous concerne pas. Je suis désolé pour tout ça, c'est juste la frustration de mon échec qui prend le pas sur ma raison. » Il marqua une pause.

Samjayi, voyant l'effort sincère de son ami pour le comprendre, esquissa un sourire mélancolique.

« Je suis désolé pour toi aussi. Au moins, tu as la possibilité de réussir un autre concours que tu auras choisi, intelligent comme tu es.

— Merci, Samjayi, mais pourquoi tu penses que tu n'as pas le choix ? l'interrogea Sébastien, compatissant. Avec toute la fortune de ton père, tu pourrais prendre n'importe quelle direction. »

Samjayi, le regard las, secoua la tête doucement. Une lueur d'amertume traversa brièvement ses yeux.

« Ça, c'est ce que tu penses. Mais en réalité, je n'ai pas vraiment mon mot à dire. C'est mon père qui contrôle tout. Je suis juste supposé suivre le chemin qu'il a tracé pour moi.

— Mais tu as eu le meilleur encadrement possible, non ? répliqua Sébastien. Si tu te donnais un peu plus, si tu avais plus de volonté, tu verrais que les choses pourraient certainement être plus simples pour toi. » Il soupira, une pointe d'abattement colorant ses mots.

« Chez nous, on n'a pas tous ces privilèges. Je dois me battre tout le temps, et seul, si je veux arriver quelque part.

— Ce n'est pas aussi simple, Sébastien. Au moins, tu as ton père qui est vraiment là pour toi, et en plus, il est professeur. Ça a dû t'aider, non ? Moi, j'ai un père qui a des moyens, oui, mais qui agit envers moi plus comme un directeur que comme un père. »

Les deux amis se regardèrent, mesurant le fossé creusé entre eux par leurs circonstances de vie si différentes, mais prenant également conscience des défis communs qui les unissaient. Après lui avoir laissé le temps de réfléchir à tout cela, Sébastien posa une main sur l'épaule de Samjayi.

« Peut-être que tu devrais commencer à envisager de te lancer dans ce que tu souhaites vraiment faire, et non dans ce que les autres attendent de toi.

— Tu as raison. Il est temps que je prenne ma vie en main, même si ça doit défier les attentes de mon père. »

Après que Sébastien eut quitté la salle, Samjayi se retrouva seul, le calme soudain autour de lui l'oppressait. Les mots de son ami continuaient à le hanter, chaque phrase tourmentait sa conscience. Il s'approcha lentement du tableau noir, essuyant d'un geste machinal les traces de craie, ses tentatives ratées de résoudre les équations posées par Sébastien. Ses pensées se mirent à vagabonder vers sa propre vie, vers les choix qui avaient été faits pour lui, souvent sans son consentement.

Devant le tableau vide, Samjayi se sentit soudainement comme libéré des attentes qui avaient longtemps pesé sur ses épaules. Il repensait à ses fréquentations imposées, à ses passions refoulées, à ces moments où il avait laissé la facilité du conformisme étouffer ses propres désirs. Mais en ce jour d'été, quelque chose changea. Sébastien, avec ses paroles directes et sans filtre, avait allumé une étincelle en lui.

Se penchant vers la table, il saisit un morceau de craie et, dans un acte symbolique, écrivit sur le tableau noir non pas une formule mathématique, mais une promesse à lui-même : « Je choisis mon chemin. » Les mots, simples mais puissants, se détachaient sur le fond sombre de leur support et en occupaient tout l'espace.

Dans le silence de la salle d'étude, Samjayi prit une profonde inspiration il ressentait – et c'était inédit pour lui – une envie viscérale de liberté. Il s'était jusque-là toujours défini à travers les aspirations des autres pour lui, à travers les ambitions que son père forgeait pour son avenir, ou même à travers les normes d'une société qui valorisait la richesse et le statut social plus que l'authenticité personnelle. Mais ce soir-là, il comprit quelque chose de fondamental : il ne pouvait pas continuer à vivre pour les autres sans se perdre lui-même.

Fermement résolu, il éteignit les lumières de la salle et se dirigea vers la sortie, chacun de ses pas répercutant sa nouvelle intention. Il savait que le chemin serait difficile, que défier les attentes de ses proches entraînerait des confrontations, peut-être même des pertes, mais il était prêt à accepter cela pour son droit à mener sa propre vie.

Alors qu'il refermait la porte, laissant derrière lui la craie et le tableau, une lueur de détermination brillait dans ses yeux. Pour la première fois depuis longtemps, Samjayi ne se sentait pas seulement le fils de quelqu'un ou le bénéficiaire d'une richesse qu'il n'avait pas cherchée ; il se sentait maître de son destin. Peut-être que demain, ou après-demain, il rencontrerait d'épineux obstacles, mais il savait que chaque pas en avant pour les dépasser serait véritablement le sien, et cela faisait toute la différence.

## Neïla, Thaïma : 25 juillet

Thaïma entra précipitamment dans le salon, son cœur battait la chamade. L'endroit était étrangement calme et vide. Elle appela Zaria et Maketa, mais aucune réponse ne vint troubler la quiétude du lieu, qui semblait sans vie. C'est alors que Neïla, l'air morose, apparut en sortant de la chambre de ses sœurs. Elle salua Thaïma, son visage triste. « Bonsoir maman, Zaria n'est pas encore rentrée. »

Avant que Neïla ne puisse continuer, Thaïma l'interrompit, angoisse et frustration s'étaient emparées d'elle.

« Comment ça, elle n'est pas encore rentrée ? Elle rentre beaucoup trop tard ces jours-ci. Elle va m'entendre ! Et Maketa, où est-elle ?

— Maketa est malade. Elle a un peu de fièvre, je suis restée à son chevet », répondit Neïla.

Thaïma accompagna sa fille dans la chambre où la petite se reposait.

« Qu'est-ce que tu lui as donné comme médicament ?

— Du paracétamol. »

En entrant dans la pièce, Thaïma constata le désordre habituel. Le lit superposé que Zaria et Maketa partageaient était encombré des affaires de Zaria, laissant peu de place pour sa jeune sœur. Maketa, allongée sur le lit du bas, donnait l'impression d'être épuisée. Thaïma toucha son front, brûlant, puis son cou.

« Comment te sens-tu, ma chérie ? demanda-t-elle doucement.

— Je vais bien, maman », répondit faiblement Maketa.

L'inquiétude de Thaïma était patente. Elle se tourna vers Neïla. « Elle doit avoir attrapé le paludisme. Il faudra acheter des médicaments en conséquence. » Prenant une profonde inspiration, elle ajouta : « Neïla, viens avec moi. Il est temps que nous parlions. »

Elles se dirigèrent vers la chambre parentale. Une fois à l'intérieur, la mère se tourna vers sa fille avec une expression grave. « Nous devons parler de la proposition de mariage de Joseph. »

Un sourire ironique se dessina sur les lèvres de Neïla. « Enfin, ce n'est pas trop tôt... Pourquoi as-tu tant traîné pour m'en parler alors que papa l'a évoquée depuis un moment ? »

Thaïma était visiblement troublée par cette remarque. « J'avais besoin de temps, de trouver les mots justes pour t'en parler, c'est un sujet délicat, Neïla. » Elle peinait à garder son calme, mais finit par lui apprendre : « Le pasteur Daniel m'a conseillé de m'opposer à ce mariage. Il a eu une vision, des choses terribles entourent cette union. Je voulais également être sûre de la volonté de Dieu avant de te parler. »

Neïla, perplexe, demanda des explications. Thaïma lui donna alors les détails qu'elle avait reçus du pasteur Daniel.

« Merci, maman. Merci, ça me rassure tellement de savoir que tu es contre. J'espère que papa entendra raison, dit Neïla avec un soupir de soulagement.

— Je saurai le convaincre », répondit sa mère.

Après un moment de silence, tandis qu'elles cherchaient quelle suite donner à la conversation, Neïla marqua une courte pause et demanda : « Maman, est-ce que tu connaissais Yeleen ? » Thaïma plissa les yeux, fouillant sa mémoire. « Non, je ne crois pas. Pourquoi ? »

Neïla hésita un instant.

« Il s'agit de l'ancienne femme de Joseph.

— Qui t'a parlé d'elle ? demanda Thaïma, surprise.

— La mère de mon amie Bertina, c'était sa camarade de classe en école de médecine. »

Thaïma se souvenait maintenant vaguement. « Ah oui, à présent que tu le dis, ça me revient. Je ne l'ai pas vraiment connue. C'était il y a tellement longtemps. À l'époque, Joseph et Ruben venaient de se rencontrer. Joseph était un jeune homme très ambitieux, qui se cherchait encore dans les affaires. Sa femme, Yeleen, avait eu un grave accident. Un jour, j'étais allée chercher Ruben à l'hôpital, où il soutenait Joseph. J'étais avec Gamal, qui était encore enfant, et toi, tu étais dans mon ventre. Je me souviens l'avoir juste aperçue, allongée dans son lit d'hôpital. Peu de temps après, elle est morte. C'est tout ce que je sais d'elle. Pourquoi veux-tu savoir cela, ma chérie ? »

Neïla évita le regard de sa mère et posa une main sur son front. « Juste comme ça, maman. J'ai un peu mal à la tête, je vais prendre du paracétamol, moi aussi. »

Thaïma soupira, elle fronça légèrement les sourcils. « Ça doit être la saison du paludisme. Je prendrai des médicaments pour toi en plus de ceux pour Maketa. » Elle marqua une pause, puis ajouta doucement : « Neïla, nous devons aller à l'église pour que le pasteur annule toute présence spirituelle nocive autour de toi. Je ne sais pas si le pasteur Isaac… »

L'évocation de cet homme malsain fit immédiatement bouillonner de colère le cœur de Neïla. Ses poings se serrèrent sur les accoudoirs de son fauteuil.

« Pourquoi le pasteur Isaac, maman ? lança-t-elle, les yeux brillants de rage. N'as-tu pas vu ce qu'il m'a fait ?

— De quoi parles-tu, Neïla ? » demanda Thaïma, alarmée.

La jeune fille prit une profonde inspiration, luttant pour contrôler ses émotions. « Ses comportements inappropriés, maman. Le pasteur Isaac m'a touchée de manière abusive à plusieurs reprises. »

Le visage de Thaïma blêmit à cette révélation. Elle secoua la tête, refusant d'y croire. « Tu dois avoir mal interprété ses gestes. Le pasteur Isaac est un homme de Dieu. Il ne ferait jamais une chose pareille. »

La frustration de Neïla atteignit son paroxysme. « Maman, quand il s'agit de l'église, on ne te reconnaît plus ! Tu es plus investie pour la paroisse que pour ta propre famille. Tu fermes les yeux sur tout ce qui se passe là-bas ! »

Ces mots, d'une cruelle vérité, frappèrent vivement Thaïma, laissant une douleur sourde s'installer en elle. Dans un geste impulsif, elle gifla Neïla. Le bruit sec de la claque se fit entendre dans la pièce, provoquant dans son sillage de la stupeur. Thaïma regretta aussitôt son geste, mais ne voulut pas montrer de faiblesse face à sa fille. Elle lui répliqua sèchement : « Ne me parle pas ainsi, Neïla. Je vais à l'église avant tout pour notre famille, pour vous protéger. »

Elles restèrent un moment dans le calme atterrant qui règne après une telle tempête, leurs respirations presque synchronisées, chacune tentant de comprendre l'autre et de trouver une issue à ce conflit déchirant.

Mais aucune larme ne coula cette fois. Au lieu de cela, une ferme résolution naquit et grandit en Neïla. Elle décida que, malgré son handicap, malgré les attentes et les pressions de sa famille, elle ne se laisserait plus jamais imposer des choix. Elle prendrait son destin en main, quoi qu'il lui en coûte.

« Maman, commença-t-elle, brisant le silence avec assurance, je n'irai pas à l'église pour que l'on prie pour moi. Je suis capable de décider quand et comment je veux prier. J'irai à l'église lorsque je ressentirai le besoin d'y aller, et pas avant. »

Ces paroles, pleines de défi et de courage, laissèrent une empreinte puissante dans la pièce. Thaïma, effarée par la déclaration de sa fille, se raidit sur place, incapable de trouver les mots. L'intensité du regard de Neïla lui fit comprendre que quelque chose avait changé, que sa fille ne serait plus jamais la même.

Neïla sentit un intense frisson de libération parcourir son corps. Elle était prête à affronter le monde. Son cœur battait fort, non pas de peur, mais d'excitation.

Thaïma, les yeux grands ouverts, finit par murmurer : « Neïla... »

Mais Neïla, avec une sérénité qu'elle n'avait jamais ressentie auparavant, répondit : « C'est moi qui décide maintenant, maman. Je t'aime, mais je ne peux plus vivre uniquement selon tes choix. »

Sur ces mots, Neïla tourna doucement son fauteuil roulant et se dirigea vers la porte. Elle savait que son chemin vers l'autonomie serait semé d'embûches, mais pour la première fois depuis longtemps, elle se sentait libre et maîtresse de son destin.

Thaïma resta un instant déconcertée. Étrangement, elle était également fière de la force de caractère dont venait de faire preuve sa fille. Elle comprit que ce moment décisif entre elles marquait un tournant. Leur relation allait changer, évoluer, et peut-être, dans cette transformation, trouveraient-elles une nouvelle forme de compréhension et de respect mutuels.

## Skylas, Gamal : 26 juillet

Dans le lounge au décor moderne et cosy, des lumières douces, violettes et blanches, se répandaient sur les canapés aux tons clairs, créant un décor à la fois élégant et invitant à la détente. Les murs au style contemporain, décorés de briques blanchies et de quelques étagères minimalistes garnies de plantes, ajoutaient une touche de fraîcheur. L'air conditionné bruissait doucement au-dessus de leur tête, combattant la chaleur extérieure.

Skylas, manipulant habilement le charbon sur le foyer d'une chicha, surveillait le dégagement de la fumée parfumée tout en discutant avec Gamal. Ce dernier, affalé à côté, jetait des coups d'œil discrets aux écrans de télévision qui diffusaient différents matchs sportifs. Sur la table basse, un plateau de viande grillée et de bananes plantain frites était régulièrement picoré par le jeune homme.

« Donc comme ça, tu aimerais que je t'aide à te débarrasser des locataires ? demanda Gamal, un soupçon de méfiance dans l'intonation.

— Oui, cet immeuble a un gros potentiel qui est actuellement gâché, répondit Skylas sans lever les yeux de la chicha.

— Et comment je suis censé faire ça ? » reprit Gamal avec scepticisme.

Skylas fit une pause, réajusta le charbon et répondit avec froideur : « On doit trouver une solution, par tous les moyens. »

Gamal, cherchant à mesurer la profondeur du plan que lui avait brièvement présenté Skylas, insista :

« Ton père est au courant au moins ?

— Non, mais je saurai le convaincre, pas de souci à ce niveau », rétorqua Skylas. Il ouvrit un porte-documents posé sur la table et en sortit un business plan détaillé. Il étala les documents devant Gamal, lui montra les projets de rénovation envisagés pour transformer les logements délabrés en appartements meublés haut de gamme.

« Regarde, vu le piteux état actuel de l'immeuble et des gens qui y vivent, ça ne me donne pas envie d'y retourner », dit Skylas en pointant du doigt les chiffres et les projections financières, son visage illuminé par l'excitation d'un profit potentiel.

Gamal examina les documents un moment, puis secoua la tête.

« Les trucs d'intellos, ce n'est vraiment pas pour moi. Mais je vois où tu veux en venir.

— C'est une opportunité en or, Gamal, rebondit Skylas. Et avec ton aide, on pourra réellement faire quelque chose de grand. »

Gamal savait que Skylas était conscient des difficultés financières dans lesquelles lui-même se trouvait, du fait qu'il était sans emploi et n'avait personne sur qui compter. Refuser cette offre serait difficile pour lui, les deux amis le savaient pertinemment. Skylas avait en outre soigneusement choisi ses mots et ses arguments, exploitant subtilement la situation de Gamal pour le convaincre.

Après un temps d'analyse, Gamal soupira et répondit :

« Très bien, Skylas. Je suis partant. Mais souviens-toi, si ça tourne mal, je ne porterai pas le chapeau seul.

— Ne t'inquiète pas, Gamal. Ensemble, on va réussir. » Skylas souriait, satisfait. Il fit glisser quelques billets sur la table. « Chaque locataire dehors, une prime pour toi », annonça-t-il, les yeux brillant d'une assurance calculatrice.

Gamal observa les billets attentivement, les saisit et les rangea directement dans sa poche. Le besoin d'argent était plus fort que tout pour lui, mais il prit une longue gorgée de sa bière avant de poser la question qui le taraudait néanmoins : « Et les locataires, une fois dehors, ils deviennent quoi ? »

Skylas haussa les épaules, indifférent. « Ce n'est pas notre problème. D'ailleurs, ils devraient saisir l'occasion pour améliorer leur situation au lieu de se lamenter sur leur sort, comme toujours. » Gamal frissonna légèrement à cette remarque. « Tout le monde n'a pas le luxe de choisir, Skylas. Parfois, les gens sont piégés par des circonstances qu'ils ne peuvent pas contrôler. »

Avec un fond de suspicion dans le regard, Skylas répliqua rapidement : « On a toujours le choix, Gamal. Regarde autour de toi, ceux qui réussissent sont ceux qui travaillent dur. J'ai un ami qui est né dans les taudis, il est parti de rien et maintenant il a une maison et une affaire qui tourne à plein régime, juste parce qu'il a travaillé au lieu de rejeter la faute de son malheur sur les autres. » Il marqua une pause. « Et toi, tu as fait le bon choix en acceptant de t'associer à moi. »

L'air se chargea d'un silence pesant, camouflé artificiellement par la musique d'ambiance qui changeait de rythme. Gamal, sentant la tension monter, prit une autre gorgée de bière avant de trancher.

« Écoute, Skylas, je ne suis pas là pour philosopher sur le mérite ou la paresse. Je verrai ce que je peux faire.

— Très bien, répondit le jeune homme, avec un air de triomphe. Mais souviens-toi, il y a beaucoup à gagner ici. Ne laisse pas tes sentiments interférer avec les affaires. »

Gamal fixa Skylas un instant. Il savait qu'il avait raison sur un point : ce marché était pour lui une opportunité en or, et malgré ses réserves morales, il ne pouvait se permettre de le laisser passer. Il soupira, résolu. « D'accord, je m'en occupe. »

Skylas sourit, satisfait. « Parfait. Ensemble, on va transformer cet immeuble et en tirer un profit énorme. »

Leur alliance fut scellée par une poignée de main ferme. Une fois ce geste accompli, les deux hommes se détendirent légèrement. Gamal, en dépit de ses doutes, sentait une étincelle de confiance s'allumer en lui. Le plan était en marche, et il savait qu'il n'avait plus le choix : il devait saisir l'occasion qui s'offrait à lui pour gagner de l'argent, des revenus dont il avait cruellement besoin.

Un peu plus tard, ils quittèrent le lounge. Dehors, dans la rue animée, les lumières jaunes des réverbères baignaient la rue d'une lueur chaude apaisante, contrastant avec l'agitation de la ville où des vendeurs ambulants exhibaient bruyamment chaussures, vestes et cravates. Certains commerçants tenaient à bout de bras des chemises soigneusement pliées, les présentant avec une ardeur chaque fois renouvelée à la foule des passants pressés. Skylas refusa l'offre d'un vendeur d'un geste poli mais distant, et se tourna vers Gamal avec une nonchalance calculée.

Il lui tendit une fiche contenant des informations sur les locataires. « Tiens, tu en auras besoin », dit-il. Avec un sourire provocateur, il ajouta : « Au fait, j'imagine que tu n'es pas au courant, mais ta sœur Neïla va bientôt se marier. »

Sa voix comportait une pointe de suffisance, et il observait attentivement la réaction de Gamal. Ce dernier s'arrêta brusquement au milieu de la rue, son visage s'assombrissant immédiatement. « Ne plaisante pas avec ça, Skylas. Il s'agit de ma sœur. Ce n'est pas drôle. »

Voyant que Gamal prenait la nouvelle au sérieux, Skylas leva les mains en signe de paix. « Calme-toi, je ne plaisante pas. Mon frère en parlait l'autre jour, et vu comme ils sont proches, ça ne peut pas être inventé. » Skylas raconta alors tous les détails qu'il avait entendus de la part de Samjayi concernant la proposition de mariage.

L'information sembla frapper Gamal comme un uppercut. Dans un geste de frustration, il donna un violent coup de pied dans une bouteille en plastique qui traînait au sol, l'envoyant valser dans la pénombre. « Comment le vieux peut-il laisser faire ça ? Neïla n'est pas un pion à marier pour arranger ses affaires ! »

Le visage de Gamal était marqué par la colère, mais aussi par une inquiétude sincère pour sa sœur. Après un moment, il souffla, essayant de retrouver son calme. « J'ai besoin de réfléchir. Je vais marcher un peu seul, Skylas. »

Celui-ci acquiesça, il comprenait la gravité de la situation pour son ami. « D'accord, prends ton temps. Et n'oublie pas ce que l'on s'est dit. »

Gamal s'éloigna lentement. Son allure imperceptiblement vacillante attestait de son désarroi. Skylas resta seul un moment, à regarder les passants qui continuaient leur soirée, insouciants des drames personnels qui se jouaient à côté d'eux. La nuit continuait à s'étendre. Elle enveloppait la ville dans l'obscurité, parfois menaçante, mais surtout accueillante pour ceux qui cherchaient à fuir leurs pensées.

Gamal, les nerfs à vif et la colère battant à tout rompre dans ses veines, décida qu'il était temps pour lui de se confronter à son père. Il jeta un coup d'œil à sa montre et se rendit compte qu'il était déjà tard, mais la rage qui l'animait le poussa à tenter sa chance malgré tout. Il marcha rapidement vers le magasin de Ruben, son esprit en proie à un tourbillon d'émotions.

La grille métallique du magasin était descendue mais pas complètement fermée, laissant le passage d'un homme. À travers l'interstice, il observa de la lumière. Intrigué et alerté par cette configuration anormale, il se baissa pour passer sous la grille et frappa bruyamment à la porte tout en appelant son père à haute voix.

« Le vieux ! C'est Gamal, on doit s'expliquer ! » cria-t-il. Aucune réponse ne vint, hormis des bruits suspects de quelque chose qui tombait et de pas précipités.

Cette fois véritablement alarmé, Gamal força la porte, la poussant avec toute la vigueur de son corps robuste. La porte céda dans un grincement. Il entra précipitamment, appelant de nouveau : « Il y a quelqu'un ? » Un cri paniqué lui parvint de l'arrière du magasin. « Il n'y a pas d'argent ici, on est déjà parti avec la caisse », glapit une voix tremblante.

Gamal chercha rapidement l'interrupteur et l'enclencha. L'éclairage cru des néons révéla la présence d'un homme tenant dans ses mains une carte informatique, à côté d'une imprimante qui gisait au sol. Gamal écarquilla les yeux. « Je te reconnais ! Que fais-tu ici ? »

Mamoudou, surpris et visiblement paniqué, balbutia en reconnaissant lui aussi Gamal : « Que… que fais-tu ici ? On t'a envoyé t'occuper de moi ? »

L'aura hostile de Gamal semblait emplir la pièce. Il s'approcha d'un air menaçant. « Je t'ai posé la même question. Sache que je suis le fils du propriétaire, alors tu as intérêt à me dire ce que tu fous là, et tout de suite ! » Mamoudou, acculé, laissa tomber la carte informatique qu'il tenait encore. Les yeux vers le sol, il se confessa : « Je… j'ai des problèmes d'argent. Quelqu'un m'a offert un peu plus pour chaque panne que je provoquerais. Je ne voulais pas… je ne savais pas quoi faire. »

Le cœur de Gamal se serra à ces mots. Son regard se durcit en comprenant l'escroquerie dont était victime son père, mais il pouvait percevoir la détresse dans les yeux de Mamoudou, qui n'était pas fier de lui. La colère laissa place à un sentiment d'amertume, il savait à quel point les situations désespérées pouvaient pousser les gens à commettre des actes répréhensibles. Toutes les révélations de la soirée l'avaient profondément bouleversé, et Gamal se sentait désormais partagé entre une rancœur tenace et une compréhension nouvelle des événements. Mais il savait qu'il devait prendre les décisions qui s'imposaient, même si elles s'avéraient difficiles.

## Samira, Mamoudou : 28 juillet

Dans la cuisine extérieure de sa maison, Samira était assise sur une petite chaise, manipulant habilement son téléphone tout en jetant régulièrement un œil sur la casserole qui mijotait doucement sur le feu. Concentrée sur son écran, elle fut surprise par le visage triste de Mamoudou qui passait rapidement dans la cour devant elle sans la voir.

« Mamoudou ! Comment ça va ? » l'interpella-t-elle.

Il sursauta légèrement, visiblement pris de court.

« Oh ! Samira, je ne t'avais pas vue. Je... je vais bien, merci. Et toi, comment ça va ? répondit-il avec un sourire quelque peu forcé.

— Ça va, mais toi, tu as l'air préoccupé, non ? »

Les épaules de Mamoudou s'affaissèrent. Il prit un air encore plus sombre.

« Est-ce que ta maman est là ?

— Oui, elle est là. » Samira baissa l'intensité du feu et se leva pour l'accompagner à l'intérieur.

Ils entrèrent dans le salon. Fatimatou, la mère de Samira, était allongée sur le canapé, les yeux fermés. Elle se redressa en entendant leurs pas.

« Ah ! Mamoudou, ça fait longtemps. Comment vas-tu ?

— Bonjour, maman. Pas très bien, je dois l'avouer », dit-il en s'asseyant nerveusement sur une chaise.

Samira alla chercher du thé et des beignets de riz qu'elle déposa sur la table basse avant de s'installer à côté de sa mère. Mamoudou, visiblement mal à l'aise, prit une profonde inspiration avant d'entrer dans le vif du sujet.

« J'ai eu quelques soucis au boulot… et il se pourrait que je doive quitter mon appartement bientôt. J'aimerais savoir si je pourrais faire venir mes deux premiers garçons ici, au moins temporairement. »

Fatimatou se redressa davantage, effarée. « Quitter ton appartement ? Mais pourquoi ? Que se passe-t-il exactement, Mamoudou ? » Il baissa les yeux, il peinait à trouver les mots.

« C'est compliqué… Disons simplement que les choses ne se passent pas comme prévu et je n'ai plus les moyens de payer le loyer.

— Et Bakary ? demanda-t-elle, paniquée. Ne peut-il pas vous laisser rester un moment, au moins jusqu'à ce qu'Aïssé ait accouché ? » Mamoudou secoua la tête, l'air encore plus abattu. « Ce n'est plus Bakary qui gère les appartements. C'est le fils du grand patron maintenant, et il n'est pas aussi compréhensif. »

Fatimatou soupira profondément. « Les riches sont toujours ainsi, comme si Dieu les avait privés de cœur. »

Samira, les bras croisés, regardait fixement Mamoudou.

« Et toi, qu'est-ce que tu comptes faire ?

— Je ne sais pas encore, admit-il. Peut-être retourner au village avec Aïssé et le petit dernier en attendant de voir. Mais les deux autres garçons doivent rester ici pour continuer l'école. »

Samira sentit la colère monter en elle, mais se força à garder son calme. Elle rageait intérieurement contre Mamoudou, convaincue qu'il n'était qu'un incapable, qu'aller au village ne ferait qu'enfoncer davantage sa sœur dans la misère.

Sa mère tenta une autre approche. « Ne pouvons-nous pas aller voir ce grand patron pour lui expliquer la situation ? Ils ne peuvent pas être tous mauvais, non ? » Mamoudou secoua la tête.

« Je ne le connais pas et je ne sais même pas où il habite.

— Tu pourrais demander à Bakary, non ? » intervint sèchement Samira.

Mamoudou opina et sortit son téléphone pour appeler Bakary. Après un court échange, il raccrocha et annonça, visiblement à cran : « Le grand patron, c'est Etiema Benyô. Je l'ai déjà vu en plus. C'est un homme méprisant que je préfère éviter. »

Samira resta figée un instant. *Etiema Benyô... c'est le père de Samjayi*, pensa-t-elle avec stupeur.

« Tu ne peux pas le revoir pour insister ? demanda Fatimatou, l'air triste.

— Non, je ne souhaite vraiment pas avoir affaire à lui, dit Mamoudou. Je vais me débrouiller autrement. »

Il réitéra sa demande initiale :

« Maman, pourriez-vous garder mes enfants ?

— D'accord, Mamoudou, pas de problème, accepta-t-elle.

— Si tu ne veux pas aller chez Etiema Benyô, je m'en chargerai, moi, déclara Samira, exaspérée. Je connais la maison de ce monsieur, je n'aurai pas besoin de ton aide.

— Fais comme bon te semble », répliqua Mamoudou, agacé par le ton de reproche de Samira.

Tout en remerciant chaleureusement sa belle-mère et sa belle-sœur, il se leva pour partir. « Merci pour tout, vraiment. Je suis désolé de vous imposer ça », dit-il, plein d'émotion. Fatimatou afficha un sourire triste. « Nous ferons de notre mieux, Mamoudou. Que Dieu nous aide. »

Après son départ, Samira remarqua que les yeux de sa mère s'embuaient, une larme roulant lentement sur ses joues fatiguées. Elle s'approcha et prit doucement ses mains. « Ne t'inquiète pas, maman. Nous trouverons une solution pour les enfants et pour Aïssé. Je te le promets. »

Elle retourna à la cuisine et se rassit sur la petite chaise, réfléchissant à différentes manières d'agir. Soudain, une idée lui vint à l'esprit. Elle prit son téléphone et envoya un message à Samjayi : « Salut, j'ai vraiment besoin de te parler, c'est urgent. »

Quelques minutes plus tard, la réponse de Samjayi arriva : « Je ne peux pas trop parler là, je suis en train de déjeuner en famille. »

Samira ferma les yeux quelques instants, cherchant à puiser dans le courage qu'elle savait enfoui quelque part en elle. Elle décida que l'attente n'était pas une option. Elle retourna au salon où sa mère était restée assise, attristée. « Maman, on va aller directement voir chez les Benyô », annonça-t-elle avec résolution.

Sa mère hésita.

« Tu es sûre que c'est une bonne idée ? Même Mamoudou n'a pas voulu y aller, tu sais comment sont les riches, Samira.

— Nous devons essayer. Pour Aïssé, pour les enfants. Fais-moi confiance. »

Samira posa une main rassurante sur l'épaule de sa mère, qui ne put que céder. « Très bien. Mais laisse-moi au moins mettre de beaux habits. »

Vérifiant une dernière fois leurs tenues, Samira aida sa mère à ajuster son voile. « Ça va bien se passer », assura-t-elle en essayant de dissimuler ses propres doutes.

Elles sortirent de la maison et empruntèrent le petit chemin de terre qui menait à la route goudronnée, où elles hélèrent un taxi. Elles montèrent à l'arrière du véhicule, et Samira serra la main de sa mère dans la sienne. Elle faisait de son mieux pour paraître calme et confiante, ce qui rassura Fatimatou, impressionnée par l'assurance que sa fille dégageait. Même si au fond d'elle, Samira était en fait terrifiée. Elle savait cependant qu'elles n'avaient pas d'autre choix que de faire face à ce défi, pour le bien de leur famille.

Le taxi s'engagea sur la route, et Samira prit une profonde inspiration, déterminée à tout faire pour sauver sa sœur et ses neveux.

## Samjayi, Etiema, Skylas, Samira : 28 juillet

La famille Benyô s'était rassemblée autour de la grande table de la salle à manger pour un rare repas familial. La table, somptueusement garnie, avait été soigneusement préparée par Marie avec l'aide de la femme de ménage. Les arômes alléchants du poisson braisé, du riz à la sauce tomate et au poulet emplissaient la pièce, tandis que des boissons colorées ajoutaient une touche festive. Au centre de cette opulente disposition, une élégante bouteille de vin trônait devant Etiema, symbole de convivialité.

Celui-ci, assis à une extrémité de la table, observait la scène avec une fierté tranquille. À sa droite, sa femme rayonnait de plaisir, heureuse de cette réunion familiale. À sa gauche, Samjayi semblait captivé par son téléphone, tandis que Skylas s'exprimait avec passion. « Je pense que nous devrions investir davantage, papa, argumentait-il avec conviction. Les appartements meublés sont plus rentables et attirent des locataires de meilleure qualité. »

Etiema inclina la tête, un sourire à peine perceptible sur ses lèvres. « Tu es ambitieux, Skylas, et c'est une bonne chose. Nous devons en effet constamment nous renouveler. Cependant, les sommes que ton projet requiert sont élevées. Je veux te voir faire tes preuves avant de décider si je dois investir ou pas. »

Marie, légèrement agacée par le tour professionnel que prenait la conversation, intervint doucement, espérant préserver la sacralité du repas de famille. « Peut-on parler d'affaires après le repas ? Profitons plutôt de ce moment ensemble. » Puis, elle se tourna brusquement vers Samjayi. « Et toi, range ça ! Pas de téléphone à table. »

Samjayi, penaud mais obéissant, marmonna une excuse avant de glisser l'appareil dans sa poche. Etiema et Skylas, conciliants avec la maîtresse de maison, mirent fin à leur discussion. Le repas reprit de plus belle et Marie, souhaitant réorienter les échanges vers un sujet plus familial, demanda à Samjayi : « Alors, comment te prépares-tu pour la rentrée prochaine ? »

Ce fut le silence qui répondit d'abord à sa question. Samjayi, stressé, hésita. Depuis sa conversation avec Sébastien, ce sujet accaparait son esprit. La famille était réunie, et il sentit que c'était le moment idéal pour exprimer ses véritables désirs. Son cœur battait à tout rompre, ses mains tremblaient, mais il se décida. Baissant les yeux, il prit une profonde inspiration.

« En fait, maman, commença-t-il doucement, je ne veux pas aller à l'école de commerce. Je souhaite m'inscrire à la fac et prendre une année pour réfléchir à ce que je veux vraiment faire. »

Tous se figèrent autour de la table et tournèrent leurs regards vers lui, ébahis. Etiema éclata de rire, une réaction inattendue et inquiétante. « Tu vois, Marie ? Ton fils veut aller à la fac et faire comme il veut », se moqua-t-il ouvertement.

Soudain, en une fraction de seconde, Samjayi se retrouva au sol, renversé de sa chaise par une gifle violente de son père. Etiema, debout, fulminait de colère. « J'en ai marre de tes caprices et de ta crise d'adolescence ! hurla-t-il. Si tu veux faire ce que tu veux, quitte cette maison sur-le-champ ! »

Marie, pétrifiée par la scène, ne trouva pas les mots pour intervenir. Skylas détourna le regard, révélant l'ampleur du malaise qu'il éprouvait face à ce qui se déroulait sous ses yeux. Samjayi, à terre, sentit les larmes monter, mais il les retint. Il se releva lentement, le visage en feu.

« Je… je suis désolé, papa, balbutia-t-il.

— Tu n'es qu'un échec, Samjayi », ajouta son père avec un mépris évident.

Alors que le jeune homme se relevait péniblement du sol, le visage encore rougi par le coup autant que par la honte, la sonnerie de la maison retentit soudainement. La femme de ménage, alertée dans la cuisine, se précipita pour aller ouvrir le portail. Mais Etiema, toujours furieux, l'arrêta d'un geste brusque.

« Non, laisse, ordonna-t-il. Samjayi ira ouvrir. »

Ce dernier sentit une vague d'humiliation le submerger à nouveau. Blessé, en colère, et surtout envahi par un implacable sentiment de lâcheté, il se leva lentement. Chaque pas vers le portail était pour lui un rappel douloureux de son impuissance face à l'autorité écrasante de son père. Son cœur criait son dégoût, mais son esprit, paralysé par la peur, le forçait à obéir docilement sous les regards muets de sa mère et de son frère.

Il ouvrit le portail sans prêter attention à qui se trouvait de l'autre côté. Sa surprise fut immense lorsqu'il reconnut Samira, accompagnée d'une femme qui était probablement sa mère.

« Samira ? Qu'est-ce que tu fais là ? Tu me poursuis ou quoi ? demanda-t-il, son corps et son esprit encore marqués par l'altercation précédente.

— Je suis désolée d'arriver à l'improviste, mais c'est urgent. Et je ne suis pas venue pour toi, répondit vivement la jeune femme, tentant de dissimuler son propre désarroi derrière un masque de froideur.

— Ce n'est vraiment pas le moment, je te l'ai déjà dit, répliqua Samjayi, soucieux de ne pas attirer davantage la colère de son père. Tu dois partir maintenant, ajouta-t-il à voix basse. Je t'appellerai plus tard. » En retrait, la mère de Samira observait la scène, le visage baissé.

Skylas, étonné du temps que Samjayi mettait à revenir, apparut à l'entrée.

« Qu'est-ce qui se passe ici ? Qui est à la porte ? demanda-t-il avec autorité.

— Ce n'est rien, Skylas. Juste une amie qui s'apprêtait à partir. »

Mais Samira profita de cette opportunité pour pénétrer dans la cour. Elle pouvait maintenant apercevoir Skylas, qui les observait depuis la porte menant à l'entrée principale.

« Samira, tu ne peux pas rester ici, insista Samjayi, son angoisse augmentant plus que de raison.

— Je ne peux pas non plus partir, Samjayi, répondit-elle avec fermeté. C'est vraiment important. »

Skylas, intrigué par l'insistance de Samira, se tourna vers son frère. « De quoi parle-t-elle ? » Pris au dépourvu, Samjayi hésita un moment. « Elle... elle a quelques problèmes, mais rien d'important. »

Samira, les mains tremblantes, lui demanda alors à voir monsieur Benyô, le propriétaire de l'immeuble où vivait sa sœur. Skylas ne la lâchait pas du regard, s'approchant lentement d'elle tout en la détaillant de haut en bas, parcourant chaque courbe de son corps avec une arrogante curiosité. « Je vais m'en occuper, dit-il à Samjayi, sans détourner les yeux de Samira. Mon père est occupé et n'a pas le temps pour ces affaires. Si tu as un problème avec un immeuble, c'est moi qui gère. »

Fatimatou était entrée discrètement, mais elle était maintenant aussi résolue que sa fille. Elle arrêta la main de Samira qui, dans un élan de défi, refusait de baisser les yeux devant Skylas. D'un geste désespéré, elle se mit à genoux devant lui.

« Je vous en supplie, ne mettez pas ma fille Aïssé à la porte. Elle est enceinte. Donnez-lui le temps d'accoucher, nous paierons tout ce qu'il faut », implora-t-elle.

Samira fut instantanément envahie par une honte intense. Comment sa mère pouvait-elle s'humilier ainsi ? Elle prit doucement sa main, la suppliant de se relever. « Maman, lève-toi, s'il te plaît », dit-elle. Tout en elle soulignait sa gêne.

Les larmes commencèrent à couler sur le visage de sa mère, accentuant encore l'embarras de Samira. Skylas, visiblement mal à l'aise également, fit un pas en arrière.

« Madame, relevez-vous, s'il vous plaît, dit-il d'une voix moins assurée qu'auparavant. Je ne connais pas cette Aïssé, mais je promets de m'en occuper. Cependant, vous perturbez notre repas de famille. »

Se rapprochant de Samira, Skylas afficha un sourire en coin. « Donne-moi ton numéro. Nous en parlerons plus tard. Je te promets de jeter un œil à cette affaire. » Samira accepta, le contact visuel intense et la proximité que le jeune homme s'était permis ne la perturbaient pas. Elle nota son numéro d'une main tremblante, mais ses yeux ne cédèrent pas devant ceux de Skylas.

La mère de Samira, se relevant avec difficulté, le remercia avec sincérité. « Merci, merci beaucoup mon fils. » Elles s'en retournèrent vers le portail. En passant devant Samjayi, qui avait observé la scène sans broncher, Samira lança, agacée : « Tu n'es qu'un gamin. » Honteux, il ne répondit pas. Il referma la porte derrière elles et retourna à l'intérieur avec son frère. Un malaise évident flottait autour d'eux.

## Gamal, Ruben : 27 juillet

Le soleil venait à peine de se lever sur la ville, apportant avec lui la chaleur familière d'une nouvelle journée. Ruben était déjà debout, comme à son habitude, en train de préparer sa boutique pour l'ouverture. Cependant, une inquiétude diffuse le rongeait ce matin-là. Mamoudou n'était toujours pas arrivé. Mamoudou, toujours si ponctuel, si fiable. Quelque chose clochait, et Ruben le sentait.

Alors qu'il arrangeait les articles sur les étagères avec des gestes automatiques, la porte s'ouvrit lentement. Ruben leva les yeux, et son cœur manqua un battement. Gamal se tenait là, statique, dans l'encadrement de la porte. Ruben sentit la colère et la surprise le gagner tour à tour, tandis que les souvenirs douloureux et la déception liés à son fils aîné refaisaient surface en un instant. Gamal, lui, était raide, les mâchoires serrées. Il n'était pas venu ici de son plein gré, mais son sentiment de devoir familial l'avait poussé à affronter son père.

« Qu'est-ce que tu fais ici ? » lança Ruben, d'un ton tranchant comme un couperet. Gamal s'avança lentement, chaque pas vers son père ajoutant à la gravité du moment. Il n'était pas quelqu'un de très loquace, et trouver les mots justes était toujours un défi pour lui. Mais il devait parler, pour Neïla, pour lui-même.

« Mamoudou ne viendra pas aujourd'hui, commença-t-il. J'ai découvert qu'il sabotait les machines de la boutique. » Ruben écarquilla les yeux, son visage passant de la stupeur au courroux. « Qu'est-ce que tu racontes encore ? Tu oses venir ici avec de telles accusations ? »

Gamal sentit la rancœur monter en lui, mais il la maîtrisa et poursuivit :

« C'est la vérité. Il a avoué qu'il le faisait pour de l'argent.

— Pourquoi devrais-je te croire ? répondit son père, la voix pleine de ressentiment et d'amertume. Après tout ce que tu as fait, pourquoi devrais-je te faire confiance maintenant ? »

Gamal serra les poings. « Parce que c'est la vérité, et que je l'ai vu faire, tu n'as qu'à regarder dans l'arrière-boutique, tu verras l'imprimante cassée que j'ai rangée. Mais je ne suis pas venu ici pour me disputer avec toi à ce sujet. Je suis venu parce j'ai appris que tu souhaites marier Neïla. »

Le nom de Neïla suspendit le temps un instant. Ruben sentit un frisson de peur et de regret parcourir son échine.

« Ce mariage... murmura Ruben, soudain plus vulnérable. C'est pour son bien. Et surtout, ça ne te concerne pas.

— Bien sûr que si, ça me concerne, répliqua Gamal, plus calmement cette fois. Neïla ne voudra jamais de ce mariage, et tu le sais. Elle est assez forte pour affronter sa situation, mais elle est déjà très éprouvée, elle n'a pas besoin d'un autre fardeau. »

Le silence qui suivit était chargé de multiples significations, un champ de bataille émotionnel où les deux hommes se mesuraient sans mot dire, chacun portant le poids de ses regrets et de ses espoirs déçus. Ruben fixait Gamal avec intensité. Les paroles de son fils s'imprégnaient en lui et le faisaient bouillonner. Il finit par lui dire sur un ton inquisiteur : « Que fabriquais-tu ici hier soir au point d'avoir soi-disant attrapé Mamoudou sur le fait ? »

Gamal sentit la frustration monter en lui. Il savait que convaincre son père ne serait pas facile, mais il ne pouvait pas reculer maintenant.

« J'étais venu pour te voir toi, et parler de Neïla ! Et là, j'ai trouvé Mamoudou, qui a eu peur et a avoué.

— Tu es vraiment prêt à raconter n'importe quoi... À tous les coups, tu es juste venu voler, n'est-ce pas ? » l'accusa Ruben. Son ton était hargneux, d'une agressivité contenue. « Mamoudou est mon employé depuis assez longtemps, il n'aurait jamais fait une chose pareille, il a toujours été digne de confiance. »

Les nerfs à vif, Gamal se sentit sur le point d'exploser. Il fit tous les efforts pour se contrôler.

« Écoute, fais comme tu veux, crois qui tu veux, renonça-t-il en se tournant vers la porte.

— Pourquoi es-tu vraiment ici, Gamal ? demanda subitement Ruben pour l'arrêter dans sa tentative de départ.

— Pour protéger ma sœur », répondit-il sans hésitation.

Ruben secoua la tête. « Pourquoi te croirais-je, toi, Gamal ? Depuis ton enfance, tu n'as apporté que des problèmes. Voler dans mon magasin, gaspiller l'argent de la pension... Pourquoi devrais-je te faire confiance maintenant ? »

Les mots de son père heurtèrent Gamal de plein fouet. Les souvenirs douloureux de son passé ressurgirent avec violence, mais il se força à rester calme en surface. « Je ne suis pas parfait, le vieux. J'ai commis des erreurs, beaucoup d'erreurs. Mais cette fois, je dis la vérité. »

Ruben croisa les bras, une expression revêche sur le visage. « Tu dis que tu veux protéger ta sœur, mais comment puis-je être convaincu de ta bonne foi après tout ce que tu as fait ? »

Gamal s'octroya un moment de réflexion, cherchant ses mots, puis il déclara : « J'ai commis des erreurs parce que je me sentais rejeté, parce que je n'étais jamais à la hauteur de tes attentes. J'ai fait des choix stupides pour essayer de m'intégrer, pour compenser le sentiment d'infériorité que j'éprouvais. »

Le visage de Ruben se durcit davantage. « Et tu penses que c'est une excuse ? Que cela justifie tous les méfaits que tu as commis ? »

Gamal secoua la tête. « Non, ce n'est pas une excuse. Mais c'est la vérité. Et je suis conscient que tu as toujours fait de ton mieux pour nous, et même pour moi. Je suis revenu justement pour essayer de réparer ce que j'ai brisé, pour protéger Neïla. »

Ruben détourna le regard, des émotions houleuses et confuses livraient bataille dans son cerveau en ébullition. Les mots de Gamal faisaient écho à quelque chose de profondément enfoui en lui, mais la méfiance et la douleur étaient encore trop présentes. « Tu parles de réparer les choses, mais tu as causé tellement de dégâts… », lâcha-t-il enfin.

Gamal serra les poings, essayant encore une fois de contenir sa frustration. « Et toi, le vieux ? Tu penses que tout est ma faute ? Que tu n'as rien fait pour que notre relation se détériore ? Ta sévérité, ton manque de confiance... tout cela a contribué à ce que je devienne ce que je suis et que tu détestes. » Ruben ouvrit la bouche pour répliquer, mais les mots de Gamal l'arrêtèrent net. Pour la première fois, il se vit à travers les yeux de son fils, et n'aima pas ce qu'il y découvrit. Jusque-là, il avait toujours considéré avoir essayé de faire ce qui était le mieux pour sa famille.

Finalement, Ruben reprit la parole. Sa voix était plus douce, bien que toujours teintée d'une pointe de colère. « Ta mère m'a appris hier que le pasteur Daniel avait eu une vision. Il a dit que le mariage ne devait pas avoir lieu, qu'il y avait un esprit mauvais autour de ce projet. Je ne voulais pas y croire, mais maintenant... » Gamal hocha lentement la tête. « Peut-être que cette vision était un avertissement. Peut-être que ce mariage n'est pas la solution. »

Ruben prit une profonde inspiration. Il fixait son fils, la rudesse et la douleur se lisaient dans ses yeux. « Gamal, tu as causé beaucoup de mal. Tu as brisé ma confiance, et ce n'est pas quelque chose que je peux pardonner facilement. » Ruben marqua une pause, laissant le temps à son fils de méditer ses mots. « Cette conversation ne change rien à ce que tu as fait », conclut-il, inflexible.

Gamal, d'un air résigné, reçut ces paroles sans protester. Il savait que regagner la confiance de son père prendrait du temps. Il lui faudrait démontrer qu'il en était digne à travers des actions, pas seulement par des mots.

Ruben continua, la voix de plus en plus apaisée, mais toujours ferme : « Tu veux prouver que tu as changé ? Très bien. Mais sache que ce ne sera pas facile. Chaque pas que tu feras sera surveillé scrupuleusement, chaque erreur sera scrutée sans indulgence. » Face à ce début de conciliation que lui offrait son père, Gamal sentit un poids quitter ses épaules. Même s'il savait que le chemin serait ardu, il avait au moins une chance de pouvoir réparer les choses. « Je comprends, le vieux. Je ferai ce qu'il faut. »

Ruben le regarda, une lueur d'émotion traversant ses yeux. « Va. Je vais voir ce que je vais faire avec Mamoudou. Te concernant, ne t'attends pas à un pardon immédiat. Tu as beaucoup à prouver. »

Gamal fit demi-tour, prêt à quitter la boutique. Mais avant de franchir la porte, il se tourna une dernière fois vers son père : « Au fait, Mamoudou m'a dit qu'il avait reçu de l'argent et des consignes pour saboter les imprimantes. Des consignes venant de prestataires. Mais… » Ruben, les traits crispés, réagit vivement : « Mais quoi ? »

Gamal hésita un instant. « Mais je trouve ça louche. Je ne serais pas étonné si Joseph y était pour quelque chose. »

L'indignation refit surface sur le visage de Ruben. « Joseph est mon ami de longue date. Pourquoi accuses-tu un homme en qui j'ai une confiance totale ? » Gamal soutint le regard de son père. « Peut-être que tu lui fais trop confiance. Peut-être qu'il utilise cette amitié pour ses propres intérêts. Je ne dis pas que c'est lui à coup sûr, mais… sois vigilant, papa. »

Ruben serra les poings, luttant contre les émotions contradictoires en lui. « Tu as déjà semé assez de discorde dans cette famille, Gamal. Ne viens pas ajouter des accusations sans preuve contre un ami. » Gamal réagit avec calme, respectant la position de son père.

« Je comprends. Je voulais juste que tu sois au courant.

— Va, maintenant. Fais ce que tu dois faire. Mais souviens-toi, tu as beaucoup à prouver. »

Gamal sortit de la boutique, la tête haute. Enfin, il sentait une étincelle d'espoir renaître en lui. Le chemin serait long, il le savait, mais il était prêt à tout pour regagner la confiance et l'amour de sa famille.

La porte se referma derrière son fils, et Ruben resta immobile un moment, plongé dans ses pensées. Malgré la sévérité dont il avait fait preuve, il ne pouvait s'empêcher de ressentir une vague de satisfaction. Peut-être, se disait-il, simplement peut-être, qu'il y avait encore de l'espoir pour leur famille.

Pourtant, les paroles de Gamal concernant Joseph continuaient de planer autour de lui et semaient le doute dans son esprit.

## Neïla, Gamal : 1er août

Sous le soleil de midi, une légère brise caressait les visages des étudiants qui, libérés de leurs cours, bavardaient joyeusement en petits groupes. Les modestes commerces bordant la route attiraient la foule qui se pressait à leurs abords, tandis que les voitures passaient en vrombissant, ajoutant au tumulte général. Installée dans son fauteuil roulant, Neïla écoutait distraitement la discussion de ses amies Bertina et Samueli. Cette dernière avait un rire contagieux qui éclatait souvent et illuminait son visage, tandis que Bertina, plus réservée ces derniers temps, tentait de sourire malgré l'ombre de ses préoccupations angoissantes.

Les trois jeunes filles venaient de terminer une intense session de cours de soutien pour préparer les concours qui les attendaient, bien que Neïla y participât surtout pour passer du temps avec ses amies et se changer les idées.

« Les cours étaient vraiment denses aujourd'hui, dit Bertina, une pointe de fatigue dans la voix mais un sourire sincère aux lèvres.

— Oui, mais ça en vaut la peine. Ça va beaucoup nous aider, j'en suis sûre ! » répondit Samueli avec enthousiasme.

Neïla, l'air préoccupé, scrutait les environs, comme à l'affût. Elle plissa les yeux en apercevant une silhouette familière de l'autre côté de la route. Son cœur bondit. Là, les mains dans les poches et le regard fixé sur elle, se tenait Gamal. Ses cheveux n'étaient plus coupés court comme dans ses souvenirs, et ses traits portaient les marques de la fatigue comme des épreuves traversées.

« C'est Gamal, là-bas, mon frère », confia-t-elle à ses amies, l'émotion lui serrant la gorge.

Samueli regarda Bertina avant de revenir à Neïla.

« Tu ne nous avais pas dit qu'il n'était plus en ville ?

— Si, confirma Neïla. Mais il est revenu depuis peu… Les filles, vous pouvez me laisser seule avec lui ? »

Bertina, toujours dévouée malgré ses propres soucis, répondit avec un clin d'œil :

« Bien sûr, Neïla. On va aller se prendre un petit truc à manger en t'attendant.

— Merci. Ça ne va pas prendre longtemps, je vous rejoins ensuite. »

Les deux amies s'éloignèrent, Bertina jetant un dernier coup d'œil en arrière, le visage marqué par l'inquiétude et la confusion dues à ses propres problèmes. Neïla prit une grande inspiration et roula avec détermination en direction de son frère. Chaque mètre parcouru lui sembla un effort immense, chargé de souvenirs et de non-dits.

« Salut, petite sœur, dit Gamal en souriant doucement, entre tendresse et regrets.

— Gamal, tu donnes si peu de nouvelles... J'ai été surprise quand j'ai reçu ton message, répondit Neïla.

— Je devais te parler, te voir. On n'a pas eu beaucoup de temps la dernière fois. Je suis vraiment content de te voir. »

Neïla rougit de plaisir, son cœur se réchauffait à l'entendre parler ainsi.

« C'est vrai, ça m'a un peu attristée qu'on se soit quittés si vite. Mais j'imagine que ce n'est pas que pour ça que tu voulais qu'on se rencontre, n'est-ce pas ?

— Non, en effet, approuva Gamal, légèrement hésitant. J'ai entendu parler de la proposition de mariage que tu as reçue, Neïla, et ça m'a vraiment mis en colère. »

La jeune fille se redressa, ses yeux lançant des éclairs éclatants d'une volonté inébranlable.

« Gamal, une chose est sûre, personne ne va m'imposer de choix. C'est ma vie.

— J'aime t'entendre dire ça, acquiesça Gamal, de la fierté dans la voix. Je ferai tout ce que je peux pour t'aider dans ce sens, tu verras. »

Neïla se radoucit. « Gamal, ça me fait vraiment plaisir de savoir que tu es là pour moi. »

Le jeune homme sourit et posa une main rassurante sur son épaule. « C'est normal, tu es ma petite sœur. » Un moment de douceur s'installa entre eux.

« Tu es définitivement revenu en ville ? demanda Neïla, une question qui l'intriguait depuis un moment.

— Je pense que oui. J'ai trouvé un petit boulot intéressant, je t'en dirai plus une prochaine fois.

— J'espère que ce n'est pas un plan pourri », rétorqua Neïla, un peu moqueuse.

Le téléphone de Neïla se mit à sonner frénétiquement dans son sac. Elle le sortit et vit le nom de sa sœur cadette clignoter sur l'écran.

« C'est Zaria. Elle n'arrête pas d'appeler, dit-elle en fronçant les sourcils, exaspérée.

— Peut-être que tu devrais répondre. Ça semble urgent », répondit Gamal en soupirant.

Neïla hésita un instant, puis appuya sur le bouton pour décrocher. « Allô, Zaria ? Qu'est-ce qui se passe ? » La voix de Zaria, habituellement si posée, était cette fois paniquée. « Neïla, enfin ! Maketa est à l'hôpital... »

Le cœur de Neïla se mit à battre plus fort.

« Maketa ? Qu'est-ce qui lui est arrivé ? Je pensais que c'était juste un palu.

— Non, ce n'est pas un simple palu. Les médecins disent que c'est beaucoup plus grave. Ils pensent que c'est une leucémie », répondit Zaria. Rien qu'en prononçant ces mots, la cruauté qui en découlait la brisa.

De son côté, le monde de Neïla s'effondra en un instant. Elle sentit ses mains trembler et le téléphone faillit lui échapper.

« Non... Ce n'est pas possible. Maketa...

— Maman voulait que je t'en informe. Si tu veux venir, il faut venir maintenant », dit Zaria.

Neïla se raidit, elle luttait pour respirer. Gamal perçut le choc dans les yeux de sa sœur et posa une main réconfortante sur son épaule.

« Qu'est-ce qui se passe, Neïla ?

— C'est Maketa... Elle est à l'hôpital. Elle était malade, on croyait que c'était le palu, mais maintenant ils pensent que c'est une leucémie. »

Les yeux de Neïla s'embuaient de tristesse. Gamal, quant à lui, blêmit à cette nouvelle, son propre bouleversement se mêlait à l'urgence de la situation.

« Je dois y aller. Je dois être là pour elle, dit Neïla en tentant de se ressaisir.

— Bien sûr, je comprends. Tiens-moi au courant, d'accord ? J'aurais vraiment voulu venir, mais ce n'est pas encore le moment. »

Neïla opina de la tête, d'un geste brusque. Elle leva les yeux et aperçut Bertina et Samueli au loin, assises sur le banc d'une vendeuse de beignets. Elle leur fit de grands signes, les appelant d'une voix brisée par l'émotion. Elles accoururent, alarmées par la précipitation dont semblait faire preuve leur amie.

« Neïla, qu'est-ce qui se passe ?

— C'est Maketa... Elle est gravement malade. Je dois me rendre à l'hôpital tout de suite.

— On vient avec toi. On ne te laissera pas seule, décréta d'emblée Bertina.

— Merci, les filles », répondit Neïla, reconnaissante.

Gamal regarda sa sœur, la douleur perceptible dans ses yeux. Il était conscient qu'il ne pouvait pas accompagner Neïla, mais il voulait s'assurer qu'elle savait qu'il serait là pour elle, même à distance.

« Neïla, s'il te plaît, tiens-moi au courant de tout. Je veux savoir comment elle va et s'il le faut, j'aiderai.

— Je te tiendrai au courant, Gamal. Merci d'être là. »

Les trois jeunes filles se précipitèrent ensuite pour héler un taxi. Neïla jeta un dernier regard peiné à son frère avant de partir, sentant la gravité de la situation l'oppresser.

Alors qu'elles s'engouffraient dans un taxi, Gamal resta figé sur le trottoir, les mains dans les poches. Il regarda la voiture disparaître au coin de la rue. Dans un murmure, une prière passa sur ses lèvres pour Maketa, sa dernière petite sœur adorée.

Dans la voiture, Neïla serrait les mains de ses amies, rassemblant son courage pour affronter ce qui les attendait à l'hôpital. La peur et l'incertitude se mêlaient à la promesse qu'elle s'était faite de soutenir Maketa, quoi qu'il en coûte.

La route paraissait interminable, chaque minute étirée par la crainte et l'impatience. L'angoisse était manifeste, l'avenir incertain.

## Partie 5 : LA NUIT ÉTOILÉE

« Sous la voûte étoilée, les âmes errent dans le silence, cherchant des réponses dans l'éclat froid des astres lointains. »

## Samjayi, Madelson : 1er août

La lumière peinait à pénétrer l'intérieur du bar, bien que le soleil frappât fort à l'extérieur. Le calme relatif de la rue était perturbé par le bruit émanant de l'établissement. Dans la salle flottait une odeur âcre de bière renversée, mêlée aux éclats de rire des habitués. La seule fenêtre, encrassée par la poussière et le temps, restait obstinément fermée, laissant la pièce baignée dans une pénombre étouffante.

Assis sur des chaises en plastique déformées par les années, autour d'une table en bois recouverte d'une bâche fleurie, Samjayi et Madelson semblaient prisonniers d'un moment suspendu, où le temps se tordait sous le poids de leurs pénibles pensées. La bière tiède dans leurs bouteilles était bien accordée au malaise de la conversation qui s'annonçait.

Samjayi peinait à terminer la gorgée écœurante qui stagnait dans sa bouche, le goût amer de la liqueur lui était désagréable, comme un rappel constant de la réalité qu'il voulait fuir. Mais la nouvelle que Madelson venait de lui annoncer était encore plus difficile à avaler. Chaque mot avait été comme une pierre jetée dans le calme lac de son esprit, créant des ondes de choc qui se propageaient lentement mais sûrement.

Madelson, malgré son habituelle façade d'assurance, se montrait perturbé. Ses gestes saccadés dévoilaient une bataille intérieure, une tempête sous la surface. « Samjayi, tu es le seul à qui j'en ai parlé », commença-t-il. Il ne tenait plus en place, comme un funambule sur le fil de ses émotions. « Pour moi, tu es un bon ami. Et Bertina… je n'ai jamais voulu que ça arrive. Elle m'a dit qu'elle savait compter son cycle menstruel, c'est pour ça que je n'ai pas pris de précautions. Mais ce n'était pas une fille que j'aimais vraiment, juste une relation de passage. »

Choqué par les paroles méprisantes de Madelson, Samjayi essayait de garder son calme, de trouver un ancrage dans cette tempête. Il cherchait les mots justes pour ne pas froisser celui qui venait de le qualifier de bon ami, une reconnaissance qui, étrangement, le valorisait agréablement.

« Peut-être que tu devrais parler avec Bertina, pour trouver une solution ensemble », suggéra-t-il prudemment, chaque mot étant soupesé comme une pierre précieuse.

Madelson rejeta cette proposition d'un geste brusque, comme on repousse un insecte indésirable. « Non, je ne veux plus m'approcher de Bertina. Elle ne m'a apporté que des problèmes. » Dans un moment de grande vulnérabilité, Madelson ouvrit alors un peu plus son cœur, faisant éclore une fissure dans sa carapace. « Je suis le fils unique de ma mère. Mon père nous a abandonnés, et je ne l'ai connu que plus tard. Je ne peux pas avoir un enfant dans ces conditions, encore moins maintenant. Avec les difficultés financières que nous avons… c'est impossible. »

Pour Madelson, chaque mot prononcé était tel un fardeau qui s'envolait, mais la culpabilité, elle, restait ancrée en lui. Il se souvenait des nuits passées avec Bertina, des moments d'insouciance maintenant ternis par la réalité crue de leur situation. Son esprit vagabondait, remuant ses souvenirs d'enfance où il se voyait, petit garçon, cherchant des réponses dans les yeux fatigués de sa mère qui l'élevait seule. Aujourd'hui, il devait affronter la portée de ses propres actions et de leurs conséquences.

Les dernières confidences de Madelson s'attardaient en Samjayi comme un écho lointain. Il voyait en lui non seulement l'ami confiant, mais aussi l'homme fragile, l'enfant perdu cherchant à naviguer dans un monde impitoyable.

« Alors, comment vas-tu procéder ? » questionna-t-il.

Madelson lui demanda d'aller voir Bertina de sa part, pour lui dire de faire ce qu'elle voulait, mais que ce serait sans lui. Cette démarche n'était pas sans implication pour Samjayi, chaque syllabe pesait comme une charge de responsabilité sur ses épaules.

Après un moment d'hésitation, le jeune homme accepta néanmoins la mission que Madelson lui confiait. « Merci », dit simplement celui-ci, un peu soulagé. Il fit un signe de la main pour commander une autre bière pour chacun, bien que celle de Samjayi fût encore à moitié pleine. La serveuse, une femme aux traits marqués par le temps, se déplaçait avec une lenteur qui faisait ressortir l'atmosphère poisseuse régnant dans le bar.

Cherchant à changer de sujet, Madelson demanda à Samjayi où il en était avec Samira. Gêné, Samjayi répondit qu'il n'en était nulle part, car ils n'étaient pas vraiment ensemble. Surpris, Madelson insista. « Elle est effectivement venue chez toi, non ? Il s'est bien passé quelque chose ? »

Samjayi repensa à Samira, à la confusion et au désordre qu'elle avait semés dans sa vie. Chaque interaction avec elle était à ses yeux comme un puzzle dont il ne trouvait jamais les bonnes pièces. Il ressentait face à la jolie jeune fille une étrange combinaison de désir et de frustration, un tiraillement constant entre ce qu'il voulait et ce qu'il pensait devoir faire. Mais au fond de lui, c'était toujours Neïla qui occupait ses pensées les plus tendres, à travers sa présence douce et lumineuse, même depuis son fauteuil roulant. Elle était pour lui comme une étoile dans une nuit noire, une constante rassurante dans un monde en perpétuel mouvement. Il tenta de faire bonne figure devant Madelson. « Oui, mais ce n'était pas ce que tu penses. »

Madelson, perplexe, lui fit comprendre qu'il ne saisissait pas comment il pouvait passer à côté d'une fille comme Samira. « Moi, elle m'a recalé », avoua-t-il, une pointe de dépit dans la voix.

Samjayi baissa la tête et avala une rapide gorgée pour essayer de garder son calme. Avec un rire sournois, Madelson fixa Samjayi. « Je sais pourquoi tu ne veux pas de Samira. Tu es encore obnubilé par Neïla. »

La vérité crue, énoncée si simplement, le prit au dépourvu, le désarçonna. Samjayi en avala sa bière de travers et s'étouffa presque. Oui, Neïla était dans son esprit depuis toujours, inamovible malgré les aléas de la vie, il devait bien l'admettre.

Madelson poursuivit :

« Je comprends parfaitement. Quand Neïla était valide, elle avait ce je-ne-sais-quoi. Personne n'osait l'approcher, de peur de se brûler comme des papillons de nuit attirés par un feu ardent.

— Tu dis n'importe quoi, le coupa Samjayi, agacé par cette analyse simpliste de ses sentiments si complexes.

— Mais maintenant, elle est en fauteuil roulant, ajouta Madelson. Ce n'est plus comme avant. Peut-être que tu devrais lui dire ce que tu ressens, à présent. Tu sais, l'incertitude est souvent plus dure à porter qu'une amère vérité. »

Ces mots pénétrèrent Samjayi comme une flèche, touchèrent une corde sensible. Il avait effectivement envisagé cette éventualité de nombreuses fois, mais les paroles de Madelson lui donnèrent un regain de foi et de courage. Son cœur battait la chamade rien qu'à l'idée de tout avouer à Neïla. Dans le tumulte de sa vie actuelle, la possibilité de partager ses sentiments avec elle était un éclat de lumière dans l'obscurité.

Avec tous les sujets délicats qu'ils abordaient, la conversation entre les deux amis était comme une danse maladroite, chaque mot un pas en avant, chaque silence un moment de recul.

Alors que les bières se vidaient et que les heures s'écoulaient, Samjayi réfléchissait à cette idée si tentante. Madelson, dont les épaules se détendaient progressivement, commença pour sa part à parler de ses propres rêves et de ses craintes, des projets qu'il n'osait pas partager avec d'autres.

« Tu sais, Samjayi, parfois je me demande si tout cela en vaut vraiment la peine, dit-il, les yeux fixant un point invisible sur la table. Le sport, la popularité... tout ça, c'est éphémère. Parfois, je rêve de m'échapper, de tout laisser derrière moi. »

Samjayi, touché par cette confession, ressentit un élan de solidarité envers son ami. « Je comprends, Madelson. La vie n'est pas toujours facile. On se bat tous avec nos démons. »

S'ensuivit une certaine sérénité, une complicité nouvelle semblait s'être instaurée entre eux. Samjayi ressentit même une singulière connexion avec Madelson, une bienveillance tacite face à leurs luttes respectives.

« Tu devrais vraiment parler à Neïla, reprit Madelson. Je pense que tu seras surpris de sa réaction. Elle t'apprécie beaucoup, tu sais. »

Ces mots s'imprimaient avec ravissement dans l'esprit de Samjayi, éveillaient en lui une lueur d'espoir. Peut-être que, dans ce chaos qu'était sa vie ces derniers temps, il y avait encore une chance de bonheur. La pensée de Neïla à ses côtés, de ses yeux brillants et de son sourire chaleureux, réchauffait son cœur comme le soleil après une longue nuit glaciale.

« Je vais y réfléchir, répondit Samjayi. Merci, Madelson. Merci pour tout. »

Madelson sourit, d'un sourire sincère cette fois. « De rien, mon ami. On est tous dans le même bateau. Il faut juste apprendre à naviguer ensemble. »

Les deux amis partagèrent un dernier regard, porteur d'entraide future et de promesses implicites. Lorsqu'ils quittèrent le bar, l'air extérieur était devenu plus frais, plus vivifiant, comme empli d'opportunités à saisir.

## Neïla, Maketa : 1er août

Neïla et ses amies arrivèrent à l'hôpital sous un soleil de plomb. La chaleur accablante amplifiait leur anxiété et le sentiment d'urgence qui les portait. La façade de l'hôpital, autrefois blanche, était désormais couverte de poussière et de traces de moisissures, les murs pleins de fissures comme autant de cicatrices témoignaient de la négligence qui avait cours en ces lieux. Chaque craquelure racontait une histoire de désespoir, de soins inadéquats et de rêves brisés.

Zaria les attendait à l'entrée, son visage habituellement jovial était assombri par l'inquiétude. Ses yeux, fenêtres de l'âme, révélaient la fatigue accumulée et une peur sourde. Elle inspira longuement avant de parler, chaque mot lui coûtait un peu de son énergie vitale.

« Vous êtes enfin là, dit-elle, de façon à peine audible. Maketa… elle ne va pas bien du tout. »

Le cœur de Neïla se serra, chaque battement vibrait dans ses oreilles telle une cloche funèbre. Elle observa le visage de Zaria et y lut toute la gravité de la situation.

« Que s'est-il passé ? demanda-t-elle.

— Comme tu le sais, Maketa a été très malade ces derniers jours. Au début, maman pensait que c'était juste le palu. Elle lui a donné des médicaments, mais ils n'ont eu aucun effet. Maketa a continué à s'affaiblir, ses fièvres ne diminuaient pas, et elle a commencé à se plaindre de douleurs intenses dans les os. »

Les mots de Zaria évoquaient des images insupportables dans l'esprit de Neïla. Elle voyait sa petite sœur, si fragile, souffrir sans relâche, lutter contre une maladie si cruelle. Chaque mot était une lame de rasoir, écorchant son cœur déjà meurtri.

« Ce matin quand tu es sortie, elle s'est écroulée, inconsciente. On l'a amenée ici en urgence, poursuivit Zaria, prête à s'effondrer sous le poids de ses propres paroles. Les médecins lui ont finalement diagnostiqué une leucémie. Ils disent que c'est avancé et que les traitements sont coûteux. Si on n'agit pas vite, les chances de survie de Maketa sont très faibles. »

Neïla sentit une boule de terreur se former dans son estomac. Sa petite sœur, si jeune et pleine de vie, était maintenant face à une bataille qu'aucun enfant ne devrait avoir à mener. Elle sentit les larmes monter, mais les refoula, décidée à rester forte.

Le groupe traversa le hall de l'hôpital, un espace chaotique où des patients attendaient désespérément sur des bancs en métal, certains allongés à même le sol. Des infirmières passaient, leurs uniformes délavés et leurs visages marqués par la lassitude. Une odeur âcre de désinfectant mélangée à celle de la maladie imprégnait l'air, rendant chaque respiration pénible.

Neïla parcourut ce lieu de désolation avec un sentiment de désespoir croissant. Chaque cri de douleur, chaque prière susurrée, chaque pleur étouffé était une illustration implacable de la réalité qui l'entourait. Elle serra les poings.

Elles atteignirent enfin la chambre de Maketa. Zaria ouvrit la porte avec précaution, révélant un spectacle qui brisa le cœur de Neïla. Sa petite sœur était allongée sur un lit d'hôpital rudimentaire, sa peau pâle et ses yeux cernés. Différents tuyaux lui sortaient des bras, et une machine au fonctionnement douteux bipait à intervalles irréguliers. Neïla sentit les larmes monter à nouveau, mais elle les contint encore une fois.

« Maketa, c'est moi, Neïla », dit-elle en s'approchant du lit. Elle prit la main frêle de sa sœur dans la sienne. Sa peau si fine était froide, son contact presque éthéré, comme si la vie elle-même s'effaçait déjà peu à peu.

Maketa ouvrit légèrement les yeux, un faible sourire étira ses lèvres. « Neïla... je savais que tu viendrais. » Neïla caressa doucement les cheveux de sa sœur, ses doigts tremblant légèrement. « Je suis là, petite sœur chérie. Je ne te laisserai pas tomber. »

La vue de Maketa, si chétive et vulnérable, ravivait en elle des souvenirs d'enfance, de jeux innocents et de rires partagés. Désormais, tout cela s'éloignait dans le passé, devenant presque irréel.

Pendant ce temps, Thaïma discutait avec le médecin dans le couloir, le bruit de leur conversation à voix basse traversant les murs fins. Neïla, bien que concentrée sur sa sœur, ne pouvait s'empêcher d'en entendre quelques bribes.

« Comme on vous l'a dit, votre fille a une leucémie avancée, disait le praticien. Les traitements sont très coûteux et les chances de rémission sont faibles sans les soins appropriés.

— Mais Docteur, nous n'avons pas les moyens... répondit Thaïma, désespérée. Il doit y avoir une autre solution, implora-t-elle.

— Madame, si vous voulez que votre fille ait une chance de vivre, il faudra trouver les fonds nécessaires. Pour le moment, nous faisons ce que nous pouvons avec ce que nous avons, mais... ce ne sera pas suffisant. »

Les mots du médecin étaient comme des coups de poignard dans le cœur de Neïla. Elle sentit une rage irrépressible monter en elle. Comment pouvait-on laisser des enfants souffrir par manque de moyens ? Comment un système pouvait-il être aussi cruel et indifférent ?

La voix de Thaïma se fit plus résolue. « Nous trouverons l'argent. D'une manière ou d'une autre, nous le trouverons. Je vais appeler mon mari et le pasteur pour voir ce qu'on peut faire. »

Neïla se jura que cette promesse maternelle serait tenue, coûte que coûte. Une idée germa alors en elle, elle savait à présent ce qu'elle devait faire. Aller voir Joseph, lui demander son aide, peu importe le prix à payer. L'idée de lui parler la répugnait, chaque pensée à ce sujet faisait monter en elle un sentiment de dégoût profond. Mais là, tout de suite, elle savait que c'était la solution la plus sûre pour Maketa. La vision de sa sœur, allongée, si souffrante et en grand danger, chassait toutes ses réticences.

Elle se redressa et ses yeux rencontrèrent ceux de ses amies. Elles étaient toujours là, une présence précieuse et rassurante dans ce moment de tourmente insensée. Samueli posa une main réconfortante sur l'épaule de Neïla. « Ne t'inquiète pas, on est tous là pour toi et Maketa. » Bertina confirma d'un léger signe, ses yeux brillants se voulaient réconfortants. « On trouvera une solution ensemble. » Neïla, émue par le soutien de ses amies, leur exprima toute sa gratitude.

« Merci, les filles. Merci d'être là.

— Nous devons rester fortes pour Maketa. Elle a besoin de nous toutes », ajouta Zaria.

Neïla ferma les yeux un instant, puis se tourna vers sa sœur. « Maketa, je vais tout faire pour que tu sois soignée. Je te le promets. » La petite Maketa, malgré la fatigue, serra doucement la main de sa grande sœur. « Je sais que tu tiens toujours tes promesses, Neïla. »

Ce moment d'amour sororal fut interrompu par le médecin qui revenait dans la chambre. « Je vais devoir vous demander de sortir pour un moment. Nous devons faire des examens supplémentaires. »

Neïla embrassa la main de Maketa avant de la lâcher à contrecœur. « On sera juste dehors, d'accord ? » la rassura-t-elle. Maketa était comme une fleur en train de dépérir, ses pétales tournés vers un soleil lointain, les yeux remplis de confiance et de peur mêlées.

Le groupe sortit de la chambre, le cœur lourd. Thaïma, les yeux rougis par le chagrin, s'approcha de Neïla. « Nous devons trouver une solution, et vite. »

Neïla hocha la tête. « Je sais, maman. Il y a déjà l'argent que m'avait remis tonton Etiema, je vais te le donner, même si ce n'est pas suffisant. Fais-moi confiance, maman, elle va s'en sortir.

— Je te fais confiance, Neïla. Nous devons tout faire pour la sauver. »

Neïla devait maintenant se préparer à sa rencontre avec Joseph. Elle savait qu'il lui faudrait trouver les mots justes, négocier avec habileté. Sa famille dépendait d'elle, elle n'avait pas le droit d'échouer. La pression financière imposée par l'hôpital, les conditions déplorables des soins actuels, tout cela l'obligeait à demander de l'aide sans délai.

Après un moment, Neïla prit discrètement son téléphone. Ce qu'elle s'apprêtait à faire devait rester entre elle et la seule personne qui saurait l'aider en ce sens, Samjayi. Elle ne voulait pas alarmer davantage ses autres amis ou sa famille. Elle tapa à toute vitesse quelques mots sur le clavier, expliquant au jeune homme la situation de Maketa et lui demandant s'il pouvait la rejoindre à l'hôpital. Elle ajouta qu'elle avait besoin de son aide. Elle envoya le message, espérant que Samjayi réponde rapidement. Elle était consciente que la démarche qu'elle voulait entreprendre allait à l'encontre de ses sentiments, mais elle n'avait pas d'autre choix. Chaque seconde comptait pour sauver sa sœur.

Dans l'attente, le temps s'étirait en une éternité morose. Neïla restait plongée dans ses pensées. Elle se remémora tous les moments passés avec Maketa, leur complicité, l'amour inconditionnel qui les unissait. Cet amour serait son guide, sa force dans cette épreuve. Et Neïla se savait prête à tout pour sauver sa sœur.

## Samjayi, Neïla, Bertina : 1ᵉʳ août

Samjayi arriva à l'entrée de l'hôpital, visiblement préoccupé. Il salua tout le monde avec un sourire forcé, tentant de dissimuler son anxiété. Thaïma s'approcha de lui, l'air épuisé.

« Je dois partir pour régler quelques affaires, je vous laisse, dit-elle. Zaria, reste avec ta sœur, d'accord ? »

Zaria acquiesça, son regard voilé par l'inquiétude. Neïla attrapa la main de Samjayi et lui fit signe de l'accompagner un peu plus loin. Opinant, il prit les poignées de son fauteuil roulant et l'emmena à l'écart, dans un coin isolé du jardin de l'hôpital.

Là, Neïla s'accorda un moment, essayant de calmer les battements frénétiques de son cœur. « Samjayi, la situation de Maketa est vraiment critique. Elle a besoin de soins coûteux, et je n'ai pas d'autre choix que de demander l'aide de Joseph. Est-ce que tu pourrais m'obtenir ses coordonnées ? »

Samjayi serra les dents en entendant cette requête, l'idée de Neïla approchant cet homme le révulsait, mais il répondit doucement : « Je comprends, Neïla. Je peux récupérer des informations sur lui auprès de mon frère si tu veux. »

Neïla soupira, ses yeux se perdant dans le vide. « Tu sais, Samjayi, cette proposition de mariage de Joseph me surprend autant que toi. Dans ma situation... avec ce fauteuil... les gens ne me regardent plus de la même manière. Ils ne me voient plus comme une femme désirable. » Samjayi sentit son cœur se serrer. « Neïla, ce n'est pas vrai. »

Elle secoua la tête, amère. « Tu sais, je le vois bien, la façon dont les gens me regardent. À quel point ils changent d'expression quand ils remarquent mon fauteuil. Beaucoup le pensent, mais combien osent le dire ? Qui ose me regarder avec ce dégoût dans les yeux et me parler comme si j'étais moins qu'un être humain ? Comme si mon handicap effaçait tout le reste ?

— Ne dis pas ça, tu sais bien que ce n'est pas vrai, répondit Samjayi avec ferveur. Tu as tant de qualités, tant de choses à offrir. Ton handicap ne te définit pas, il fait partie de toi, mais il ne t'enlève rien. Ne laisse pas ces regards intolérants te blesser, ils ne savent pas, ils ne comprennent pas. Tu es plus forte qu'eux, tu es plus belle qu'eux.

— Tu es gentil de dire ça, Samjayi, mais tu ne peux pas comprendre. Tu ne sais pas ce que c'est, de vivre avec ce fardeau, de subir constamment ces jugements, de se sentir si souvent exclue, rejetée, méprisée. Tu ne sais pas ce que c'est, de se battre chaque jour pour exister, pour être respectée, pour être aimée. Tu ne sais pas ce que c'est de rêver d'une vie normale, d'une vie sans souffrance, d'une vie sans handicap. »

Samjayi prit une grande inspiration, ses yeux brillant d'une émotion sincère. « Tu as raison, je ne sais pas. Je ne peux pas imaginer ce que tu ressens, ce que tu vis. Mais je peux essayer. Je peux essayer de t'écouter, de te soutenir, de te réconforter. Je peux essayer de te faire sourire, de te faire rire, de te faire oublier. Je peux essayer de te montrer que tu n'es pas seule, que tu as des amis, que tu as quelqu'un qui t'aime, aussi. Je peux essayer de te faire voir à quel point tu es belle, à quel point tu es unique, à quel point tu es précieuse à mes yeux. Je peux essayer, Neïla, si tu me laisses faire. » Sa dernière phrase flotta un instant dans l'air, comme en suspens.

Neïla sentit son cœur se serrer à ces mots, une tristesse douce-amère envahissait son esprit. Elle savait ce qui allait suivre, et elle redoutait ce moment depuis longtemps. « Samjayi… tu comptes tellement pour moi. Tu es mon ami de toujours, mon confident, mon soutien. Je t'aime énormément, mais pas de la façon dont tu le voudrais. Pour moi, tu es comme un frère. Un frère que j'aime profondément, mais juste un frère. »

Les mots tombèrent comme une sentence, et Samjayi sentit le sol se dérober sous lui. L'anéantissement se peignit sur son visage, ses épaules s'affaissèrent sous le poids de la déception. Il détourna le regard, luttant contre les larmes qui menaçaient de couler.

« Je comprends, dit-il finalement, la voix brisée. Je comprends, Neïla. »

La jeune fille, manifestement troublée, caressa doucement sa main. « Je suis désolée, Samjayi. Je suis certaine que tu trouveras quelqu'un qui t'aimera comme tu le mérites. Quelqu'un qui verra en toi tout ce que je vois, et plus encore. »

Les mots de Samjayi, qui avait le regard vide, étaient bloqués dans sa gorge. Un vent de silence glacial s'installa entre eux, fait de regrets et de rêves brisés. Enfin, il se redressa, il ne voulait pas laisser la douleur le submerger maintenant. « Je vais trouver les informations sur Joseph pour toi, dit-il avec un regain d'énergie. Nous allons sauver

Maketa, ensemble. » Neïla sourit faiblement, reconnaissante. « Merci, Samjayi. Merci d'être là. »

Toujours ébranlé, sans un mot, Samjayi saisit les poignées du fauteuil roulant et ramena Neïla vers la salle d'attente, où ils retrouvèrent Samueli, Bertina et Zaria, assises ensemble, leurs visages marqués par l'inquiétude et la fatigue.

Samueli se leva, rompant la torpeur accablante de la pièce. « Je dois y aller, mais tiens-moi au courant de l'évolution de la situation, d'accord ? » Elle se baissa et enlaça Neïla, lui offrant un réconfort précieux. « Je te promets de t'appeler. Merci d'être venue. » Neïla la regarda partir, les mots de son amie lui ayant apporté un peu de courage.

Bertina se prépara également à quitter l'hôpital, rassemblant ses affaires avec un soupir las. C'est alors que Samjayi se souvint de la mission que Madelson lui avait confiée. « Bertina, je peux te parler un instant ? » l'interpella-t-il.

Bertina acquiesça et le suivit à l'écart des regards indiscrets. « Madelson m'a demandé de te parler de ta grossesse, commença Samjayi d'un ton hésitant. Il a dit que tu devrais faire ce que tu veux, mais que ce serait sans lui », finit-il par énoncer sans détour, transcrivant mot pour mot les propos de Madelson.

Bertina ne réagit d'abord pas pendant quelques secondes, ses traits demeurèrent impassibles. Mais à l'intérieur, elle bouillonnait de colère. Finalement, elle répondit froidement : « Dis à Madelson que je n'en ai plus rien à faire de lui. C'est un garçon inintéressant et inutile, et je regrette tout ce que nous avons vécu ensemble. De toute façon, je savais déjà quoi faire. Je n'ai pas besoin de ses conseils. » Samjayi hocha la tête. « Je le lui dirai. »

Ils revinrent vers Neïla et Zaria. Ne sachant comment se comporter envers Neïla après leur conversation privée, Samjayi s'apprêtait à dire au revoir quand Bertina l'interrompit. « Samjayi, est-ce que tu as du temps pour m'accompagner à une clinique ? Je ne me sens pas très bien et j'ai pris rendez-vous là-bas. » Voyant là une opportunité de se changer les idées, il accepta.

Le chemin vers la clinique fut long. Samjayi écoutait à peine ce que Bertina racontait, participant à la conversation sans faire de véritable effort. Son esprit était encore embrouillé par son échange avec Neïla.

En arrivant devant la clinique, ils furent accueillis par une vue surprenante. La façade, qui arborait jadis une teinte rouge, avait évolué vers un jaune plus patiné. Les murs portaient les traces du temps, et les fenêtres, bien que sombres, laissaient entrevoir la lumière extérieure. À l'intérieur, l'air était chargé d'humidité, et une odeur caractéristique, celle de l'hôpital, se mêlait à l'odeur délétère de la maladie.

À la réception, l'infirmière, une femme au visage sévère et apathique, les accueillit sans un sourire. Elle les regarda à peine, trop occupée à feuilleter des papiers jaunis par les années. « Que voulez-vous ? » demanda-t-elle d'une voix monocorde.

Bertina s'avança. « J'ai un rendez-vous. Un rendez-vous spécial. » L'infirmière soupira avec ennui et pointa une chaise dans un coin sombre de la salle d'attente. « Asseyez-vous et attendez. » Samjayi et Bertina obtempérèrent et s'installèrent sur des chaises en plastique rigide et inconfortables.

Quelques minutes plus tard, un médecin apparut à la porte et fit signe à Bertina de le suivre. Elle lança à Samjayi un regard impénétrable, avant de disparaître dans la salle de consultation. Samjayi resta seul, les yeux perdus dans le vide.

Peu après, la porte par laquelle Bertina était entrée s'ouvrit brusquement. La jeune fille en sortit, suivie de près par le médecin. Elle pointa du doigt Samjayi. « C'est lui le père », dit-elle avec assurance avant de retourner dans la pièce.

Cette déflagration le laissa le corps pantelant, l'esprit en plein tumulte. La simple phrase de Bertina l'avait plongé dans une hébétude totale, ajoutant une couche supplémentaire d'incompréhension à sa vie déjà perturbée. Il se sentit envahi par un maelström d'émotions conflictuelles — la confusion, la peur, la culpabilité.

Il regarda autour de lui, abasourdi et cherchant un ancrage dans le dédale de ses tourments, mais ne trouva que des visages indifférents et des murs délabrés. Chaque fissure, chaque écaille de la peinture craquelée racontait des secrets qu'il ne pouvait comprendre. La cacophonie de la clinique, le grincement des chaises... tout cela s'ajoutait à son désarroi.

Il prit une profonde inspiration, tentant de calmer son esprit. Mais les questions cinglantes continuaient de l'assaillir : comment avait-il pu en arriver là ? Qu'allait-il faire à présent ? Pourquoi Bertina avait-elle dit cela ? Sa vie, déjà pleine de difficultés, devenait soudainement encore plus compliquée.

## Gamal : 15 août

Gamal tira une longue bouffée de son joint, laissant la fumée s'enrouler paresseusement au-dessus de sa tête dans l'air lourd de la fin d'après-midi, comme des fantômes venant hanter sa conscience. Le whisky en sachet qu'il avait avalé plus tôt laissait une chaleur âcre et amère dans sa gorge, mais elle ne parvenait pas à dissiper le froid glacial qui envahissait son être. Devant lui, l'immeuble se dressait, une carcasse usée aux murs fissurés et aux fenêtres poussiéreuses, un tombeau vivant pour ceux qui y habitaient. Ce lieu, aussi délabré fût-il, était le seul abri que ces gens possédaient. Et lui, il était là pour leur arracher ce maigre refuge. Une vague de dégoût monta en lui, se diffusant lentement tel un poison. Il avala une autre gorgée de whisky, espérant qu'elle emporte avec elle ce poids insupportable. *Il faut ce qu'il faut*, pensa-t-il, cherchant désespérément à se convaincre que c'était la seule voie possible.

Les escaliers en béton étaient étroits, couverts d'une fine couche de poussière grise qui se soulevait à chacun de ses pas, comme les souvenirs d'une enfance qu'il aurait préféré oublier. Il lui sembla que chaque marche grinçait sous son poids, protestait faiblement contre l'acte qu'il s'apprêtait à commettre. L'odeur familière du linge moisi et de l'humidité ambiante l'entourait, et le ramenait à ces jours qu'il avait bien connus où chaque respiration était un effort supplémentaire, où chaque espoir d'une vie meilleure se retrouvait englouti par la pauvreté. Mais aujourd'hui, c'était différent. Aujourd'hui, il portait lui-même la responsabilité de plusieurs vies sur ses épaules.

Il s'arrêta devant la porte de Mamoudou. Ses poings se crispèrent un instant, il hésita à frapper, comme si ce simple geste pouvait encore tout arrêter. Il n'avait jamais voulu être celui qui porterait ce fardeau, mais Skylas… Skylas avait su exactement comment l'y pousser. Pour survivre, il n'avait pas d'autre choix. Il frappa finalement trois coups secs.

La porte s'ouvrit lentement. Face à lui apparut Mamoudou, les traits marqués par la fatigue et l'anxiété. Ses yeux, creusés par des nuits sans sommeil, témoignaient d'une vie passée à lutter, à s'accrocher désespérément à un fil d'espoir. Gamal connaissait trop bien cette histoire. Mamoudou, le dos voûté, était retourné s'accroupir à côté de sa femme enceinte, qui tenait leur plus jeune enfant contre sa poitrine. Leurs autres fils, trop jeunes pour comprendre, jouaient paisiblement dans un coin, ignorant tout du drame qui se préparait.

Gamal sentit sa gorge se serrer, un nœud invisible lui broyant la trachée. « Mamoudou… » Sa voix s'étrangla, rauque.

« Monsieur… je vous en prie, implora Mamoudou, recroquevillé comme un animal acculé, sans échappatoire possible. Pas aujourd'hui. Pas comme ça. Je suis un ami de votre père… »

Gamal détourna les yeux, incapable de soutenir la détresse qu'il lisait dans le regard de la femme de Mamoudou. « Un ami, peut-être, mais qui a trahi. Tu sais ce que tu as fait, Mamoudou. Tu ne me laisses pas le choix. »

L'épouse enceinte émit un gémissement étouffé, comme un souffle coupé, serrant leur enfant si fort contre elle que Gamal s'imagina entendre ses os craquer sous la pression de son désespoir. Ce bruit, semblable à celui d'un petit animal blessé, transperça l'âme de Gamal. « Où irons-nous, Monsieur ? Nous n'avons nulle part où aller… », se lamenta Mamoudou. Ses paroles presque murmurées s'estompèrent comme un feu qui s'éteint, ne laissant qu'une fumée qui s'évapore, chaque mot flottant dans l'air comme une supplique perdue dans le vide.

Gamal serra les poings, ses ongles s'enfoncèrent dans ses paumes.

« Le village, la rue… je ne sais pas. Mais si tu veux éviter la prison, tu dois partir. Je… je suis désolé.

— Vous avez raison, se reprit Mamoudou. Je n'ai pas le choix non plus. Mais Allah vous voit, Il nous voit tous ! » Ces derniers mots s'éteignirent en un murmure amer, s'insinuant dans l'esprit de Gamal comme une malédiction.

Il descendit d'un étage, tout en buvant d'un trait le sachet de whisky qui était dans sa poche, promesse de réconfort illusoire. Le liquide pulsait avec véhémence dans ses veines, tel un rappel cruel de ce qu'il s'apprêtait à faire, mais il ne pouvait pas s'arrêter. Arrivé à l'étage inférieur, il s'approcha de la porte d'un autre appartement. La serrure qu'il y remplaça émit un cliquetis métallique, qui résonna dans le couloir désert comme le coup de marteau d'un juge prononçant une sentence irrévocable.

Quelques instants plus tard, un homme furieux, accompagné de sa femme, fit irruption dans la coursive, les traits déformés par une rage impuissante. « Qu'est-ce que tu as fait ? » hurla-t-il. Il frappa la porte avec une violence désespérée, ses poings rebondissaient sur le bois, telles des vagues impétueuses frappant sans effet un rocher indifférent.

Gamal, le visage impassible, sortit une nouvelle clé de sa poche et la lui tendit calmement. « Je te l'avais dit, tu as voulu faire le malin, maintenant tu as un mois. Passé ce délai, je ne pourrai plus rien faire pour toi. »

L'homme fixa Gamal, ses yeux injectés de sang, tremblant de colère. « Maudit sois-tu, sale chien… Toi et ton patron ! Je ne partirai pas. Tu m'entends ? Pas sans combat ! »

Mais le locataire savait, au fond de lui, qu'il ne pouvait rien contre Gamal, ce colosse qui se dressait devant lui, imperturbable comme une statue de marbre. Gamal, quant à lui, sentit une vague de nausée le submerger, mais il la refoula, cachant sa faiblesse sous un masque de dureté.

« Je t'ai prévenu, un mois. C'est tout ce que je peux t'offrir. Après, ce ne sera plus de mon ressort », répéta-t-il avant de tourner les talons, laissant l'homme s'époumoner dans son dos.

Il continua son chemin jusqu'au dernier appartement. Là, les locataires vivaient dans le noir depuis plusieurs jours, perpétuellement plongés dans une pénombre oppressante. La porte d'entrée était restée ouverte pour laisser passer la lumière du jour qui était en train de faiblir. Il fut accueilli par une odeur rance de moisissure et de vêtements mouillés, une humidité froide ayant depuis longtemps pris possession des murs et des meubles. Une famille de cinq personnes se tenait là, entourée de bougies à moitié fondues, les visages creusés, marqués par des ombres profondes que la lueur vacillante des bougies ne pouvait dissiper. Gamal inspira profondément, sentit l'air putride envahir ses poumons.

« Vous avez un mois pour partir, et cette fois, c'est mon dernier avertissement, dit-il, la voix presque mécanique, comme s'il répétait une phrase apprise par cœur. Je vais remettre l'eau et l'électricité, mais c'est tout. »

La mère, une jeune femme frêle, marquée par les années de sacrifices qui avaient usé sa jeunesse prématurément, opina d'un geste lent, les yeux voilés par la lassitude. « Merci… merci pour ça, monsieur. » Gamal savait que cette gratitude n'était pas sincère, qu'elle n'avait pas d'autre choix que d'accepter ce maigre sursis.

Les enfants le fixaient quant à eux avec des yeux grands ouverts, remplis d'incompréhension et de peur, miroirs de leur innocence perdue. Cette image s'ancra dans son esprit, y inscrivant une culpabilité sourde et inéluctable qui le suivrait longtemps après avoir quitté ces lieux.

Il sortit de l'appartement. Dehors, la nuit était tombée, recouvrant l'immeuble d'un épais manteau d'obscurité. Le silence n'était brisé que par le grincement lointain d'une porte quelque part dans le bâtiment, tel un dernier adieu presque imperceptible.

Gamal leva les yeux vers le ciel, cherchant un réconfort parmi les étoiles invisibles, cachées derrière une mer de nuages menaçants. Il prit une longue bouffée d'air frais, qui lui parut pourtant plus étouffant que jamais, chargé de tous les mots qu'il n'avait pas pu dire, de toutes les excuses qu'il n'avait pas osé formuler.

« Pardonne-moi », prononça-t-il à voix haute, ne sachant plus s'il s'adressait à Dieu, à ces âmes qu'il venait de briser, ou à lui-même. Chaque pas qu'il faisait creusait un peu plus le fossé entre celui qu'il était et celui qu'il aurait voulu être. Le whisky lui laissait un goût amer sur la langue, agissant tel un poison lent qui se répandait dans ses veines et alourdissait chaque pensée.

Et alors qu'il s'éloignait de l'immeuble, les lumières des échoppes du quartier scintillant au loin, indifférentes à la misère qu'elles illuminaient, Gamal se demanda combien de fois il pourrait encore agir ainsi avant que sa propre âme ne se fissure, comme ces murs qu'il était venu détruire.

L'écho des paroles de Mamoudou, de l'homme enragé, et de la jeune mère de famille, continuait de tourner en boucle dans son esprit, comme des spectres plaintifs qui ne le laisseraient jamais en paix. La nuit était froide, mais la culpabilité qui l'étreignait, le brûlait avec plus de force que le whisky, avec plus de force que le joint, avec plus de force que tout ce qu'il aurait pu utiliser pour tenter d'anesthésier sa douleur. Car il savait, au fond de lui, qu'aucune drogue, aucun alcool ne pourrait jamais effacer ce qu'il venait de faire. Pas même le pardon divin qu'il avait timidement imploré.

Il tourna au coin de la rue. L'immeuble disparut enfin de sa vue. Il se laissa aller contre un mur. Son corps glissa jusqu'au sol. Il enfouit son visage dans ses mains. Il était incapable de retenir plus longtemps ses larmes. Elles étaient brûlantes, comme faites du même venin qui empoisonnait son âme.

*Les riches*, pensa-t-il avec amertume, *les riches laissent aux pauvres les tâches les plus sales, les plus cruelles. Ils gardent leurs mains propres pendant que nous devons vivre avec le sang sur les nôtres.* Et dans cette ruelle sombre, où personne ne le voyait, où personne ne l'entendait, Gamal pleura pour tous ceux qu'il avait expulsés. Pour sa propre âme, et pour ce monde tragique et inhumain dans lequel il était piégé.

Il perdit la notion du temps, accroupi dans l'obscurité, tandis que le vent sec mordait sa peau et que ses larmes se mêlaient à la poussière du sol. Il savait cependant qu'il ne pouvait pas fuir éternellement. Il tenta de se relever, mais chaque pas qu'il faisait pour se redresser lui donnait l'impression de le briser un peu plus, comme si même la terre sous ses pieds se rebellait contre sa décision de continuer dans cette voie. Il devait rentrer. Il devait affronter Skylas, affronter le monde, affronter cette réalité qu'il détestait tant, mais à laquelle il ne pouvait échapper.

Et peut-être, un jour, trouverait-il une manière de se racheter, une lueur d'espoir dans cette obscurité impitoyable qui l'entourait. Mais pour l'instant, tout ce qu'il pouvait faire, c'était avancer, un pas à la fois, à travers cette nuit sans fin, espérant que le prochain matin apporterait avec lui un semblant de rédemption.

## Thaïma : 1ᵉʳ août

La salle des fêtes de l'hôtel, habituellement destinée à des célébrations joyeuses, avait été transformée en un sanctuaire de prière et de dévotion pour accueillir le séminaire du pasteur Isaac. L'après-midi était calme, les préparatifs en cours emplissaient l'endroit de leur sérénité et de leur sens de l'anticipation. Les rayons du soleil perçaient les rideaux colorés, projetant des éclats de lumière sur le sol carrelé. Des prières s'élevaient paisiblement dans l'air comme une douce mélodie et bruissaient en une symphonie harmonieuse qui semblait pouvoir toucher les cieux.

Le pasteur Isaac parcourait la salle, ses yeux scrutant chaque détail pour s'assurer que tout était parfait. Sa présence imposante, tel un phare inébranlable dans une mer de foi vacillante, inspirait le respect, voire une forme de crainte révérencieuse. Accompagné de quelques dévots qui formaient sa garde rapprochée, il donnait ses ordres d'un ton ferme. Ses fidèles suivaient ses instructions avec une ferveur presque mécanique, comme s'ils accomplissaient une mission divine.

À l'entrée, Thaïma, le cœur battant à tout rompre, essayait désespérément d'atteindre le pasteur. Son allure frêle, accentuée par des vêtements modestes, la rendait d'autant plus vulnérable face aux hommes imposants qui lui barraient la route.

« Je dois parler au pasteur Isaac, c'est urgent ! supplia-t-elle, les larmes aux yeux, ses paroles imprégnées d'un espoir étouffé par l'angoisse qui la tenaillait depuis l'annonce de la leucémie de Maketa.

— Ce n'est ni le lieu ni le moment, maman Dunkam », répondit l'un des gardes, dépourvu de toute compassion.

Thaïma insista, ses mots devenant presque des prières. « S'il vous plaît, laissez-moi passer. Ma fille, Maketa… elle est gravement malade. »

Le désespoir dans sa voix finit par attirer l'attention du pasteur Isaac. Ses yeux perçants se fixèrent sur elle, et il sembla réfléchir un instant. Finalement, d'un geste de la main, il ordonna qu'on la laisse passer. Thaïma, les jambes tremblantes, s'avança vers lui, son espérance renaissant comme une lueur apparue dans l'obscurité.

« Que se passe-t-il, maman Dunkam ? demanda le pasteur doucement. Pourquoi cette urgence ? »

Thaïma prit une profonde inspiration, ses paroles hésitant d'abord à sortir. « Pasteur, ma fille Maketa est gravement malade. Les médecins disent qu'elle a besoin d'une opération urgente… »

Le pasteur Isaac la coupa d'un geste brusque, ses yeux étincelant d'un éclair inquisiteur. « Avant de parler de cela, j'ai entendu dire par le pasteur Daniel que tu es venue le voir au sujet du mariage de Neïla. Pourquoi ne m'as-tu pas consulté directement ? »

Thaïma bredouilla, cherchant une justification. « Je... je ne voulais pas vous déranger, Pasteur. Je pensais que... que le pasteur Daniel pourrait m'aider... »

Le pasteur Isaac prit un air contrarié, mais se calma rapidement, ses traits se détendant en un masque de sérénité. « Nous avons déjà eu une conversation par rapport à Neïla, non ? Mais ce n'est pas grave. Dis-moi, pourquoi cet homme veut-il épouser Neïla ? Et surtout, a-t-il vraiment des garanties qu'elle pourra remarcher un jour ? »

Thaïma sentit son cœur se serrer. Parler de Neïla et de Joseph devant le pasteur, connaissant ses propres intentions, la mettait mal à l'aise. « C'est un ami de mon mari, Joseph... il a demandé à épouser Neïla et il a promis de payer de meilleurs soins pour elle, d'assurer son avenir... »

Le pasteur Isaac se pencha légèrement en avant, ses yeux pénétrants fixant intensément ceux de Thaïma. « Et tu le crois ? Crois-tu vraiment qu'il peut tenir ses promesses ? »

Thaïma hésita, les mots coincés dans sa gorge. « Je ne sais pas, Pasteur. Mais je suis désespérée. Je veux juste que ma fille soit heureuse et en bonne santé. »

Le pasteur Isaac se redressa, son regard adouci par une lueur de compassion. « Je comprends ton affliction, Thaïma. Nous sommes tous éprouvés par des moments de doute et de souffrance au cours de notre existence. Mais sache que Dieu veille sur nous et qu'Il nous guide dans nos décisions. »

Il fit une pause, observant les réactions de Thaïma en quête des signes de sa foi vacillante. Il ajouta : « Peut-être que nous devrions prier ensemble pour trouver une solution. Viens, mets-toi à genoux. » Thaïma s'agenouilla devant lui, le cœur battant à tout rompre. Le pasteur Isaac posa ses mains sur sa tête. Ses paroles devinrent un chant apaisant, mélangeant prières et conseils.

Il entama une litanie où se mêlaient supplications et exigences divines. Ses paroles étaient comme mêlées à une autorité providentielle, chaque mot se fondait dans la sérénité de la pièce, telles les notes d'une symphonie céleste. Thaïma sentait une paix intérieure l'envahir, une flamme d'espoir se rallumait peu à peu dans son cœur.

Après la prière, le pasteur Isaac se redressa, un sourire bienveillant sur les lèvres. « Thaïma, je vais voir ce que je peux faire pour t'aider davantage. Mais souviens-toi que notre foi en Dieu est notre plus grande force. Ne perds jamais espoir. » Les épaules de Thaïma s'affaissèrent, comme pour dire « amen », tandis que ses yeux exprimaient une pieuse gratitude. « Merci, Pasteur. Merci pour tout ce que vous faites. »

Elle se leva, prête à partir, mais le pasteur Isaac la retint par le bras, son regard incisif perçant ses défenses. « Une dernière chose, Thaïma. N'oublie pas que je suis toujours là pour toi et ta famille. Si tu as besoin de parler, si tu as des doutes ou des questions, viens me voir. Je suis ton guide spirituel. » Thaïma sentit une vague d'émotion la submerger, elle baissa les yeux. « Pasteur Isaac, j'ai tellement peur pour ma fille... »

Il serra doucement ses mains. « Thaïma, garde la foi. Le Seigneur entend nos prières. Maketa trouvera la guérison, mais tu dois croire de tout ton cœur. La foi peut accomplir des miracles, bien plus que nous ne pouvons l'imaginer. »

Les paroles du pasteur palpitèrent comme des étincelles d'optimisme en Thaïma. Elle sortit de la salle des fêtes, le cœur un peu plus léger, mais une ombre, un doute était toujours présent dans son esprit. Elle savait que sa fille Maketa avait absolument besoin de l'opération, et elle ne pouvait s'empêcher de se demander si elle avait fait le bon choix en s'en remettant entièrement à la foi et au pasteur Isaac.

Alors qu'elle s'éloignait dans la rue, le pasteur Isaac observait sa silhouette s'effacer au travers des rideaux. Un sourire mystérieux se dessina sur ses lèvres.

Le séminaire allait commencer dans quelques heures, et il devait se préparer. Il se tourna vers ses fidèles et leur donna ses dernières instructions précises pour s'assurer que tout se déroulerait exactement comme il le souhaitait. La salle des fêtes devait être un sanctuaire de foi et de dévotion, un lieu où chaque croyant trouverait la paix et la guidance qu'il cherchait.

Les préparatifs achevés, le pasteur Isaac s'installa dans un fauteuil, et ses pensées dérivèrent lentement vers Neïla. Elle avait toujours été spéciale à ses yeux, bien avant son accident. Il avait décelé en elle une force et une lumière que peu de gens possèdent. L'idée de la voir liée à quelqu'un d'autre ne lui plaisait guère. Il devait trouver un moyen de la garder auprès de lui, de la protéger et de s'assurer qu'elle suivrait le chemin qu'il avait tracé pour elle.

De retour chez elle, Thaïma se sentait déchirée. La maison était sans vie, une coquille vide en l'absence de ses filles, toutes restées à l'hôpital. Ruben avait répondu à ses messages mais ne décrochait pas son téléphone, ce qui l'angoissait encore plus. Chaque pièce qu'elle traversait se faisait plus étroite, plus étouffante, lestée du poids démesuré de ses inquiétudes. Les murs paraissaient se refermer sur elle, chaque ombre projetée par la lumière des lampes devenait un menaçant spectre de ses propres peurs.

Face à toutes ces charges qui l'oppressaient au point qu'elle aurait voulu imploser, elle s'enferma dans sa chambre et se mit à genoux. Les mains jointes, elle entra dans une prière intense, cherchant un réconfort divin pour alléger le fardeau qui écrasait son âme. Des larmes, chaudes et humides, traçaient leurs sillons sur son visage, lavant et soulageant pour un instant son esprit de la pression accumulée, tandis qu'elle prononçait des supplications éperdues, constellées de fragments de désespoir et de foi entremêlés.

Pourtant, malgré ses efforts, l'incertitude la rongeait. Les mots du pasteur Isaac, bien qu'apaisants sur le moment, avaient laissé place à une vague de doutes. Elle se releva et s'assit sur le bord de son lit. Ses pensées tourmentées erraient comme des feuilles emportées par le vent, incapables de se fixer sur la moindre conviction. Thaïma savait que le chemin devant elle serait encore semé d'embûches, mais pour ce soir, elle souhaitait ardemment trouver un instant de répit. Un instant pour se rappeler que, même dans les moments de faiblesse, elle restait humaine, avec ses contradictions et ses espoirs.

Elle leva les yeux vers le plafond, les mains toujours jointes en prière. « Seigneur, donne-moi la force. » Ses mots se perdirent dans la pénombre de la chambre, faisant écho à sa lutte intérieure.

## Ruben, Joseph : 2 août

Le grand salon de Joseph, vaste et élégant, baignait dans une lumière douce. Les lourds et épais rideaux, légèrement tirés, laissaient filtrer juste assez de clarté pour apporter calme et intimité. En face du salon, la salle à manger, dominée par un grand lustre éteint, était ornée de tableaux. Dans un coin se tenait un bar agréablement aménagé.

Ruben était assis dans un fauteuil en cuir, le visage sombre, les pensées troubles. Joseph s'approcha du bar, contournant la table de la salle à manger avec aisance. Il jeta un coup d'œil vers Ruben et lui demanda d'une voix suave, presque chantante :

« Qu'est-ce que tu préfères boire, Ruben ?

— Peu importe », répondit-il, la voix marquée par le stress.

Joseph, d'un geste approbateur, choisit une bouteille de vin soigneusement rangée parmi les autres. Il prit deux verres à pied, revint au salon et les déposa sur la table basse avec une délicatesse mesurée. Il ouvrit la bouteille avec la précision d'un œnologue, de ses gestes méthodiques et élégants. « C'est un cadeau d'un partenaire étranger. Un grand cru. Un vin exceptionnel, Ruben. »

Tandis qu'il versait le vin, il détailla les caractéristiques du cru, ses arômes subtils, ses notes de fruits rouges et de chêne, sous le regard quelque peu distrait et néanmoins impressionné de Ruben. La passion de Joseph pour le vin transparaissait dans chaque mot, chaque geste, rendant le moment presque solennel.

« Voilà, goûte ça », dit Joseph en tendant un verre à Ruben. Celui-ci observa le liquide rubis avec une curiosité mêlée de respect. Joseph, satisfait, se tourna vers la cuisine et appela sa femme de ménage. « Sandrine, apporte les brochettes, s'il te plaît. »

Quelques instants plus tard, une jeune femme à l'allure modeste mais gracieuse entra avec un plateau de brochettes de viande. Elle le déposa sur la table basse avant de se retirer discrètement. Ruben la suivit du regard, intrigué.

« Depuis quand as-tu une jeune femme comme ménagère ? demanda-t-il avec curiosité. Trop vieille l'ancienne, peut-être ? »

Joseph secoua la tête avec un sourire indulgent. « Non, ce n'est pas ça. Sandrine est la fille de maman Madeleine, mon ancienne ménagère. Elle était au village, où elle a eu un enfant. Comme elle ne faisait rien là-bas et que sa mère n'avait pas de quoi s'occuper de tout le monde, j'ai décidé de faire venir Sandrine ici. Maman Madeleine est retournée au village pour s'occuper de l'enfant, pendant que Sandrine travaille chez moi. En même temps, je finance sa formation dans un atelier de couture. Tout le monde y gagne. »

Pensif, Ruben esquissa un bref signe d'approbation, avant de porter son verre de vin à ses lèvres. Le goût riche et complexe qu'il révélait sembla adoucir son expression.

Joseph sentit le moment propice. Il posa son verre et s'assit en face de Ruben. Son regard se fit plus sérieux, plus perçant. « Bien, Ruben, venons-en aux choses sérieuses. Parle-moi de ce qui t'amène ici. »

Ruben inspira longuement, ses mains se crispèrent sur son verre. « J'ai beaucoup réfléchi à ta proposition concernant le mariage de ma fille, Neïla. Beaucoup de choses se sont passées depuis, et bien que j'aie été enthousiaste au départ, notamment pour des raisons financières, je le suis beaucoup moins maintenant. »

Le visage de Joseph se durcit, perdant progressivement son sourire.

« Pourquoi ce changement, Ruben ?

— Il y a des choses que je ne comprends pas. Pourquoi Neïla ? Pourquoi autant de promesses ? Est-ce simplement à cause des remords que tu aurais concernant l'accident ? »

Joseph s'enfonça dans son fauteuil, comme s'il cherchait à disparaître dans le cuir moelleux. Il prit une gorgée de vin, laissant le silence s'étirer, avant de répondre d'une voix plus formelle. « Ruben, je vais te raconter une histoire. Une histoire très sérieuse. J'aimerais que tu écoutes attentivement. »

Joseph prit une grande inspiration, comme pour rassembler son courage. Le moment était venu pour lui de révéler une vérité enfouie depuis trop longtemps. Il fixa Ruben, cherchant dans ses yeux un soutien, une compréhension qu'il n'avait jamais trouvée ailleurs.

« Concernant le jour de l'accident, je ne t'ai pas tout dit, commença Joseph. Ce que je m'apprête à t'apprendre, je ne l'ai jamais vraiment avoué à personne d'autre. Ce qui s'est raconté partout, comme tu le sais, c'est que le jour de l'accident, qui était également le jour de l'anniversaire de la mort de ma femme Yeleen, j'avais trop bu. Neïla était assise à mes côtés, et j'ai eu un accident à cause de l'alcool au volant. »

L'attention de Ruben se fit plus intense, chaque mot de Joseph captait entièrement son intérêt. Joseph poursuivit, ses yeux exprimaient une douleur ancienne et persistante. « En réalité, je n'avais pas trop bu. J'étais parfaitement lucide. Ce qui m'a perturbé ce soir-là, c'était autre chose. » Joseph prit une pause, scrutant les réactions de Ruben.

« En conduisant, j'ai cru voir Yeleen. Mais ce n'était pas elle, c'était Neïla. Elles ne se ressemblent pas physiquement, mais à ce moment-là, je les ai confondues. J'ai pris Neïla avec moi pour la raccompagner, mais la vision de Yeleen me troublait tellement que j'ai perdu de vue la route, et c'est là que l'accident s'est produit. Tout est allé très vite. Je m'en veux énormément. Je m'en voudrai toute ma vie. À cause de moi, Neïla, qui était un véritable rayon de soleil, a fini brisée, en fauteuil roulant. »

Ruben écoutait attentivement, absorbé par le récit de Joseph. Celui-ci continua, malgré l'émotion qui commençait à monter. « C'est pourquoi j'ai toujours tenu à m'occuper de tous les frais liés à ses soins. Mais l'image de Yeleen ce jour-là ne cesse de me hanter. J'ai beau retourner la situation dans tous les sens, je suis persuadé de l'avoir vue. Ce n'était pas une hallucination. Mais je ne sais pas vraiment comment cela a pu être possible. »

Joseph s'arrêta. Ruben, abasourdi, ne trouva pas immédiatement les mots. Il attrapa nerveusement une des brochettes posées sur la table, dont l'odeur épicée alléchante le perturbait moins que ce qu'il était en train d'écouter. Il connaissait Joseph depuis des années, mais jamais il n'avait entendu une telle confession.

« Tu te souviens de Yeleen ? » demanda finalement Joseph, ses yeux plongés dans ceux de Ruben.

Celui-ci confirma. Joseph se replongea dans ses souvenirs, nostalgique. « J'ai rencontré Yeleen quand elle était encore étudiante et que je venais d'arriver en ville pour me lancer dans les affaires. Ça a été le coup de foudre direct entre nous. Même si je n'avais pas grand-chose à ce moment-là, Yeleen était tout pour moi. Le rayon de soleil qui me guidait dans l'obscurité. »

Joseph s'arrêta un instant, ses yeux se perdant dans le vide. « Entre nous, les choses se sont enchaînées assez vite. La demande en mariage, le mariage. Elle m'aidait à avancer, à ne pas désespérer même quand je n'avais aucune opportunité. Grâce à elle, j'ai pu m'accrocher. Elle a terminé ses études de médecine et moi, j'ai commencé à monter ma petite structure. Nous pouvions enfin nous projeter dans l'avenir. Elle venait d'obtenir un poste à l'hôpital général de la ville, et nous avions prévu de fonder enfin une famille. »

Le poing de Joseph se serra, son visage trahissait une douleur aiguë et immédiate. « Mais le pire est arrivé. Un jour, en sortant de l'hôpital, elle a été fauchée par une voiture qui roulait à vive allure. On n'a jamais retrouvé ce chauffard. »

Ruben ressentit une vague de compassion et de tristesse pour son ami. Il se souvenait des jours sombres qui avaient suivi l'accident. Joseph reprit. « Ce fut un déchirement pour moi. J'ai vidé tous mes comptes pour qu'elle ait les meilleurs soins. J'ai passé des nuits blanches à l'hôpital à ses côtés, délaissant le reste, car elle était tout pour moi. Mais rien n'y fit. Elle n'a pas pu survivre.

« Pour moi, ce fut un véritable drame. Cela m'a détruit mentalement. Tout le monde me disait d'être fort, mais je n'avais pas le courage de l'être. Je savais bien que je devais le faire, mais c'était comme marcher sur des éclats de verre.

« Tu te souviens de cette période, Ruben ? À quel point j'étais amorphe, n'ayant plus le goût de rien. Il fallait pourtant continuer à sourire, faire semblant de tenir le coup pour organiser les funérailles et l'enterrement. »

Ruben, le cœur serré par ces souvenirs douloureux, opina doucement. Il se rappelait la peine de son ami, l'épreuve insurmontable qu'il avait dû traverser.

« Les funérailles ont été un calvaire. Voir le corps sans vie de Yeleen, déformé par l'accident, c'était proprement insoutenable. Les accusations de sorcellerie par certains membres de sa famille n'ont rien arrangé. Tout cela était si terrible pour moi.

« Après la cérémonie, j'ai décidé de m'éloigner de la famille de Yeleen. Mais avant ça, je voulais m'occuper de ses petits frères et sœurs. Elle était l'aînée de sa fratrie, et c'était son souhait que je prenne soin d'eux. J'ai donc travaillé encore plus dur, cherchant à gagner de l'argent par tous les moyens pour pouvoir les aider financièrement. Dès qu'ils ont eu une certaine stabilité, j'ai coupé les ponts, pour éviter de ressasser les souvenirs douloureux. Tu comprends jusqu'ici ?

— Oui, je comprends. Mais je ne vois toujours pas où tu veux en venir.

— Patiente encore un peu. J'y arrive. » Il remplit à nouveau son verre, se donnant le temps de rassembler ses pensées.

« Après l'accident avec Neïla, je n'arrivais plus à fonctionner normalement. Tout cela, la vision de Yeleen, m'avait profondément perturbé. J'avais besoin de comprendre ce qui se passait, d'éclaircir ma culpabilité et ma confusion. J'ai donc décidé de retourner voir la famille de Yeleen, pour savoir ce qu'ils en pensaient.

« Ce fut compliqué. Ils refusaient de me rencontrer. Pour eux, j'étais celui qui les avait abandonnés. Ils ont fini par me dire d'aller voir la matriarche de la famille, elle seule pouvait décider si j'avais le droit de poser des questions. J'ai dû traverser un vrai parcours du combattant pour la retrouver. Peu de gens étaient disposés à m'aider, mais finalement, j'ai localisé sa maison dans le village où elle résidait.

« La matriarche m'a accueilli avec des mots durs, me rappelant que j'avais cru que l'argent pouvait tout résoudre, que j'avais négligé la famille de Yeleen. Elle m'a ensuite demandé de partir, refusant d'écouter mes questions malgré mes explications.

« Dépité, je m'apprêtais à rentrer sans réponse. Puis, quelque chose en moi m'a dit de ravaler mon orgueil, de mettre ma fierté de côté, même si cela signifiait m'agenouiller pour demander pardon.

« J'ai alors fait quelque chose que je n'aurais jamais cru possible. J'ai fait demi-tour et j'ai demandé pardon à la matriarche. Pour la première fois de ma vie, je me suis mis à genoux devant quelqu'un. C'était l'acte le plus humiliant que j'aie jamais accompli, mais il était nécessaire. Elle m'a fixé longuement, son regard sondant chaque couche de mon être, avant d'accepter finalement de répondre à mes questions. Je me suis juré à cet instant que plus jamais je ne m'agenouillerais devant qui que ce soit.

« J'ai discuté avec la matriarche, lui racontant tout ce qui s'était passé avec Neïla, l'accident et la confusion liée à ma vision. Elle m'a écouté attentivement puis m'a demandé de me lever. Elle a appelé un petit garçon, qui est arrivé en courant. Elle lui a murmuré des instructions à l'oreille, si bas que je n'ai rien compris. Puis elle m'a dit de suivre ce garçon, qu'il me mènerait à quelqu'un qui pourrait répondre à mes questions.

« J'ai demandé à l'enfant où nous allions, et il m'a répondu simplement : "Chez Sikem, la voyante". Tu sais bien que je ne crois pas à toutes ces histoires de voyance et de superstitions. Pour moi, ce ne sont que des balivernes. Mais j'étais déjà allé trop loin pour me débiner. J'avais besoin de comprendre.

« Après une dizaine de minutes de marche, nous sommes arrivés devant la maison de Sikem. Le garçon est entré dans la maison et en est ressorti avec la voyante. Elle m'a observé attentivement, puis m'a demandé de m'asseoir en face d'elle sur une chaise, sur la terrasse. »

Ruben s'inclina légèrement en avant, suspendu aux lèvres de Joseph.

« Elle m'a enjoint de lui raconter mon histoire. Quand j'ai eu fini, elle m'a invité à lui donner ma main. Toujours sceptique, j'ai obtempéré. Elle a fermé les yeux, et a prononcé des mots incompréhensibles. Après quelques minutes, elle les a rouverts et m'a dit qu'elle voyait tout, que tout était clair.

— Et alors ? Qu'avait-elle vu ?

— Sikem m'a dit qu'avant de me raconter ce qu'elle avait vu, elle devait me parler du fonctionnement de leur univers spirituel. Elle m'a expliqué que chez eux, quand quelqu'un meurt, son âme ne disparaît pas immédiatement. Elle se rend dans le monde des ancêtres, que l'on pourrait représenter par un grand arbre. Les âmes des ancêtres décédés s'agrippent à cet arbre. Ceux qui ont vécu une vie honorable et ont eu une mort honorable renforcent l'arbre, tandis que les âmes rejetées, considérées comme de mauvais fruits, n'ont pas de continuité. Les racines de cet arbre symbolisent la connexion entre les vivants et les ancêtres. Tant que les descendants sont connectés à ces racines, ils bénéficient de la protection des ancêtres. Sikem m'a dit que parfois, les ancêtres ressentent le besoin de se réincarner pour accomplir des missions inachevées. Ils passent par les racines de l'arbre lorsqu'un descendant naît sans une âme constituée. Ils se réincarnent, vivent leur nouvelle vie, puis retournent à l'arbre des ancêtres une fois leur mission accomplie.

— J'ai déjà entendu des histoires de ce genre, l'interrompit Ruben. Vraies ou pas, je ne vois pas le lien avec Neïla. Nous ne sommes même pas du même village que Yeleen.

— Sikem m'a aussi précisé que dans le cas de Yeleen, c'était spécial. Normalement, une âme a besoin de l'approbation des ancêtres pour se réincarner, ce qui signifie que dans un premier temps, elle doit retourner à l'arbre des ancêtres. Mais parfois, lorsque l'âme de la personne décédée n'est pas encore retournée à l'arbre et qu'elle se retrouve en présence d'une femme enceinte, elle peut directement entrer en contact avec l'âme qui se forme dans le ventre de la mère, car toutes deux sont connectées au même arbre à ce moment-là.

« C'est pourquoi, a-t-elle rajouté, chez nous, on interdit aux femmes enceintes de rendre visite aux mourants et même d'assister aux enterrements. Si par malheur ça arrivait, la femme doit se rendre chez un voyant pour qu'il demande à l'âme de l'ancêtre de retourner à l'arbre, car ce n'est pas encore son tour. Si jamais cela ne se fait pas, les deux âmes doivent cohabiter au sein du nouvel être, jusqu'à sa maturité. Ensuite, il devient impossible de demander à l'âme de l'ancêtre de retourner dans l'arbre, car l'une aura complètement absorbé l'autre, ne formant plus qu'une seule et même âme.

— Ça n'a pas de sens ce que tu racontes, Joseph, s'agita Ruben nerveusement. Thaïma, ma femme, n'était même pas présente à l'enterrement de Yeleen !

— C'est vrai, mais souviens-toi, Thaïma est venue à l'hôpital quand Yeleen est décédée. Sikem n'aurait jamais pu savoir cela, mais elle me l'a dit sans que je lui en parle. »

Ruben fouilla dans sa mémoire, son visage se décomposant au fur et à mesure qu'il se rappelait les détails.

« Oui, elle était passée me chercher à ce moment-là, mais ça n'a duré qu'un instant, et Yeleen était encore vivante…

— Non, Ruben. Yeleen venait de mourir quand Thaïma est arrivée pour te chercher. Je n'avais pas voulu l'accepter à l'époque, c'est pourquoi j'ai dit à tout le monde qu'elle était encore vivante et que tout irait bien.

— C'est insensé ! Nous ne sommes même pas du même village que Yeleen. Comment ces histoires pourraient-elles s'appliquer à nous ?

— Je ne te demande pas de me croire sur parole. Écoute simplement jusqu'au bout. J'ai objecté la même chose à Sikem, et elle m'a appris qu'il y avait eu une guerre violente pendant la colonisation. Les Blancs ont brûlé le village depuis le ciel, dispersant une partie des membres de la même concession. Certains se sont réfugiés dans un autre village au-delà des montagnes et ne sont jamais revenus une fois la situation calmée.

« J'ai vérifié, Ruben. Il y a bien eu des déplacements de population pendant la période coloniale. Lorsque je suis allé sur place, beaucoup m'ont dit que leurs aïeux ne leur avaient jamais clairement dit d'où ils venaient, et que c'était pour cela qu'avec le temps, ils n'avaient jamais pu y retourner.

— Le père de Thaïma m'a effectivement parlé d'une histoire similaire, ce n'est pas très connu, mais pas caché non plus.

— Tout s'explique, Ruben ! lança Joseph, exalté. Neïla a en elle la continuité de l'âme de Yeleen. Même si physiquement elles ne se ressemblent pas, elles sont pareilles sur le reste.

« Sikem m'a révélé que le lien entre l'âme de Yeleen et le monde des vivants, dû à l'amour profond et réciproque que nous avions l'un pour l'autre, n'a jamais été totalement rompu. Quand j'étais au plus fort de ma détresse, j'ai pu entrevoir l'émanation de son âme de façon brève chez Neïla. »

Ruben, malgré son scepticisme, ne pouvait détourner le regard de son ami qui paraissait sincèrement convaincu de ce qu'il racontait. Les détails, les émotions, tout semblait si réel. Joseph continua, avec une étrange mélancolie. « Sikem m'a expliqué que, de toute façon, nous ne pouvons plus rien faire maintenant, car les ancêtres ont accepté cet état de fait.

« Tu sais tout à présent. Je comprends que cela puisse être difficile à accepter, Ruben. Même pour moi, c'était compliqué, car je suis sceptique de nature quant à toutes ces histoires de croyances. Mais j'y ai beaucoup réfléchi, et c'est la seule explication possible. Si j'ai voulu épouser Neïla, malgré ses sentiments hostiles envers moi et la situation complexe due à l'accident, c'est parce que je sais que c'est l'âme de Yeleen qui vit en elle.

— Cela me paraît complètement invraisemblable, Joseph, reprit Ruben calmement, après un court silence introspectif. Je ne savais pas que la mort de ta femme t'avait tant affecté, au point de te mettre à croire à de telles histoires pour te consoler après toutes ces années. »

Ruben prit une gorgée de vin avant de poursuivre.

« J'ai une autre question, Joseph. Pourquoi as-tu voulu saboter ma boutique ?

— Je ne vois pas de quoi tu parles, se défendit Joseph, interdit.

— Mamoudou, mon employé, a tout avoué.

— Je ne connais pas de Mamoudou, dit-il d'abord sèchement, avant de changer de ton pour tenter d'amadouer Ruben, se sentant acculé. Mais oui, je le concède, j'ai fait jouer mes relations pour mettre ta boutique en difficulté. Je voulais que tu sois sous pression financière pour accepter plus facilement ma proposition, ne m'en veux pas, j'ai agi avec de bonnes intentions. »

La douce lumière du lustre offrait une lueur dorée au salon, réchauffant à peine l'ambiance glaciale qui régnait désormais entre les deux hommes. Joseph pouvait sentir une sueur froide couler dans son dos.

Ruben, en revanche, livrait une intense bataille intérieure. Chaque fibre de son être voulait croire en l'amitié de Joseph, mais les faits et les aveux étaient trop durs à ignorer. Son esprit bouillonnait de pensées conflictuelles, le laissant à la fois en colère et profondément déçu. Il se sentait trahi, comme si une lame de poignard s'était enfoncée dans son cœur, tournant lentement pour lui infliger une douleur insupportable.

« Au nom de notre vieille amitié, sache que j'ai énormément de respect pour toi et que je n'ai jamais voulu te faire du mal », ajouta Joseph, navré par le tour qu'avait pris la discussion.

Ruben pensa alors à Gamal et dut accepter le fait que son fils avait eu raison. « Je pensais que tu étais mon ami, Joseph. Je n'aurais jamais cru que tu pouvais tomber si bas. »

Ruben se leva brusquement et annonça fermement : « Il n'y aura pas de mariage avec ma fille.

— Pardonne-moi, Ruben, supplia plaintivement Joseph. Je te demande pardon. Combien veux-tu ? Combien pour que ce mariage se fasse ? Je suis prêt à payer cher.

— Il y a des choses que l'argent ne peut acheter », lâcha froidement Ruben.

Debout dans la quasi-pénombre de la pièce, Joseph regarda Ruben s'éloigner, chaque pas de son vieil ami sonnait comme un glas funèbre dans son cœur. Ses dernières paroles tournaient en boucle dans son esprit : *Il y a des choses que l'argent ne peut acheter.*

Ce moment, cet échange, marquerait à jamais leur relation, il en était certain. Joseph se tenait là, dévasté, les mains tremblantes, conscient qu'il venait de perdre bien plus qu'une simple négociation. Il avait perdu la confiance et l'amitié de Ruben, un homme qu'il respectait réellement. Les regrets se mêlaient à une culpabilité écrasante, laissant Joseph dans un abîme de désespoir et de solitude.

## Ruben, Thaïma : 2 août

Ruben était assis sur un banc en bois, ses yeux fixés sur l'horizon, mais son esprit était perdu dans les méandres de ses pensées. La nuit tombait doucement sur le quartier festif où il se trouvait, et les lumières des vendeurs commençaient à s'illuminer, projetant des éclats de couleurs vives sur le trottoir poussiéreux. Les odeurs de poisson braisé, de viande grillée et d'épices flottaient dans l'air chaud et sec. Des clients s'affairaient autour des braiseuses de poisson, certains dégustant déjà leur repas, d'autres patientant. Dans le bar à côté, une vieille enceinte crachotait des mélodies d'époque, ajoutant une touche de nostalgie à l'ambiance animée.

Ruben soupira, encore marqué par la conversation qu'il avait eue avec Joseph. Ses révélations tournoyaient dans son esprit comme un cyclone, ébranlaient ses certitudes et faisaient remonter des souvenirs douloureux. Le crépuscule enveloppait le quartier d'une étreinte qui lui semblait douce-amère. La clameur de la vie nocturne, quant à elle, accentuait douloureusement le chaos intérieur de Ruben. Il se sentait déchiré entre le scepticisme et une étrange acceptation fataliste, cherchant désespérément un sens à tout cela. Il se demandait surtout comment il allait pouvoir protéger sa famille dans cette tempête d'incertitudes.

Thaïma arriva bientôt, le désespoir courbant ses épaules. Ses pensées étaient focalisées vers Maketa, sur ses craintes et ses espoirs quant à son état de santé, sur la frustration de ne pas trouver de solution. Un sentiment d'impuissance grandissait en elle avec virulence. Elle ignorait comment elle allait pouvoir surmonter cette épreuve sans perdre pied. Elle s'approcha de Ruben et s'assit à côté de lui sur le banc en bois.

Leurs regards se croisèrent, et pendant un moment, ils restèrent silencieux, partageant leur douleur dans un mutisme entendu. Thaïma semblait porter le poids du monde sur ses épaules. Ruben essayait malgré tout de cacher son tourment derrière un masque de stoïcisme. L'absence de dialogue entre eux agissait comme une marée, emportant les derniers vestiges de leur sérénité.

« Ruben, je ne sais plus quoi faire, s'exprima finalement Thaïma, émue. Si on ne trouve pas l'argent à temps, Maketa ne s'en sortira pas. » Ses mots étaient comme des lames effilées, taillant une plaie béante dans leur fragile équilibre, exposant crûment leur vulnérabilité.

Ruben serra la main de Thaïma. « Je sais, Thaïma. Moi aussi, je suis perdu. Mais on trouvera une solution, on n'a pas d'autre choix. »

Thaïma baissa la tête, les larmes perlant aux coins de ses yeux. « Le pasteur Isaac... il n'a pas su m'aider. Je pensais qu'il aurait des réponses, mais cette fois... je suis repartie encore plus confuse. »

Ruben inspira profondément. « Thaïma, j'ai parlé avec Joseph. Il m'a révélé des choses... des choses que je n'aurais jamais imaginées. » Il hésita un moment.

« Quoi donc ? demanda Thaïma, les yeux agrandis par la curiosité et l'inquiétude.

— Il m'a parlé de sa femme décédée il y a plusieurs années, Yeleen, de son âme, de réincarnation… C'est difficile à expliquer, mais il croit que Neïla porte en elle l'âme de Yeleen.

— Que veux-tu dire par-là, Ruben ? » paniqua-t-elle.

Ruben raconta alors tout ce que Joseph lui avait confié, les révélations sur Yeleen, l'accident, et la connexion spirituelle qu'il croyait exister entre Yeleen et Neïla. Thaïma écoutait attentivement, son visage passant de la perplexité à une sombre compréhension. Chaque mot de Ruben ajoutait un nouveau dédale alambiqué à leur situation déjà complexe.

« Je ne sais pas quoi penser de tout ça, Thaïma. Ça semble tellement invraisemblable, et pourtant… je ne peux m'empêcher de me demander s'il n'y a pas une part de vérité dans ses paroles, confessa Ruben.

— Ça doit être ce dont le pasteur Daniel me parlait, Neïla est possédée, on doit la délivrer. » Thaïma commençait à s'agiter nerveusement. Elle regarda alors vers le ciel et leva les mains.

« Seigneur, pourquoi ces épreuves maintenant ? adjura-t-elle vivement.

— Calme-toi, Thaïma, garde ton calme. »

Le banc en bois qui les accueillait, rugueux, leur rappelait la réalité brute de leur conversation. Les mains de Thaïma, moites et tremblantes, étaient serrées dans celles de Ruben, une connexion tangible à laquelle ils se raccrochaient dans leur désarroi. Le monde extérieur, avec ses bruits et ses odeurs, restait distant, comme un tableau flou en arrière-plan de leur drame personnel.

Leur conversation fut interrompue par l'arrivée de leurs plateaux de poisson, déposés devant eux par une vendeuse. L'odeur appétissante les replongea dans l'ambiance conviviale du quartier, offrant aux époux confus un court répit dans leur tourmente. Le poisson, grillé à la perfection, dégageait une fumée aromatique qui éveilla leur appétit. Ils se dirigèrent vers le bar d'à côté pour le déguster et poursuivre la discussion.

Ruben observa Thaïma, qui peinait à dissimuler son angoisse, tremblant comme une feuille. Il se força à sourire, espérant lui transmettre une partie de son courage. « Mangeons un peu, dit-il doucement. Nous avons besoin de reprendre des forces pour affronter ce qui nous attend. »

Thaïma opina, attrapant un morceau de poisson braisé. Ses pensées restaient fixées sur Maketa et Neïla. Chaque mastication lui semblait un effort, chaque bouchée avalée un rappel de l'incertitude de leur situation. Ruben, lui, tentait de savourer chaque instant, chaque saveur, comme pour s'ancrer dans le présent et oublier, ne serait-ce qu'un instant, les épreuves qu'ils auraient à traverser.

Ruben et Thaïma étaient comme deux îlots perdus, isolés dans un océan d'effervescence joyeuse. Autour d'eux, le bar était rempli de vie, les conversations et les rires des clients créaient une animation festive, mais pour le couple en pleine désolation, tout cela se dissolvait dans un lointain indifférent. Chaque note de musique portait avec elle des souvenirs enfouis d'harmonie, des échos d'un passé plus heureux.

« Thaïma, il faut que je te parle de Gamal. Il est venu me voir à la boutique, reprit Ruben gravement.

— Gamal ? Qu'est-ce qu'il voulait ? » s'étonna Thaïma.

Ruben expliqua en détail la visite de leur fils, son altercation avec Mamoudou, et la déception immense qu'il ressentait face aux machinations de Joseph pour saboter son magasin. À ces révélations, rajoutant la déloyauté d'un de leurs proches à ses angoisses déchirantes, Thaïma sentit son appétit disparaître.

« Joseph... comment a-t-il pu nous faire ça ? demanda-t-elle, sonnée.

— Je ne sais pas, Thaïma. Je pensais que nous étions amis, mais il s'est révélé être quelqu'un de tout à fait sournois. C'est pourquoi j'ai décidé qu'il n'y aurait pas de mariage entre Joseph et Neïla. »

Thaïma sentit un certain soulagement envahir son cœur. « C'est une bonne chose, Ruben. Neïla mérite mieux. On trouvera le moyen de s'en sortir autrement. »

Ruben acquiesça. « Pour Maketa, j'avais mis de l'argent de côté pour le magasin, mais il est évident que nous nous en servirons pour ses soins, ajouta-t-il. Si jamais cela ne suffit pas, je pourrai toujours voir avec Etiema. »

Les dernières paroles de Ruben apaisèrent grandement Thaïma, une lueur d'espoir renaissant instantanément dans ses yeux fatigués.

« Merci, Ruben. Je sais que tu fais tout ce que tu peux pour notre famille.

— Concernant Gamal, poursuivit Ruben, je pense qu'il a changé. Peut-être que c'est un début pour réunir la famille. »

Thaïma sentit l'émotion monter. « J'espère tellement que tu as raison. Nous avons besoin de nous retrouver, de reconstruire ce qui a été brisé », renchérit Thaïma, les larmes aux yeux. Mais cette fois-ci, il ne s'agissait pas de larmes de tristesse. Sa voix était douce, teintée d'une confiance nouvelle, vacillante mais réelle.

À cet instant, une mélodie familière emplit l'air. Une chanson sur laquelle ils avaient l'habitude de danser lorsqu'ils étaient jeunes. Les premières notes ravivèrent en eux d'anciens souvenirs radieux, des moments de bonheur partagé. Thaïma et Ruben échangèrent un regard, chacun se demandait comment ils en étaient arrivés là, comment ils avaient pu oublier l'amour qui les unissait.

Ruben se leva lentement et tendit sa main à Thaïma. « Viens, danse avec moi, comme dans nos jeunes années. » Plus qu'une simple invitation à danser, il y avait là la volonté de retrouver leur complicité d'autrefois, un geste d'amour dans l'adversité.

Thaïma hésita un instant, puis prit la main de Ruben. Ils se dirigèrent vers un coin plus dégagé du bar, leurs mouvements, hésitants au début, retrouvant peu à peu leur fluidité d'antan. Les souvenirs affluèrent alors, chaque pas de danse les rapprochant un peu plus de ce qu'ils avaient perdu, les ramenant un peu plus vers ce qu'ils avaient pourtant encore.

Ruben chuchota à l'oreille de Thaïma : « Tout rentrera dans l'ordre, peu importe ce qui se passe. Je ferai tout pour, je te le promets. »

Thaïma ferma les yeux, se laissant bercer par la musique et les paroles apaisantes qui glissaient en elle. Pour la première fois depuis longtemps, elle se sentit en sécurité, portée par l'amour de son mari. Les épreuves qu'ils subissaient de plein fouet semblaient s'estomper derrière un sentiment de paix intérieure.

La danse continua, leurs corps en harmonie, leurs cœurs battant à l'unisson. La musique mélodieuse, les lumières dorées, les bruits guillerets du bar, tout se fondait en une symphonie douce et réconfortante. Ruben et Thaïma n'étaient plus deux âmes en peine, mais un couple soudé. Ils se rappelaient à présent pourquoi ils s'aimaient, ce qui les avait réunis. Leur danse était une promesse, leurs regards un serment de rester ensemble, de se soutenir dans les moments difficiles. La soirée avançait, mais pour eux, le temps semblait suspendu, offrant un répit bienvenu à leurs cœurs tourmentés.

Samjayi, Zaria : 4 août

Samjayi déambulait dans l'une des rues les plus animées de la ville. Le crépuscule teintait le ciel d'un violet profond, et les enseignes lumineuses rutilaient dans la pénombre qui s'installait progressivement. Les néons multicolores projetaient sur le trottoir des éclats brisés de lumière, comme des rêves égarés dans la nuit. Les klaxons stridents des taxis se mêlaient aux rires et aux vives discussions des passants. Des vendeurs ambulants proposaient à grand renfort de clameurs des brochettes, des beignets et des fruits frais, leurs voix chantantes se fondaient dans la musique qui s'échappait des bars et des boîtes de nuit.

Les pensées de Samjayi, elles, s'entrechoquaient. Le visage sévère de son père, les mots doux mais cuisants de Neïla à son égard, et la série assez stupéfiante d'événements récents, tout cela se mêlait dans son esprit, le laissant désorienté et vidé. Il errait sans but. Soudain, il distingua du coin de l'œil une silhouette familière entrer dans un bar avec un groupe de jeunes. Ses yeux s'agrandirent de surprise en reconnaissant Zaria. Elle portait des vêtements qui détonnaient avec son visage juvénile, et son rire cristallin se démarquait du brouhaha ambiant. Incapable de contenir sa surprise et sa curiosité, Samjayi décida de la suivre.

À l'intérieur, l'air était appesanti par la fumée épaisse des cigarettes et par l'odeur piquante de l'alcool. Le volume de la musique était monté au maximum, les basses pulsaient dans sa poitrine. Samjayi balaya la salle du regard et aperçut Zaria, rayonnante, entourée de jeunes de son âge. Elle s'illumina encore plus en le voyant approcher et se précipita pour le serrer dans ses bras.

« Samjayi ! Quelle surprise de te voir ici ! s'exclama-t-elle avec un sourire éclatant.

— Zaria, mais qu'est-ce que tu fais ici ? Je pensais que tu étais à l'hôpital avec Neïla pour t'occuper de Maketa. Ce n'est pas un endroit pour toi. »

Zaria se recula vivement et fronça les sourcils.

« Je fais ce que je veux, Samjayi ! Tu es plus chiant que ce que je pensais, s'agaça la jeune fille.

— Tu ne peux pas simplement faire ce que tu veux, surtout en ce moment, Zaria. Et puis tu es trop jeune pour traîner dans ce genre d'endroits. Qu'est-ce qui se passe ? »

Décontenancée et en colère, Zaria sentit les larmes lui monter aux yeux. Elle se mordit la lèvre, tentant de maîtriser ses émotions, mais les mots jaillirent finalement, comme un torrent retenu trop longtemps.

« Tu veux savoir ce qui se passe ? Je vais te le dire, Samjayi. Depuis l'accident de Neïla, ma vie est devenue un enfer. À la maison, je suis invisible, bonne seulement pour faire les tâches ingrates. Personne ne me remarque, personne ne s'intéresse à moi. Neïla a toujours été la préférée, la plus brillante, la plus belle. Et moi, je suis juste… là. Depuis son accident, c'est encore pire. Tout le monde se concentre sur elle, sur ses besoins, sur sa douleur. Et moi, je suis là, à m'occuper de tout sans jamais recevoir un mot de reconnaissance ! »

Un nœud se formait dans la gorge de Samjayi, tandis qu'il réalisait la profondeur du mal-être de Zaria. Il se sentit coupable de ne pas avoir compris sa souffrance plus tôt.

« J'avais besoin de m'échapper, de trouver un endroit où je pourrais être moi-même, où je pourrais exister sans être dans l'ombre de Neïla. Ici, personne ne sait qui je suis. Je peux être quelqu'un d'autre, juste pour une nuit.

— Je suis désolé, Zaria. Je n'avais pas conscience de tout ce que tu endurais, compatit Samjayi, prenant les mains de la jeune femme dans les siennes.

— Tu ne pouvais pas savoir, personne ne le sait. Mais maintenant, tu comprends. J'ai besoin de cette échappatoire, même si ce n'est que pour quelques heures.

— Oui, je comprends, Zaria. Mais promets-moi de faire attention à toi. Tu es comme ma petite sœur, tu comptes beaucoup pour moi, et je ne veux pas te voir te perdre dans cette quête de reconnaissance.

— Merci, Samjayi. Je ferai attention, je te le promets », répondit Zaria en sanglotant.

Ils restèrent là un moment, immobiles et silencieux au milieu du bar bruyant, deux âmes cherchant un peu de réconfort.

Les amis de Zaria s'approchèrent, inquiets et curieux de l'émotion affichée par la jeune femme.

« Ça va, Zaria ? On t'a vue avec ce gars... s'inquiéta un garçon grand et mince arborant une imposante coupe de cheveux bien peignés et une veste en cuir usée.

— Ouais, tu as l'air secouée. Tu veux qu'on reste avec toi ? demanda une jeune femme portant une perruque blonde et une robe moulante.

— Oui, tout va bien. Mais je ne suis plus trop d'humeur à faire la fête, répondit Zaria, dans un sourire forcé.

— Tu es sûre ? On peut te raccompagner si tu veux, proposa le jeune homme.

— Merci, les gars. Mais Samjayi va me ramener. On se voit plus tard. »

Les visages de ses amis se teintèrent de déception, mais ils n'insistèrent pas. Samjayi et Zaria quittèrent le bar, laissant derrière eux l'agitation festive et les éclats de rire. Dehors, les réverbères baignaient la rue d'une lumière chaude et projetaient des ombres allongées sur le sol irrégulier. Les vendeurs ambulants commençaient à remballer leurs étals, et les clients des bars s'attardaient sur les trottoirs, discutant joyeusement.

« Zaria, tu sais que ce n'est pas une bonne idée de traîner dans des endroits comme ça, reprit Samjayi, soucieux de bien mettre Zaria en garde.

— Je n'ai pas besoin d'un sermon, Samjayi. Je voulais juste m'amuser un peu, oublier mes soucis, soupira Zaria, de nouveau agacée et frustrée. Et toi, d'abord, qu'est-ce que tu penses vraiment de Neïla ? riposta-t-elle. Genre, réellement. »

Cette question raviva immédiatement la douleur des jours précédents dans l'esprit de Samjayi. Les souvenirs de sa déclaration suivie du rejet de Neïla tournaient depuis en boucle dans son esprit. « Neïla... c'est une personne incroyable. Forte, belle... », commença-t-il. Sa voix s'éteignit, incapable de trouver les mots pour exprimer la complexité de ses sentiments. Zaria, perplexe, se contenta d'un hochement de tête. Elle pouvait sentir la profondeur du trouble de l'ami de sa sœur, mais choisit avec pudeur de ne pas insister.

Lorsqu'ils atteignirent l'avenue, Samjayi arrêta un taxi et ouvrit la porte pour Zaria. Elle monta à l'intérieur, jeta un dernier regard à celui qui l'avait raccompagnée mais qui, visiblement, était maintenant perdu dans ses propres pensées.

« Prends soin de toi, Zaria, dit-il doucement.

— Toi aussi, Samjayi. » Un triste sourire se dessina sur les lèvres de la jeune fille. Le taxi démarra, laissant Samjayi seul sur le trottoir.

Samjayi sentit alors le poids des événements récents l'écraser. La nuit avançait, et les rues de la ville se vidaient peu à peu de leur animation diurne. Il regarda sa montre et réalisa qu'il devait se dépêcher de rentrer. Il lui fallait vraiment éviter de nouveaux conflits familiaux. Cependant, il avait besoin d'un peu de réconfort, même momentané. Il se dirigea vers un petit bar à l'angle de la rue, une enseigne modeste mais accueillante.

Il s'assit au comptoir et commanda une bière. Dès les premières gorgées, ses pensées vagabondèrent et l'entraînèrent vers le passé. Il se revoyait, il y a quelque temps, sortant en boîte de nuit avec Madelson. Pour la première fois, il avait ressenti une liberté fabuleuse bien qu'éphémère, plongé dans un moment où les contraintes de sa vie quotidienne s'étaient évanouies. Au cours de cette soirée, il avait goûté à un sentiment de reconnaissance et d'émancipation qu'il n'avait jamais connu auparavant.

Il repensa alors à Samira. Il se rappelait ses regards audacieux, lors de leur soirée ensemble qui avait mal tourné. Malgré tout ce qui s'était passé ensuite, il ne pouvait s'empêcher de penser avec un certain délice aux moments fugaces de plaisir et de liberté qu'elle lui avait offerts. Plus il réfléchissait, plus il voyait en elle une échappatoire possible, une chance de se détourner de ses tourments présents.

Il prit son téléphone, hésitant un instant avant de composer son numéro. Il espérait que renouer avec elle pourrait détendre son esprit oppressé. La première sonnerie retentit, suivie d'une deuxième, puis d'une troisième sans réponse. Il sentit poindre la frustration et le doute. Quelques minutes après cet essai infructueux, il rédigea un message.

« Salut Samira, c'est Samjayi. Je voulais m'excuser pour le comportement que j'ai eu avec toi. Je sais que j'ai été distant et maladroit. J'aimerais vraiment qu'on puisse se revoir et parler. Peut-être qu'on pourrait repartir sur de meilleures bases. »

Il relut son texte plusieurs fois avant de l'envoyer. L'attente de la réponse lui sembla durer une éternité. Finalement, son téléphone vibra.

« Ce n'est pas grave, Samjayi. Tu es pardonné. Mais je n'ai pas beaucoup de temps en ce moment pour qu'on se revoie. »

La réponse froide de Samira ajouta une nouvelle couche à son désarroi. Il se sentait rejeté et confus. Il avait espéré que cette tentative de réconciliation lui apporterait un peu de paix, mais au lieu de cela, elle amplifiait son sentiment de solitude. Il comprenait que

Samira avait ses propres raisons d'être distante, mais cela n'atténuait pas la douleur de son rejet.

Il termina sa bière, laissant le goût amer persister sur sa langue. Il se leva ensuite du comptoir, paya sa consommation et sortit du bar. La nuit de la ville l'entourait de son manteau d'obscurité, les étoiles indifférentes à son mal-être.

Sur le trajet du retour, les souvenirs continuèrent à l'assaillir. Il pensa à Neïla, à sa beauté et à sa force, et au moment éprouvant où elle avait décliné ses timides avances. Il pensa à Zaria, à ce qu'elle venait de lui avouer. Il pensa à Samira, à ses charmes et à ses mystères, et à l'incertitude qui entourait leur relation. Les lumières des réverbères vacillaient comme ses certitudes, et les ombres composaient des formes inquiétantes qui semblaient se moquer de son trouble.

Arrivé chez lui, Samjayi s'arrêta un instant devant la porte et prit une profonde inspiration avant d'entrer. Il savait qu'il devait trouver un moyen de surmonter cette période de turbulences, afin de retrouver un sens à sa vie. Mais pour l'instant, tout ce qu'il se sentait capable de faire, c'était de continuer à avancer en tâtonnant, pas à pas, dans l'obscurité.

Il ouvrit la porte et pénétra dans la maison, où l'attendait seulement le calme pesant de la nuit. Il se dirigea vers sa chambre et se laissa tomber sur son lit, fixant le plafond. La nuit promettait d'être longue, peuplée de rêves incertains.

## Gamal, Skylas : 19 août

L'appartement de Gamal était très modeste, une seule pièce à peine meublée. Un matelas posé à même le sol occupait la majorité de l'espace. Deux chaises, chargées de chemises et de t-shirts, faisaient face à une petite table sur laquelle étaient posés quelques assiettes et couverts, un paquet de cigarettes ouvert, une cigarette à moitié fumée et une feuille contenant de la marijuana. Une valise renfermant tout le reste de ses affaires était placée dans un coin.

La pièce était éclairée par la lumière blafarde d'une ampoule nue suspendue au plafond. L'obscurité du soir transparaissait à travers l'unique petite fenêtre aux rideaux fins et délavés. L'air vicié portait des relents de fumée de cigarette froide, de joint, de linge sale et de poussière. Projetées par la lumière vacillante, des ombres mouvantes dansaient sur les murs nus eux aussi et ajoutaient au malaise qui émanait de la pièce.

Gamal était assis sur le matelas, la Bible entre les mains. Ses doigts glissaient sur les pages jaunies dans lesquelles il cherchait de l'apaisement. Il essayait de se concentrer sur les paroles graves et sacrées qu'il lisait. Chaque mot sévère lui rappelait ses péchés passés, chaque parole charitable attisait ses espoirs pour l'avenir. Il oscillait entre culpabilité et désir de rédemption.

Soudain, des coups secs retentirent à la porte, tirant Gamal de ses pensées. Il se dépêcha de ranger sa Bible sous son oreiller. La porte s'ouvrit en grinçant, laissant entrer Skylas, suivi de près par une jeune fille que Gamal ne connaissait pas, Samira. La vive lumière de la véranda se déversa dans la pièce, contrastant avec l'éclairage terne de l'appartement. Skylas jeta un coup d'œil critique autour de lui, ses yeux s'attardèrent sur chaque recoin de la pièce, comme s'il cherchait à saisir comment quelqu'un pouvait habiter dans un tel logement.

« Je ne comprends toujours pas pourquoi tu as quitté ma chambre d'étudiant pour venir vivre dans un endroit pareil. » Il prit une cigarette du paquet qui traînait et l'alluma avec un briquet en argent qu'il sortit de sa poche. La flamme éclaira brièvement son visage, soulignant ses traits tendus. Il fit quelques pas pour se rapprocher de Gamal.

« J'en avais marre de devoir sortir à chaque fois que tu avais besoin de gérer tes "dossiers" », répondit Gamal, ironiquement.

Skylas, avec une expression dure, fit un geste de la tête vers Samira, restée en retrait, les yeux rivés sur son téléphone. « Attention, je ne suis pas seul, fit-il remarquer. Je suis venu pour le compte rendu dont tu m'as parlé », précisa-t-il en tirant une longue bouffée de sa cigarette, avant de libérer une chaise des vêtements qui y étaient posés d'un geste désinvolte. Il s'assit.

Gamal s'exécuta : « C'est bon pour les trois locataires, ils vont bouger le mois prochain. Ça n'a pas été facile, mais j'ai fait ce qu'il fallait ». Il marqua une pause.

« La fiche sur les locataires que tu m'as donnée a été très utile. Tu ne veux pas savoir comment j'ai fait pour les faire partir ?

— Non, on en parlera plus tard », répondit calmement Skylas.

Gamal sembla légèrement soulagé par cette réponse.

« Mais j'ai besoin de mon argent avant toute chose, s'empressa-t-il d'indiquer.

— Pas de problème. Et Mamoudou ?

— C'est le premier que j'ai mis à la porte », dit-il, avec une lueur de triomphe dans les yeux, où l'on percevait néanmoins une ombre de préoccupation qu'il n'arrivait pas à masquer.

Un échange tendu et rapide s'ensuivit. Skylas, tout à coup devenu nerveux, se leva brusquement et fit quelques pas dans la pièce, puis écrasa sa cigarette dans une assiette vide. Il se tourna vers Gamal, son regard durci par des considérations conflictuelles. « Écoute, pour Mamoudou, il va falloir le laisser tranquille, lui et sa famille, jusqu'au dernier moment. »

Gamal, perplexe, resta immobile un instant, tentant d'analyser la situation. Ses yeux se posèrent finalement sur Samira, qui évitait clairement son regard depuis le début. Soudain, il réalisa pourquoi Skylas avait changé d'attitude : la jeune fille qui l'accompagnait ressemblait étrangement à l'épouse de Mamoudou. C'était troublant, comme si une version plus jeune et plus moderne de cette femme se tenait là, insouciante, absorbée par son écran.

« OK, je vois. Je comprends maintenant. Mais moi, j'ai fait ce que j'avais à faire. Si tu veux changer les plans, c'est à toi de t'en occuper. »

Leur échange fut soudain interrompu par une sonnerie provenant de la poche de Gamal. Il sortit son téléphone et y vit un message de

Neïla. Il l'ouvrit et lut rapidement : « Gamal, viens à la maison dans trois jours. On doit parler. » Il relut les mots sibyllins, cherchant entre les lignes une explication qui n'y était pas, le laissant décontenancé. De quoi sa sœur voulait-elle parler ? Pourquoi lui demandait-elle de venir à la maison ? Des questions se bousculaient dans son esprit, mais il demeura impassible, dissimulant son trouble intérieur. Il rangea son téléphone et reprit, intraitable :

« J'ai besoin de l'argent maintenant. Et pour Mamoudou, c'est à toi de gérer, pas à moi.

— Très bien. On se recontacte bientôt », s'agaça Skylas. Il sortit une enveloppe de sa veste qu'il déposa sur la table. Il se dirigea ensuite vers la porte, et Gamal se leva du matelas. Samira lui jeta enfin un regard ; ses yeux étaient remplis de regret.

Pour finir, Skylas posa une main sur l'épaule de Gamal en se tournant une dernière fois vers lui. « N'oublie pas qui aide qui, Gamal », dit-il d'une voix grave avant de franchir le seuil.

Les mots avilissants de Skylas mortifièrent Gamal autant que l'aurait fait une gifle, une brûlure invisible qu'il dut encaisser sans broncher. Il referma la porte derrière eux. Il s'assit sur le matelas, prenant un moment pour calmer le chaos de ses pensées. L'air s'était fait plus suffocant, la pièce plus étouffante après cette rencontre qui s'était achevée de façon hostile.

Il ressortit alors sa Bible, cherchant une réponse, un apaisement dans les paroles sacrées. Mais le message de Neïla clignotait encore dans son esprit. Il savait qu'il devait se préparer à affronter sa famille, à renouer avec eux peut-être, et à trouver un moyen de contribuer à la guérison de Maketa.

Les mots de la Bible semblaient prendre un nouveau sens à présent. Il ferma les yeux, se laissant envahir par une paix fragile mais bienvenue, prêt à faire face aux jours à venir.

**Partie 6 : L'AUBE NOUVELLE**

« Lorsque l'aube éclaire à nouveau l'horizon, elle offre une page blanche, un champ de possibles où même les cœurs brisés peuvent se reconstruire. »

## Neïla, Samueli, Joseph : 18 août

Le soleil déclinant de la fin d'après-midi baignait la ville d'une lumière dorée et brûlante, rendant l'air épais. La chaleur accablante pénétrait dans chaque recoin et renforçait la sensation d'étouffement qui régnait sur la ville. Poussant le fauteuil roulant de Neïla, Samueli avançait lentement dans une rue animée, où la vie grouillait malgré la torpeur ambiante. Le goudron, abîmé par le passage incessant des véhicules et des piétons, craquait sous les roues du fauteuil, tandis qu'une poussière jaune, soulevée par le vent léger, se déposait partout, ternissant les couleurs vives des parasols ornés de diverses images publicitaires.

Devant le commissariat, des motos-taxis attendaient. Leurs conducteurs engourdis par la chaleur jetaient des regards curieux vers les passants. Des vendeurs ambulants, abrités sous leurs parasols colorés, proposaient divers produits alimentaires, leurs harangues se mêlant au bourdonnement des moteurs et aux cris lointains des enfants jouant dans une rue voisine.

Neïla baissa les yeux, observant les irrégularités du sol devant elle. Ses pensées étaient aussi chargées que l'air qu'elle fendait difficilement, lestées de la poussière des regrets et des souvenirs amers. « Je suis désolée de te faire subir tout ça, Samueli… », bredouilla-t-elle, d'une voix à peine plus audible qu'un souffle.

Samueli serra plus fort les poignées du fauteuil. « Ne t'excuse pas, Neïla. C'est normal. Après tout ce qu'on a traversé ensemble, je suis là pour toi. »

Elles continuèrent d'avancer, se frayant un chemin entre les piétons, les voitures, et les motos-taxis qui se partageaient la voie en un ballet chaotique. La pente de la route accentuait l'effort de Samueli, mais elle ne montra aucun signe de fatigue, chacun de ses pas martelant le sol tel un battement de cœur régulier, un ancrage dans la tempête émotionnelle qui les malmenait.

Neïla tourna légèrement la tête pour regarder Samueli. « Tu passes moins de temps avec Sébastien à cause de moi ? » demanda-t-elle, une ombre d'inquiétude dans la voix.

Samueli sourit doucement, bien que Neïla ne puisse le voir. « Non, ce n'est pas à cause de toi. Sébastien est concentré sur ses révisions, il ne veut pas de distractions en ce moment. Il souhaite réussir ses concours à tout prix, donc je le soutiens sans trop le déranger. Et toi, tu as besoin de soutien en ce moment, alors je suis là. »

Leur chemin les mena bientôt à une rue plus calme, en contraste avec l'agitation de la grande route. Ici, les hautes maisons se dressaient de part et d'autre, imposantes, presque écrasantes dans leur austérité. Le souffle léger du vent se mêlait aux rares bruits environnants, comme le passage occasionnel d'une moto ou les bruissements à peine perceptibles des quelques passants.

Samueli finit par rompre le silence.

« Comment vas-tu faire avec Samjayi ?

— Je ne sais pas... soupira Neïla. Je n'ai pas la tête à ça en ce moment. Il s'en remettra.

— Au moins, il t'a donné les informations sur Joseph. J'espère vraiment que ça t'aidera à trouver une solution pour Maketa. »

À l'évocation de sa sœur, une douleur sourde envahit le cœur de Neïla. L'image de Maketa alitée, si fragile, la vie s'échappant peu à peu de son corps, hantait son esprit. Pour elle, Neïla était prête à tout. Ce fardeau, cette responsabilité, la poussait à avancer coûte que coûte, même vers cet endroit où elle aurait préféré ne jamais devoir se rendre.

Samueli, percevant le malaise de son amie, changea de sujet :

« Et Bertina... Sa situation me peine énormément.

— Moi aussi, répondit Neïla, traversée par une nouvelle vague de tristesse. Elle est très perturbée. Depuis qu'elle est allée... enfin, depuis l'avortement, elle ne sort presque plus de chez elle. Malgré tout le soutien qu'on essaie de lui apporter, elle se renferme de plus en plus.

— C'est tellement difficile, approuva Samueli en hochant la tête. Personne ne savait ce qu'elle allait faire. Et Samjayi... Il n'était même pas au courant de ce qu'il se passait. Il pensait simplement l'accompagner à une consultation. C'est après coup qu'il a compris la raison de sa venue.

— Oui, déclara tristement Neïla. Je pense qu'il est tout aussi bouleversé qu'elle, même s'il ne le montre pas. Et Madelson... Depuis qu'il a appris qu'elle était enceinte, il a tout bonnement disparu. Il ne répond plus à personne, comme s'il pouvait juste effacer tout ça en se cachant. »

Les deux amies continuèrent à avancer, d'une allure presque hésitante, désormais comme engourdies face à l'écho des multiples drames qui avaient frappé leur groupe d'amis en si peu de temps. Toutes deux ressentaient l'ampleur du chamboulement qui s'était abattu sur leur cercle autrefois si soudé. Les épreuves que chacun traversait avaient érigé des murs invisibles entre eux et rendaient chaque jour un peu plus difficile à affronter.

« Tout a changé tellement vite, souffla Samueli, les yeux fixés droit devant elle. On avait l'habitude de tout partager, de tout traverser ensemble, et maintenant... on dirait qu'on s'est tous perdus. »

Neïla ne répondit pas, son esprit troublé par ses souvenirs récents de Bertina, par la détresse qu'elle lisait dans ses yeux chaque fois qu'elle ou Samueli essayait de l'aider. L'avortement n'était pas un acte médical anodin, elle le savait, c'était une décision aux nombreuses conséquences, une épreuve psychologiquement écrasante, qui laissait des cicatrices profondes et invisibles. Neïla comprenait parfaitement que Bertina se sentît seule, même entourée, incapable de partager pleinement le poids de ce qu'elle avait vécu.

En approchant du grand portail noir de la maison de Joseph, Neïla sentit subitement la peur la gagner. « Je ne sais pas si je peux le faire, Samueli... », avoua-t-elle, ses mains tremblant sur les accoudoirs de son fauteuil.

Samueli se pencha vers elle, enveloppant Neïla dans une tendre et chaleureuse étreinte. Leurs respirations se mêlèrent, leurs cœurs battirent à l'unisson, offrant aux deux amies un moment de réconfort dans cette mer d'incertitudes sur laquelle elles naviguaient tant bien que mal. Samueli prit le visage de Neïla entre ses mains, ses pouces caressèrent doucement ses joues, et elle la regarda droit dans les yeux. « Je suis là, Neïla. Si jamais ça ne va pas, je serai toujours là pour toi. »

Le courage de Neïla, fragile comme du verre, sembla se renforcer sous ce regard bienveillant, devant cette promesse qui lui insufflait une dose d'énergie vitale. Ses yeux s'humidifièrent légèrement, un timide sourire apparut sur ses lèvres. Elle inspira profondément, puis demanda à Samueli de sonner.

Quelques minutes s'écoulèrent. Puis le portail s'ouvrit dans un grincement métallique, révélant Sandrine, la jeune ménagère de Joseph. Dès qu'elle aperçut Neïla, un éclat de surprise passa brièvement dans ses yeux, rapidement remplacé par un regard froid et calculateur.

« Donc c'est toi, dit-elle d'un ton sec, les bras croisés, la fameuse Neïla qui cause tant de tourments à monsieur... » Ses lèvres esquissèrent un sourire forcé, masquant mal une jalousie et un mépris évidents.

Neïla sentit une chaleur plus que désagréable monter en elle, une bouffée de colère et de honte qui menaça de la submerger. Mais elle se contint, se redressa du mieux qu'elle le pouvait dans son fauteuil, et affronta le regard de Sandrine avec une dignité qu'elle puisait dans ses dernières réserves de force. Derrière elle, Samueli posa une main rassurante sur son épaule.

Le regard de Sandrine se fit plus intense, comme si elle cherchait à évaluer cette femme qui semblait hanter les pensées de Joseph bien plus qu'elle ne le devrait. La jeune femme ressentait un pincement au cœur en observant Neïla, mais elle refoula ses sentiments ; elle savait pertinemment que tant que Neïla serait dans les parages, Joseph ne la verrait jamais autrement que comme une simple employée.

« Nous sommes ici pour voir Joseph », dit sèchement Samueli. Sandrine, après un bref moment d'hésitation, s'écarta pour les laisser entrer, ses lèvres pincées en une ligne désapprobatrice. Le portail se referma derrière elles avec un claquement sec, comme un couperet.

Neïla agrippa les accoudoirs de son fauteuil, son cœur battant à tout rompre. Elle allait enfin affronter l'homme qui l'avait brisée, mais qui, paradoxalement, détenait peut-être à la fois la clé pour sauver sa sœur et les réponses à des questions cruciales qu'elle se posait. Elle ne pouvait reculer, pas maintenant. Pas après tout ce qu'elle avait enduré pour arriver jusque-là.

Le soleil, haut dans le ciel d'après-midi, dardait des rayons éclatants. Sa lumière vive irradiait d'une manière presque trop crue, comme si elle exposait sans pitié les émotions prêtes à éclater. Neïla, les yeux rivés sur la porte de la maison, se prépara à la rencontre tant redoutée qui l'attendait.

La maison, avec ses petites surélévations à chaque seuil, semblait lui lancer, à elle et son fauteuil, un défi subtil mais constant, comme si ces légers obstacles reflétaient l'adversité à laquelle elle devait faire face. Bien que les escaliers à l'entrée aient été franchis, non sans peine, Samueli devait encore manœuvrer adroitement le fauteuil roulant de Neïla, chaque petite protubérance nécessitant un effort supplémentaire. Sandrine les regardait, impassible, se contentant de leur indiquer d'un geste la direction du salon, sans bouger un doigt pour les aider.

Lorsqu'elles entrèrent enfin dans la pièce où se trouvait Joseph, celui-ci, debout et l'air nerveux, se retourna vivement. Il était vêtu avec soin, mais l'agitation se lisait sur son visage. Quand il vit les jeunes filles arriver, il hésita un instant avant de prendre la parole.

« Je ne m'attendais pas à ce que tu me contactes, du moins pas si tôt, dit-il. J'ai dû délaisser tout ce que j'avais prévu pour être ici pour toi.

— Quel honneur, vraiment », ironisa Neïla amèrement.

Joseph esquissa un sourire forcé, se retournant brièvement vers Samueli qu'il salua de manière formelle, presque détachée. Puis il reporta son regard sur Neïla.

« Si tu souhaites me parler, je préfère que nous le fassions en privé.

— Je reste ici. Je ne vous laisserai pas seule avec elle », affirma Samueli.

Neïla ressentit d'un coup un bourdonnement sourd s'amplifier dans sa tête, elle grimaça de douleur. Samueli se pencha vers elle, inquiète.

« Ça va, Neïla ?

— Oui, répondit-elle d'une voix faible. Ce n'est rien. Ça ira, Samueli, tu peux nous laisser, ça me convient.

— Sandrine, accompagne Samueli, ordonna Joseph. Passe du temps avec elle et assure-toi que nous ne soyons pas dérangés.

— Je n'ai pas besoin de nounou, répliqua Samueli froidement, avant de se tourner vers Neïla. Si tu as besoin de moi, je serai juste là, n'hésite pas à m'appeler. »

Sandrine confirma d'un simple signe de tête sa bonne compréhension des consignes de Joseph, et d'un geste, elle invita Samueli à la suivre. Quand elles eurent quitté la pièce, Joseph s'approcha de Neïla et tenta de saisir les poignées de son fauteuil roulant.

« Permets-moi de t'installer…

— Non, l'interrompit Neïla avec fermeté. Je peux me débrouiller seule. »

Joseph se redressa, surpris par le ton sec de Neïla, mais il se contenta d'un léger hochement de tête. Il recula, la laissant manœuvrer son fauteuil jusqu'à la table basse où une bouteille d'eau, un soda, un verre de vin entamé et un autre vide étaient posés. Neïla ancra ses mains sur les accoudoirs de son fauteuil, cherchant à puiser de la force dans ce contact familier. Elle était là, face à l'homme qui avait bouleversé sa vie, l'homme qu'elle méprisait de tout son être, mais qu'elle devait maintenant affronter et dont elle souhaitait obtenir l'aide.

L'espace semblait se contracter autour d'eux comme pour contenir le drame qui entourait ces deux êtres. Joseph mesurait soigneusement ses mots avant de parler, il savait que chaque phrase prononcée pourrait devenir une arme dirigée contre lui. « Pourquoi as-tu décidé de me rencontrer, Neïla ? demanda-t-il enfin. J'imagine que ton père t'a parlé et si c'est le cas, j'aimerais savoir ce qu'il t'a dit. »

Neïla se rappela la conversation avec son père, ainsi que la manière dont il avait évité son regard, comme accablé par le poids d'une décision qu'il ne pouvait plus supporter. « En effet, il m'a dit, commença-t-elle doucement, que la proposition de mariage ne tenait plus. Quand je lui ai demandé pourquoi il avait changé d'avis, il m'a simplement répondu que le plus important, c'était que notre famille retrouve la paix. »

Joseph plissa légèrement les yeux, réfléchissant à ces mots comme on examine une pièce de puzzle.

« Je vois... répondit-il, circonspect. Et pourquoi es-tu ici alors, Neïla ?

— Je suis ici parce que j'ai besoin de votre aide pour ma sœur, Maketa. Elle est gravement malade, et le coût des soins qu'elle nécessite sont au-delà de ce que ma famille peut se permettre. Je ne peux pas la laisser mourir sans avoir tout essayé, sans avoir demandé de l'aide à ceux qui en ont les moyens.

— Je vois... répéta-t-il. Et pourquoi penses-tu que je serais disposé à vous aider ? Est-ce vraiment la seule raison pour laquelle tu es ici ? »

Neïla s'était préparée à cette question. Elle savait que l'opportunité d'obtenir des réponses capitales s'offrait à elle maintenant. Elle savait aussi que c'était le moment de ne pas fuir, de ne pas se laisser intimider malgré son angoisse qui atteignait des sommets.

« Non, dit-elle finalement. Je suis venue chercher des réponses aussi.

— Des réponses à quel sujet, exactement ?

— Sur ce qui s'est passé le jour de l'accident, par exemple. Pourquoi avez-vous menti à ce sujet ? Pourquoi avez-vous choisi de détruire ma vie ce jour-là ?

— Je ne comprends pas ce que tu veux dire par là, répondit Joseph d'un ton mesuré et néanmoins nerveux.

— Vous savez très bien de quoi je parle. Ce jour-là... vous n'avez pas seulement perdu le contrôle de la voiture. Vous m'avez mise en danger de manière délibérée en tentant d'abuser de moi. Et maintenant, vous vous présentez comme si vous étiez la solution à tous mes problèmes, alors que vous êtes la cause de ma souffrance.

— Écoute, Neïla... s'agaça Joseph. Si tu veux que cette conversation ait lieu dans les meilleures conditions, il serait peut-être plus approprié que tu me tutoies.

— Non, le coupa-t-elle froidement. Vous êtes un ami de mon père, et je préfère vous vouvoyer. Si vous souhaitez que cette conversation ait lieu tout court, c'est à moi de décider comment je vous adresserai la parole.

— Je suis désolé, lâcha-t-il dans un soupir. Désolé de ce que je t'ai fait subir ce jour-là, je n'aurais jamais dû et si j'ai menti, c'est parce que j'avais peur, Neïla. Peur de ce que les autres penseraient de moi, de ce que ma réputation deviendrait si la vérité éclatait. Et... oui, c'était de la lâcheté.

— Vous pensez vraiment que c'est une excuse valable ? Vous avez détruit ma vie. Ce que vous avez fait dépasse de loin les enjeux liés à votre réputation ! »

Les mots de Neïla étaient plus tranchants que des lames de rasoir. Joseph détourna les yeux un instant, incapable de soutenir son regard accusateur.

« Je sais, chuchota-t-il, presque inaudible. Je sais que ce n'est pas suffisant.

— Et d'ailleurs, si vous vouliez m'épouser, renchérit Neïla en manifestant sans détour son indignation, pourquoi ne pas venir me voir directement ? Pourquoi passer par mon père, comme si j'étais une vulgaire marchandise ?

— Je... Je savais que tu me détestais, Neïla, que tu me détestes encore. Et tu as raison de le faire. J'ai choisi la facilité, je pensais que ce serait moins douloureux de faire ma demande à ton père, et il y avait moins de risque de refus. Mais je réalise maintenant que c'était une erreur. Une erreur qui déshumanise, qui transforme les personnes en simples objets de transaction.

— Alors, est-ce pour cela que vous avez financé mes soins ? renchérit Neïla, que les excuses de Joseph ne suffisaient pas à calmer. Est-ce que cela représentait le prix que vous pensiez devoir marchander pour m'avoir ?

— Non, non… Ce n'était pas ça, répondit-il avec véhémence. Je l'ai fait parce que je me sentais coupable. Parce que je ne pouvais pas supporter l'idée que tu souffres à cause de moi, que ta vie ait été brisée à cause de mon égoïsme. »

Neïla l'observa un moment, cherchant à entrevoir dans les yeux de Joseph la part de sincérité qu'il y avait dans ses propos. Elle poursuivit ensuite son interrogatoire, avide d'explications.

« Et pourquoi vouloir épouser une femme comme moi ? Une femme en fauteuil roulant, qui a perdu tout l'éclat de sa beauté ?

— Neïla, comment peux-tu dire cela ? se fâcha-t-il. Tu es belle, même maintenant. Tu es forte, déterminée, tu as cette personnalité incroyable, ce caractère que j'admire tant. Ton fauteuil roulant ne définit pas ta valeur, et il n'a jamais terni ton éclat. Il y a en toi quelque chose d'incroyable que j'ai perçu, quelque chose que peu d'autres peuvent voir… »

L'authenticité brute de la voix de Joseph fit vaciller les certitudes de Neïla. Elle était envahie par des émotions tumultueuses, un mélange de colère, de confusion et d'une lueur d'espoir qu'elle n'osait pas encore admettre.

« En plus, ajouta Joseph, je sais que tu peux remarcher.

— Comment pouvez-vous être aussi sûr de ça ? s'étonna Neïla. Les soins que je m'apprête à recevoir ne garantissent rien.

— J'ai eu accès à ton dossier médical. Je sais que ce n'est pas très éthique, mais avec de l'argent dans ce pays, on peut obtenir beaucoup de choses. Ta moelle épinière n'est pas aussi endommagée qu'on le pensait au début. J'ai envoyé ton dossier à un laboratoire spécialisé en thérapie génique. Ils m'ont assuré qu'il y avait 80 % de chances de réussite avec un traitement spécifique. »

Neïla garda le silence, son esprit essayant d'intégrer cette information déroutante. Le doute et l'espérance se disputaient en elle, chaque mot de Joseph pouvait aussi bien être une promesse qu'un piège. « Qu'est-ce que vous attendez vraiment de moi ? »

Joseph la regarda avec une sincérité désarmante. « J'aimerais que nous repartions sur des bases plus saines, Neïla. Je veux que tu apprennes à me connaître, réellement, et que tu voies que je ne suis pas le monstre que tu imagines. Je veux que tu comprennes que mes intentions, même si elles étaient plus que maladroites, n'ont jamais été de te faire du mal.

— Et si je refuse ? Si je décide que vous n'avez pas votre place dans ma vie ?

— Alors je respecterai ta décision. Mais je t'en prie, donne-moi une chance de te montrer qui je suis vraiment. Et si cela peut t'aider à le découvrir et à te décider, sache que je suis bien sûr prêt à aider ta sœur, Maketa. Je financerai ses soins, sans condition. »

Neïla sentit un poids immense quitter sa poitrine. Le nom de sa sœur évoquait tant de souvenirs, tant de tendresse et tant de douleur à la fois. Elle était consciente qu'elle n'avait pas le luxe de refuser cette offre, même si cela signifiait une nouvelle confrontation avec celui qu'elle avait si bien appris à haïr.

Joseph, sentant que la conversation atteignait un point crucial, se leva lentement, comme s'il cherchait à prolonger un moment qui lui échappait déjà. Il traversa la pièce en direction du bar en face du salon, en alluma les lumières chaudes et se servit un nouveau verre de vin. Neïla l'observait de loin, l'esprit encombré par le flot de pensées et de souvenirs que la conversation avait fait remonter, incertaine quant à ce qu'il préparait.

Tandis qu'il versait lentement le vin, un détail attira l'attention de la jeune femme : un grand tableau, masqué sous un drap sombre, niché dans un coin de la pièce. La curiosité de Neïla s'éveilla subitement. Quelque chose dans ce tableau caché l'appelait, l'interpellait étrangement, comme une présence qu'elle n'aurait jamais remarquée auparavant mais qui désormais s'imposait à elle. Elle s'avança légèrement et désigna l'objet du doigt. « Qu'est-ce que c'est ? »

Joseph se retourna vers elle avec un sourire empreint de nostalgie et de mélancolie, un sourire marqué par le poids d'un passé jamais totalement enterré. « C'est un portrait. Quand je me sens seul ou quand j'ai envie de me rappeler des moments heureux, je m'assois ici, et je contemple ce tableau. »

Une sensation étrange envahit Neïla. Tout en elle lui disait de rester à distance, de ne pas s'approcher de ce mystère enfoui sous le drap. Pourtant, quelque chose de plus profond la poussait à vouloir percer ce secret. « Qui est représenté sur ce portrait ? » demanda-t-elle.

Joseph posa son verre sur le bar. « C'est mon épouse. » Il marqua une pause, comme si le simple fait de l'évoquer faisait remonter à la surface une marée de souvenirs. « Elle était... est toujours, pour moi, une personne extraordinaire. Et ce tableau... est ce que j'ai de plus précieux qui me reste de Yeleen », ajouta-t-il.

À l'instant où il prononça ce nom, Neïla sentit une vive douleur lui transpercer les tempes, comme une lame acérée. Elle fut alors prise d'une migraine intense, déconcertante, et grimaça. Joseph s'approcha :

« Ça va, Neïla ? Tu veux quelque chose ?

— Non, ça va aller. Est-ce que je peux voir le tableau ? » répondit la jeune femme, qui serrait les poings pour contenir la douleur lancinante pulsant dans son crâne.

Joseph savait que montrer ce tableau à Neïla était risqué, mais c'était aussi un appel désespéré à le comprendre, et la possibilité de dévoiler une facette de lui qu'elle ignorait.

Il tira lentement le drap. Le tissu glissa sur la peinture dans un bruissement imperceptible, comme un dernier soupir. « Ce tableau n'est pas seulement un portrait, précisa Joseph. Une partie de Yeleen vit en lui. » Il ménagea un silence. « La peinture a été réalisée avec une technique spéciale... Elle a été mélangée avec les cendres de ses cheveux et quelques souvenirs de notre vie ensemble. »

Neïla sentit son souffle se couper. Devant elle se tenait l'image de Yeleen, une femme d'une beauté saisissante, presque irréelle. Mais ce n'était pas juste un tableau. Les yeux de Yeleen semblaient vivants, perçant directement l'âme de Neïla, comme s'ils étaient capables de voir au-delà de la surface, au-delà du temps et de l'espace.

La douleur dans sa tête devint insoutenable, un martèlement incessant se répercutait dans chaque recoin de son esprit. Neïla porta brusquement les mains à ses tempes, essayant désespérément de contenir une force invisible qui menaçait de la submerger.

« Non… non… gémit-elle, prise de terreur et d'angoisse.

— Neïla ? s'inquiéta Joseph en s'approchant d'elle, déconcerté. Qu'est-ce qui se passe ? Parle-moi, tu vas bien ? »

Mais Neïla ne pouvait plus entendre ses mots. Le visage de Yeleen lui semblait s'animer, flotter devant ses yeux, se superposer à son propre reflet, brouillant les frontières entre réalité et illusion. Elle sentait son corps céder, se dérober sous elle, et un cri déchirant s'échappa de sa gorge pour retentir dans toute la maison.

Ce vacarme attira immédiatement l'attention de Samueli, qui accourut depuis l'autre pièce. « Neïla ! » hurla-t-elle en entrant dans le salon.

Neïla, prise de convulsions, luttait pour rester consciente, mais la douleur était trop forte, l'engloutissait dans une mer de confusion et de terreur. Elle sentit les ténèbres s'abattre sur elle, ses forces l'abandonner, et l'instant d'après, elle perdit connaissance, s'effondrant dans les bras de Samueli, qui s'était précipitée pour la soutenir. Joseph, pétrifié, s'emmura dans une inertie totale, incapable de comprendre ce qu'il venait de déclencher. Samueli s'agenouilla auprès de Neïla, qu'elle avait déposée dans son fauteuil roulant, la panique montait en elle, chaque seconde renforçait son angoisse. « Neïla, réponds-moi ! » cria-t-elle, en secouant doucement le corps inanimé de son amie.

La scène qui se déroulait sous leurs yeux paraissait irréelle, un cauchemar éveillé où le temps s'était arrêté. Le salon, si calme et ordonné quelques minutes plus tôt, était désormais le théâtre d'un drame qui échappait à toute logique. Joseph, secoué par la culpabilité et la peur, ne savait plus quoi faire, l'esprit complètement obscurci par la tournure des événements.

La panique s'empara de la maison. Samueli, en larmes, serrait la main inerte de Neïla. Joseph, le visage blême, reprit quelque peu sa contenance et vérifia précipitamment ses fonctions vitales. La pièce se recouvrit d'une chape de plomb, ne laissant filtrer que la respiration saccadée de Samueli entrecoupée par les cris désespérés de ses questions. « Qu'est-ce que vous lui avez fait ? » répétait-elle en sanglotant.

Joseph cligna des yeux plusieurs fois, comme s'il essayait de chasser un brouillard invisible. Il tentait de rassembler ses pensées éparses. « Je ne sais pas… Je ne comprends pas ce qui s'est passé. » Il scrutait le visage de Neïla, cherchant désespérément un signe de vie, une lueur d'espoir au milieu de ce cauchemar. « Je vais l'allonger avant d'appeler un médecin », décida-t-il enfin.

Mais le souffle de Neïla devint soudainement irrégulier. Sa respiration était comme un combat, comme si elle luttait contre une force invisible. Puis, brusquement, son souffle s'arrêta. Une seconde où elle cessa complètement de bouger, telle une poupée de chiffon désarticulée, suivie d'un cri étranglé de Samueli : « Non, Neïla, reste avec moi ! »

Dans un geste instinctif, Joseph souleva Neïla de son fauteuil roulant avec une délicatesse presque aérienne, comme s'il tenait entre ses bras un trésor fragile. Il l'allongea sur le canapé du salon, Samueli le suivait de près, ses mains tremblaient, cherchaient désespérément un contact avec son amie. Le temps s'étirait.

Puis, contre toute attente, Neïla ouvrit les yeux. Ses paupières battirent doucement, et quelques mots émergèrent faiblement de ses lèvres pâles. « Je vais bien… juste besoin de reprendre des forces. » Joseph expira bruyamment de soulagement. « Sandrine, est-ce qu'il reste des médicaments ? » demanda-t-il d'un ton nerveux.

Sandrine, restée en retrait, observait la scène sans intervenir. Elle répondit sèchement :

« Non, monsieur, il n'y en a plus.

— Alors va en acheter à la pharmacie, vite ! s'énerva Joseph. Et prends aussi de quoi manger.

— Tu veux bien l'accompagner, Samueli ? souffla Neïla. Ça me rassurerait... Tu sais ce que j'aime. »

Samueli, déchirée entre son inquiétude pour Neïla et sa demande inattendue, secoua la tête.

« Je ne peux pas te laisser seule avec lui.

— Ça ira, vraiment. Je te le promets. »

Samueli hésita, mais l'insistance décidée dans les yeux de Neïla finit par la convaincre. Avec une réticence visible, elle céda et se redressa pour suivre Sandrine vers la sortie. Celle-ci, toujours d'une froideur distante, ouvrit la porte, et jeta un dernier regard revêche à Neïla avant de sortir.

La porte refermée derrière elles, Joseph resta seul avec l'angoisse qu'imposait la situation. Toujours sur le qui-vive, il tenait son téléphone contre son l'oreille, essayant frénétiquement d'appeler un médecin. « Pourquoi personne ne répond ? » grommela-t-il, agacé, tout en continuant à composer le numéro.

Neïla, toujours allongée, sentit un regain d'énergie inexplicable monter en elle. Elle se redressa, luttant contre la faiblesse qui l'avait terrassée quelques instants plus tôt. « Joseph... Ramène-moi mon fauteuil, s'il te plaît. »

Joseph, surpris par ce changement d'état soudain, baissa son téléphone et se tourna vers elle.

« Tu dois encore te reposer, Neïla.

— Joseph, je t'en prie, si c'est moi qui te le demande, c'est que je peux le faire », affirma-t-elle avec vigueur.

Le ton de sa voix… Il était différent, plus assuré, plus profond, lui rappelant étrangement celui de quelqu'un d'autre. Joseph sentit un frisson lui parcourir l'échine, traversé par l'intuition que quelque chose de bien plus grand que lui venait de se dérouler sous ses yeux. Sans un mot de plus, il avala sa salive, comme pour digérer une information cruciale, et ramena le fauteuil roulant.

Neïla s'y hissa avec une aisance déconcertante, ses mouvements si fluides et précis qu'elle semblait avoir recouvré tous ses moyens. Joseph, bouche bée, l'observait, incapable de saisir véritablement ce qui se passait devant lui.

Elle lui sourit, d'un sourire à la fois doux et impérieux, avant de l'inviter à se rapprocher. Il obéit, ses pensées en ébullition. « Joseph, si tu veux avoir une chance de faire partie de ma vie de nouveau, ce sera à mes conditions, et uniquement à mes conditions. »

Ces mots résonnèrent dans l'esprit de Joseph comme un écho lointain, celui de mots qu'il avait entendus autrefois, mais qu'il n'avait pas pu écouter depuis fort longtemps. Un éclair traversa son esprit, et une certaine clairvoyance, aussi terrifiante qu'inévitable, s'imposa à lui.

Il la regarda, cette femme assise devant lui, et ce n'était plus seulement Neïla. Pour lui, c'était aussi Yeleen. La même force, la même lumière qu'il avait tant aimée autrefois brillait à travers elle. La confusion l'envahit totalement, submergeant sa raison. Il s'approcha davantage, des larmes perlèrent à ses yeux, et dans un élan désespéré, il s'agenouilla, la prenant dans ses bras, enfouissant sa tête contre sa poitrine, cherchant un ancrage dans ce bouleversement insensé qui prenait l'allure d'un miracle. Joseph sentit un nœud se former dans sa gorge au moment de s'adresser à Neïla. « Ça sera comme tu veux… » Il fit une pause, son regard se brouillant légèrement alors qu'il ajoutait, presque à demi-mot : « … mon soleil. » Ces quelques syllabes, qu'il n'avait pas prononcées depuis si longtemps, lui semblaient à la fois étrangères et familières, et réveillaient en lui une douleur qu'il croyait enfouie à jamais.

Neïla caressa doucement la tête de Joseph, ses doigts glissèrent sur ses cheveux avec tendresse. Il était comme un enfant retrouvant sa mère, s'accrochant à elle comme à une bouée de sauvetage dans un océan tumultueux.

La porte s'ouvrit brusquement, laissant entrer Sandrine et Samueli, leurs courses à la main. Sandrine portait un sachet de la pharmacie, tandis que Samueli tenait un sac en plastique noir contenant des beignets et du yaourt achetés à la boulangerie. Elles restèrent figées sur le seuil, comme pétrifiées et le souffle coupé par la scène qui se déroulait sous leurs yeux. Joseph, à genoux devant Neïla, la tête tout contre son cœur, ne les remarqua même pas, tant il était absorbé par l'instant presque inconcevable qu'il vivait, perdu dans une étreinte qui défiait toute logique.

Samueli sentit un frisson glacé parcourir son échine, son souffle se bloqua dans sa gorge. Elle ouvrit la bouche, tentant de formuler quelque chose, mais aucun mot ne franchit ses lèvres. Elle connaissait bien et partageait même l'aversion de Neïla pour Joseph, aussi voir cet homme, habituellement si imposant, agenouillé devant son amie, tandis qu'elle lui caressait doucement la tête, dépassait tout ce qu'elle aurait jamais pu imaginer. La terreur, mêlée à l'incrédulité, s'empara d'elle, son esprit en effervescence incapable de saisir le moindre début d'explication rationnelle. Qu'était-elle en train de regarder là ? Était-ce vraiment Neïla, ou bien quelqu'un d'autre… quelque chose d'autre ? Ses yeux oscillaient entre Neïla et Joseph, une vague de panique et de confusion s'empara d'elle, comme si le sol se dérobait sous ses pieds.

Sandrine, quant à elle, ressentit une vive douleur percer son cœur. Elle n'avait jamais vu Joseph ainsi, abandonné et conquis, et la jalousie qu'elle avait toujours tenté de réprimer bouillonnait à présent en elle. Cette scène déchirait son âme, lui rappelait cruellement qu'elle ne serait jamais celle qui occuperait cette place. Elle luttait violemment contre cette émotion. Elle serra les sachets de la pharmacie dans ses mains, ne sachant que faire ni que dire.

Neïla leva les yeux vers les deux jeunes femmes et les fixa avec assurance. « Tout va bien, Samueli, ne t'inquiète pas. » Ses mots étaient empreints de douceur et de calme.

Rien ne se révélait cependant capable de dissiper le malaise qui s'était installé dans la pièce. Les regards échangés entre Samueli et Sandrine, entre Joseph et Neïla, étaient remplis de sous-entendus, pleins de questions sans réponses. Pourtant, un sentiment plus profond s'imposait : la certitude que rien ne serait jamais plus comme avant.

Le cœur de Joseph battait puissamment contre la poitrine de Neïla, écho d'un passé qu'il avait cru perdu, mais qui revenait sous une forme qu'il n'aurait jamais pu imaginer. Et alors qu'il s'accrochait à elle, il savait, au plus profond de lui-même, que l'histoire qui venait de commencer serait aussi complexe qu'inéluctable.

Sandrine jeta le sachet de médicaments sur le fauteuil dans un geste brusque, son esprit en ébullition. *Pourquoi elle, et pas moi ?* se demanda-t-elle amèrement. Elle se sentait plus étrangère que jamais dans cette maison. Elle tourna les talons, laissant Neïla et Samueli seules avec Joseph.

## Skylas, Samira : 19 août

L'appartement de Skylas était bien différent de celui de Gamal. Il s'agissait d'une chambre d'étudiant spacieuse et bien entretenue, avec des murs aux couleurs claires et apaisantes, des étagères remplies de livres et des éléments de décoration modernes. Une grande fenêtre laissait entrer un flot de lumière naturelle, illuminant la pièce et créant un environnement chaleureux. Le mobilier, simple mais élégant, témoignait du goût raffiné de son propriétaire. Un lit confortable était soigneusement fait, avec des oreillers bien alignés et une couverture pliée à son pied. Sur le bureau, un ordinateur portable était ouvert, entouré de papiers et de dossiers bien ordonnés. Dans l'air flottait l'odeur subtile d'un parfum boisé, mélangée à de légers effluves de tabac.

Samira prit place sur le lit impeccable, ses yeux scrutèrent la pièce avec une curiosité mêlée d'appréhension. La douceur soyeuse des draps contrastait avec la dureté de sa propre réalité actuelle. Skylas referma la porte derrière eux et la verrouilla discrètement, laissant la clé sur la serrure.

Il s'affaira ensuite un instant près de son bureau, vérifia quelques documents, avant de se tourner vers elle. Il était impeccablement habillé, comme toujours, et son allure dégageait une assurance naturelle. Cependant, ce soir-là, la fatigue et le stress marquaient ses traits, révélaient une vulnérabilité qu'il ne laissait que rarement transparaître.

« Tu veux boire quelque chose ? Il y a de la bière ou même du whisky, proposa-t-il.

— Juste de l'eau, merci. »

Skylas alla chercher une bouteille d'eau dans le mini-frigo et la tendit à Samira avant de s'asseoir à côté d'elle, sur une chaise face au lit. Le bouchon que Samira dévissait cliqueta doucement, comblant l'espace silencieux entre leurs respirations.

« Je suppose que tu as des questions, se lança Skylas, croisant largement les jambes et s'appuyant confortablement sur le dossier de la chaise.

— Plusieurs, répondit Samira, avec calme et détermination. Je veux comprendre pourquoi quelqu'un comme toi voudrait sortir avec une fille comme moi. Et aussi pourquoi Gamal semble avoir plus de pouvoir que toi dans cette situation.

— C'est là que tu te trompes, Samira. Gamal n'a pas plus de pouvoir que moi. Il est juste... un pion dans un jeu plus grand. Un ami d'enfance qui est devenu aussi un partenaire dans certaines affaires. Je lui laisse gérer les tâches ingrates, mais les décisions finales m'appartiennent toujours. »

Il marqua une pause, observant les réactions de Samira. Elle ne bronchait pas, son regard demeurant fixé sur lui. Il appréciait son énergie, cette assurance farouche qui l'avait déjà séduit dès leur première rencontre.

« Quant à pourquoi je veux sortir avec toi... c'est parce que tu es différente. En plus d'être belle, tu as cette force, cette audace... c'est ce qui m'attire. »

Samira savait que Skylas était habitué à obtenir ce qu'il désirait, mais elle n'était pas prête à se laisser manipuler aussi facilement. Pourtant, elle était consciente que la situation de sa famille reposait en grande partie sur elle. Elle devait trouver un équilibre entre sa fierté et ses obligations familiales.

« Je ne suis pas une de tes conquêtes faciles, Skylas. Je veux que tu comprennes bien cela, déclara-t-elle.

— Je le sais. Et c'est exactement ce que j'apprécie chez toi, dit-il ; il se leva, fit quelques pas dans la pièce. Tu sais, Samira, porter le nom des Benyô n'est pas aussi aisé que tu pourrais le penser. Les gens me voient comme le plus intelligent, le plus fort, celui qui doit toujours être en tête. La pression est constante, inexorable. On attend de moi que je sois parfait, que je prenne toujours les bonnes décisions, que je maintienne notre position sociale.

« Parfois, c'est épuisant. Mais j'ai appris à assumer. C'est mon rôle, mon destin. Et je ferai ce qu'il faut pour rester au sommet. »

Samira ressentit une étrange vague de compassion pour Skylas. Derrière sa façade d'arrogance et de confiance en lui, elle discernait maintenant un homme sous pression, un homme avec ses propres luttes et ses propres démons. Mais elle ne pouvait pas se permettre de baisser sa garde. Pas encore.

« Et c'est pour ça que tu utilises des gens comme Gamal ? Pour déléguer la partie sale et dégradante du travail ?

— Exactement. Mais ne te méprends pas, Samira. Je suis prêt à endosser toutes les conséquences de mes décisions. Si tu acceptes de sortir avec moi, je tiendrai ma promesse. Ta sœur et sa famille ne seront pas expulsées. » Il s'approcha d'elle, réduisant insensiblement la distance entre eux. « Alors, qu'en dis-tu ? »

Samira prit une profonde inspiration. Ses pensées étaient un véritable concentré de contradictions. Elle devait protéger sa famille, oui, mais à quel prix ? Elle releva les yeux et croisa le regard de Skylas, résolue à ne pas se laisser intimider.

« Je veux un engagement écrit, Skylas. Pas seulement des mots. Quelque chose de concret que je puisse montrer à ma mère et à ma sœur.

— Très bien. Tu auras ta promesse signée. »

Il se dirigea vers son bureau, prit un papier à en-tête et commença à rédiger. Samira observait chaque mouvement, chaque geste. Elle devait s'assurer que ce contrat était authentique, qu'il ne se moquait pas tout simplement d'elle.

Skylas termina d'écrire, signa le document et le tendit à Samira. « Voilà. Une promesse de ma part que ta sœur et sa famille ne seront pas expulsées de leur logement tant que nous serons ensemble. »

Samira prit le papier, le lut attentivement, puis leva les yeux vers Skylas.

« Merci. Mais n'oublie pas, Skylas, je ne suis pas à vendre. Je fais cela pour ma famille, pas pour toi.

— Je comprends. Mais peut-être qu'avec le temps, tu réaliseras qu'il y a plus entre nous que de simples transactions.

— Nous verrons. »

Samira se leva, tenant le précieux document fermement entre ses mains. Elle se dirigea vers la porte.

« Samira, la retint un instant Skylas, n'oublie pas que tu peux toujours venir dans cette chambre quand tu veux me parler. À n'importe quel sujet.

— Je m'en souviendrai, répondit-elle, étonnée de cette attention sincère. Merci, Skylas. »

Alors qu'elle peinait à tourner la clé sur le verrou de la porte, Skylas fit quelques pas rapides vers elle. « Attends, Samira. »

Elle se retourna lentement. Sans un mot, Skylas s'approcha d'elle, ses yeux fixés sur les siens avec une intensité brûlante. Avant qu'elle ne puisse réagir, il l'attrapa doucement par la taille et l'attira vers lui pour l'embrasser. Surprise par la douceur et la passion de ce baiser, Samira sentit une chaleur qu'elle ne pouvait repousser se répandre en elle. L'émotion brute qu'elle ressentait tout à coup amplifiait la fougue de chaque contact, de chaque sensation. Les lèvres de Skylas contre les siennes étaient comme une promesse d'orage, chargées d'électricité et de désir. Pendant un instant, elle répondit à son baiser, oubliant tout le reste.

Le téléphone de Samira se mit à vibrer dans son sac à main. Skylas murmura contre ses lèvres : « Ignore-le. »

Mais Samira recula légèrement, rompant le contact. « Je dois voir qui c'est », dit-elle. Son cœur battit la chamade en voyant le nom de Samjayi s'afficher sur l'écran.

Skylas perçut son hésitation.

« Qui est-ce ?

— C'est ma mère, mentit-elle spontanément.

— Très bien. On se recontacte bientôt. »

Skylas déverrouilla la serrure de la porte et l'ouvrit, laissant la lumière de la chambre se déverser dans le couloir. Samira franchit le seuil, l'engagement signé de Skylas toujours serré dans sa main, son cœur battant encore sous l'effet du baiser et du mensonge. Tandis qu'elle s'éloignait, une froide résolution lui apparut de façon limpide : la complexité de ses relations avec les frères Benyô ne devait pas l'écarter du chemin qu'elle s'était fixé, celui de la sécurité et du bien-être de sa famille.

Skylas resta un moment dans l'embrasure de la porte, les yeux rivés sur Samira tandis qu'elle disparaissait dans le couloir. Ses réflexions s'emmêlaient, cherchant à comprendre la signification de cet instant, mais une ombre de doute planait au-dessus de lui, comme l'impression d'avoir manqué quelque chose d'essentiel.

La lumière qui filtrait par la fenêtre s'estompa peu à peu alors qu'elle avançait vers la sortie. Elle savait que la décision prise aujourd'hui était un pas de plus vers un avenir meilleur, même si cela impliquait de jouer avec des sentiments qu'elle préférait ignorer.

Au fond d'elle, une petite intuition lui susurrait que la situation allait désormais devenir encore plus compliquée, que ce baiser avait éveillé quelque chose en elle qu'elle n'était pas prête à affronter. Pourtant, elle choisit de ne pas l'écouter. Pour elle, l'amour n'était qu'un luxe, une distraction qu'elle ne pouvait se permettre dans sa quête de stabilité. Elle devait rester concentrée sur ce qui comptait vraiment : assurer son avenir et celui de sa famille.

Elle atteignit l'extrémité du couloir. Elle serra un peu plus fort la promesse écrite de Skylas, résolue à faire face à ce qui viendrait ensuite. Aussi trouble et tumultueux que s'annonçât son avenir. Elle ne devrait être guidée que par ses propres choix, ses propres décisions.

## Neïla : 22 septembre

Le soleil inondait la maison des Dunkam d'une lumière chaude, transformant les murs en toiles dorées. En cette fin de journée, la demeure vibrait d'une énergie particulière, annonçant la sortie de Maketa de l'hôpital, un moment de répit très attendu après tant d'épreuves traversées. Les voix, les rires et les conversations s'entremêlaient, créant une symphonie de vie qui contrastait avec la quiétude feutrée des jours passés.

Assise dans son fauteuil, Neïla observait la scène depuis le seuil du salon. Ses doigts effleuraient les accoudoirs, ressentant la rugosité du bois sous sa peau, comme un lien ténu avec le monde qui l'entourait. Ses cheveux, tressés avec soin, brillaient faiblement dans la lumière.

Dans le salon, Thaïma s'activait pour s'assurer que chacun ait à manger. Ses mouvements étaient précis, empreints de cette délicatesse maternelle qui l'amenait à faire en sorte que tout soit toujours parfait pour ses invités. Elle s'arrêta un instant, observant les visages autour d'elle, et un sourire furtif se dessina sur ses lèvres.

Ruben, veillant quant à lui à ce que chacun ait bien à boire, portait un casier de boissons à la main.

Au bout d'un moment, il se racla la gorge pour attirer l'attention des convives. Les bavardages diminuèrent, tous se tournèrent vers lui. Marie s'approcha de Thaïma et lui glissa à l'oreille, ironiquement :

« Thaïma, n'attendons-nous pas le pasteur cette fois-ci ?

— Non, pas aujourd'hui. Je ferai la prière moi-même. "Car là où deux ou trois sont assemblés en mon nom, je suis là au milieu d'eux" », répondit-elle avec conviction. Ces mots apportèrent une chaleur réconfortante dans le cœur de Marie, qui se tut, émue. Ruben prit alors la parole :

« Je voudrais remercier tout le monde d'être ici ce soir. Nous avons traversé beaucoup de moments difficiles, mais aujourd'hui, nous sommes réunis pour célébrer la guérison de Maketa. Je tiens à remercier tous ceux qui y ont contribué, que ce soit par leur soutien moral comme financier. » Il s'arrêta un instant. « Neïla, ma fille, tu as été un véritable pilier pour cette famille, et nous te devons beaucoup. »

Neïla, touchée par les paroles de son père, inclina légèrement la tête en signe de gratitude. Mais à ses yeux, une absence sonnait comme un vide.

« Et Gamal, papa ? dit-elle doucement.

— Oui, tu as raison, Neïla, reconnut-il après un instant d'hésitation. Gamal a également participé, même si nos relations ont été tendues. »

Sébastien, qui se tenait à côté de Samueli, serra doucement sa main. Il venait enfin de réussir son concours pour devenir ingénieur, une victoire personnelle qu'il voulait savourer à chaque instant. Mais

Samueli semblait encore prise dans une lutte intérieure d'émotions contradictoires. Les souvenirs de cette scène troublante entre Neïla et Joseph refusaient de s'estomper et la laissaient dans un état de vigilance dont elle avait du mal à se défaire. Ses yeux suivaient perpétuellement les moindres mouvements de Neïla, elle cherchait à comprendre ce changement imperceptible pour beaucoup, mais bien tangible pour elle, son amie la plus proche.

Bertina était debout non loin d'eux. Elle avait décidé de ne plus s'enfermer dans sa solitude et son mal-être. Elle remarqua la distance entre ses deux amies et se pencha vers Samueli, chuchotant à son oreille : « Qu'est-ce qui ne va pas entre vous deux ? Vous semblez… éloignées. »

Samueli hésita, jetant un coup d'œil à Neïla qui discutait maintenant joyeusement avec Maketa. « J'ai l'impression qu'elle n'est plus la même, Bertina, confia-t-elle. Je n'arrive pas à comprendre ce qui a pu se passer. »

Bertina connaissait bien Samueli, et elle devinait aisément la complexité des sentiments de son amie. Elle-même avait traversé des moments difficiles, mais elle avait également appris que les relations humaines étaient souvent aussi fragiles que les émotions qui les soutiennent.

Samueli croisa le regard de Neïla à travers la pièce. Celle-ci lui sourit, comme pour lui dire que tout irait bien. Ce simple échange, bien que bref, apaisa un instant les angoisses de Samueli. Mais quelque chose d'autre la perturbait : l'absence de Madelson. Ni elle ni Neïla n'avaient effectivement souhaité sa présence ce soir. *Il est des absences qui sont plus parlantes que n'importe quelle présence*, pensa Samueli, consciente qu'elles n'étaient prêtes à revoir un jour celui qui avait causé tant de douleur à Bertina.

La porte s'ouvrit alors brusquement, et Skylas entra, d'excellente humeur, accompagné de Samira. Sa mère, Marie, lui lança un regard réprobateur, mais Skylas ne sembla pas s'en apercevoir. « Désolé pour le retard, dit-il avec un sourire éclatant. Je vous présente Samira, une amie. » Ses mots flottaient dans l'air, légers et insouciants.

Etiema leva les yeux, interrompit sa conversation avec Ruben, amusé. « Toujours à ton aise, Skylas », lança-t-il avec une pointe de taquinerie.

Samira se tenait à l'écart, observant la scène avec une sérénité nouvelle. Elle avait enfin pu aider sa sœur, dont les enfants ne seraient plus expulsés. Cette inquiétude qui pesait sur son cœur depuis des semaines semblait s'être dissipée, laissant place à une lueur d'espoir. Elle se surprit même à esquisser un sourire en pensant à tout ce qu'elle pourrait encore faire pour eux. *C'est un bon début*, se dit-elle, prête à poursuivre ses efforts. Skylas, qui venait de s'éloigner de la foule pour la rejoindre, l'enlaça doucement.

« À quoi penses-tu ?

— À rien de spécial », répondit-elle, détendue.

Bertina s'adressa discrètement à Skylas :

« Samjayi ne viendra pas ?

— Non, il est plongé dans ses révisions. Il s'est mis en tête de rattraper tout ce qu'il peut avant la rentrée. » Skylas dissimula une menue contrariété, sachant pertinemment que son frère se réfugiait dans le travail pour éviter de faire face à ses émotions. Mais il était content, malgré tout. Son projet de rénovation d'immeuble avançait bien, et il voyait un futur prometteur se dessiner devant lui.

Bertina, de son côté, imagina pouvoir convaincre Samjayi de venir les rejoindre. Elle attrapa son téléphone et composa son numéro. L'appel resta sans réponse. Elle laissa un message. Mais elle savait, au fond d'elle, que Samjayi se battait contre ses propres démons intérieurs. Il s'était enfermé dans une routine de travail acharné, cherchant à étouffer la douleur qu'il ressentait depuis plusieurs semaines. Bertina avait bien compris ce besoin de retrait, mais ce qu'elle ignorait, c'est que Samjayi avait aussi décidé de se plier finalement, sans regimber et sans compromis, aux attentes de son père, qui avait tracé pour lui un chemin qu'il souhaitait brillant. La jeune femme espérait toutefois qu'il trouverait la force de se confier, de sortir de cette spirale solitaire.

Jusque-là, Zaria s'était tenue à l'écart. Elle sentait un nœud se loger dans sa gorge. Elle observait Maketa, assise à quelques mètres de là, entourée de rires et de sourires. Mais toute cette joie ne faisait qu'amplifier la culpabilité qui la rongeait. Elle avait souvent jalousé Neïla pour l'attention qu'elle recevait, mais ce n'était pas juste et elle en était consciente. Neïla n'était pour rien dans l'affection que les autres lui portaient. Et Maketa… Zaria se souvenait des nombreuses fois où elle avait projeté sa frustration sur elle, lui faisant porter le fardeau des tensions familiales. Ces moments où ses parents, trop occupés ou peut-être trop las, lui avaient demandé d'effectuer le travail qu'elle jugeait ingrat, d'être celle qui cuisine, celle qui nettoie, celle qui range, celle que l'on réprimande, celle qui rappelle les règles. Toutes ces responsabilités l'avaient excédée, l'avaient éloignée de ses sœurs.

Zaria se leva doucement, chancelante mais rassérénée, comme un navire qui, après une tempête, s'en revient enfin au port. Elle s'approcha de ses sœurs et déclara avec émotion : « Maketa, je… je suis désolée. Pour tout. Pour ne pas avoir été là pour toi, pour avoir trop souvent reporté sur toi le poids de mes propres insatisfactions. Je ne vous laisserai plus tomber, ni toi ni Neïla. »

Maketa, surprise par cette déclaration, leva les yeux vers Zaria. Une lueur de reconnaissance passa dans son regard, et les trois sœurs se serrèrent les mains avec une douceur retrouvée, qui effacerait peu à peu les cicatrices des jours amers.

Alors que la soirée avançait, Zaria s'avança de nouveau vers Neïla, hésitante. « Gamal est là, dit-elle finalement. Il t'attend dehors, mais il ne veut pas entrer. » Ruben, qui se trouvait à proximité de ses filles, entendit leur échange. Il posa son verre et, sans un mot, se dirigea vers l'extérieur.

Dehors, près du portail, Gamal attendait effectivement, les mains dans les poches, le regard fixé sur le sol. Lorsqu'il entendit des pas approcher, il leva les yeux et vit son père. Son visage se crispa et son corps se tendit, prêt à faire demi-tour, mais Ruben l'appela d'une voix ferme : « Gamal ! »

Celui-ci s'arrêta, incertain, puis posa la main sur le portail, sans l'ouvrir. « Reviens, tu peux entrer », ajouta Ruben simplement. Gamal sentit dans ses mots cette chaleur, rare, presque oubliée, et, en un instant, il comprit que c'était plus qu'une invitation que son père lui offrait, c'était une chance de reconstruire ce qui avait été brisé. Les souvenirs de leurs disputes passées, de la rancœur glaciale qui les avait ensuite séparés, l'assaillirent. Mais dans le regard de son père, il ne vit ni reproche ni colère, seulement de l'espoir. Finalement, il inspira profondément et suivit Ruben à l'intérieur.

De retour dans le salon, Ruben s'approcha d'Etiema, qui lui dit avec un sourire rassurant :

« J'ai vu pour les imprimantes. Tout rentrera dans l'ordre pour la boutique. Et, Ruben, ne sois pas trop dur avec Joseph. C'est un bon gars, il a fait quelques erreurs, mais ce n'est pas grand-chose.

— Je sais, Etiema. Je sais », concéda Ruben malgré le doute toujours présent dans son esprit.

À cet instant précis, la porte s'ouvrit à nouveau, cette fois avec une lenteur presque théâtrale, et Joseph entra. Son apparition tomba comme un éclair dans le ciel bleu, ébranlant les certitudes de chacun. Un silence assourdissant se fit, et tous les regards se fixèrent sur lui, certains de surprise, d'autres de colère ou de méfiance. Neïla, bien qu'elle s'y fût préparée, sentit les battements de son cœur accélérer. Elle savait que tout dépendait de ce qu'elle allait dire maintenant, de la manière dont elle allait clore ce chapitre douloureux de sa vie. Elle leva la main et demanda à chacun de rester calme. « C'est moi qui ai insisté pour qu'il soit là, dit-elle posément. J'ai quelque chose d'important à vous annoncer. »

Les regards se tournèrent alors vers elle. Joseph resta à l'écart.

Ce moment serait crucial, Neïla le savait. Pas seulement pour elle, mais pour tous ceux qui avaient été touchés de près ou de loin par cette histoire. Ce qu'elle allait déclarer marquerait non seulement la fin du cycle entamé ces derniers mois mais déterminerait aussi et surtout les chemins que chacun choisirait de suivre ensuite.